Emmi und Karoline

Hella Westphal

Emmi und Karoline

Sie nannten sich Schwestern

Roman

Bibliografische Information der Deutschen Nationalbibliothek

Die Deutsche Nationalbibliothek verzeichnet diese Publikation in der Deutschen Nationalbibliografie; detaillierte bibliografische Daten sind im Internet über http://dnb.dnb.de abrufbar.

© 2017 Hella Westphal

Satz, Umschlaggestaltung, Herstellung und Verlag: BoD – Books on Demand
ISBN 978-3-7448-4209-9

Inhalt

Vorwort

Die Geschichte spielt in Schleswig-Holstein, genauer gesagt in Ostholstein, direkt am Meer. Hier, wo die Leute wortkarg sind und, wenn es doch einmal etwas zu sagen gibt, plattdeutsch sprechen. In einem kleinen verschlafenen Nest und der näheren Umgebung ist sie angesiedelt. Diese schöne Gegend gibt es tatsächlich und mancher Urlauber hat hier schon herrliche Zeiten verlebt, mit Schwimmen, Segeln, Wandern oder einfach am Strand in der Sonne liegend und träumend. Das Meer, die Steilküste in Richtung Weißenhaus, die Nähe zu Hohwacht, nur durch den Bröck, eine Verbindung von der Ostsee zum kleinen Binnensee, getrennt, die unberührte Natur, und nicht zuletzt das Klima, das im Herbst und im Winter ziemlich rau, im Frühjahr und Sommer meistens sehr mild ist, veranlasst viele Urlauber hierher zu kommen. Von diesen soll aber weniger die Rede sein, sondern hier geht es um die Menschen, die Ende des zweiten Weltkrieges aus ihrer Heimat im Osten flüchten mussten, und die in dieser ländlichen Idylle gestrandet sind.

Die Landschaft ist geprägt von einzelnen Bauernhöfen, von Äckern und saftigen Salzwiesen, auf denen gemütlich die schwarzbunten Kühe weiden. Die Knicks entlang der Felder und der Wege, wie sie in Holstein typisch sind, aber vor allem die Nähe der Ostsee macht diese Gegend besonders reizvoll. Nicht zu vergessen die Heckenrosen, die den Sandweg entlang des Binnensees zum Strand begrenzen. Im Sommer bilden sie ein unvergleichliches rosa und weisses Blütenmeer, das sich im Herbst zu roten Hagebuttenbüscheln verwandelt. Auf dem Weg hinunter zum Wasser hört man schon die Wellen, die leise und unermüdlich im ewigen Auf und Ab an den feinen, weißen Sand plätschern.

Einige der öffentlichen Einrichtungen, die in meiner Geschichte vorkommen, gab und gibt es heute noch. Die Daten unserer jüngeren deutschen Geschichte können überall nachgelesen werden, doch die

Menschen, deren Schicksal ich beschreibe, sind meiner Phantasie entsprungen. Ähnlichkeiten mit lebenden Personen sind nicht gewollt und rein zufällig.

Wir begeben uns in eine Zeit, in der die Welt in Schutt und Asche zerfällt und kaum jemand Hoffnung auf eine lebenswerte Zukunft hat. Menschen, die mehr oder weniger zufrieden lebten, sind von heute auf morgen entwurzelt, sie müssen alles stehen und liegen lassen, um ihr nacktes Leben zu retten. Schleswig-Holstein wird von einer Flüchtlingswelle unvergleichlichen Ausmaßes überschwemmt.

1944/45, im kältesten Winter seit Jahren, kommen die ersten Flüchtlinge aus Pommern und Westpreußen. Bis 1946 werden es mit den Ostpreußen und den Vertriebenen aus den Ostgebieten 12 Millionen sein, die im zerstörten Deutschland ein neues Zuhause suchen. Sie werden nicht immer freundlich aufgenommen, denn Arbeitslosigkeit und extreme Wohnungsnot belasten die Menschen ohnehin.

Es entstehen mehrere Flüchtlingslager, aus denen die Vertriebenen mit Glück bald weiter in andere Unterkünfte vermittelt werden können. Manche müssen aber jahrelang in diesen unzulänglichen Verhältnissen ausharren.

Es wird eng im Westen, auch in Ostholstein. Jeder, der ein Haus oder eine Wohnung besitzt, muss Räume zur Verfügung stellen, in denen die zugewiesenen Leute untergebracht werden. Es wird versucht Familien möglichst nicht auseinander zu reißen, was leider nicht immer gelingt. Wo die Unterkünfte nicht reichen werden Nissenhütten aufgestellt. Diese einfachen, schnell installierten Wellblechbauten, nach ihrem Konstrukteur Nissen benannt, sind im Sommer unerträglich heiß und im Winter sehr kalt. Dennoch ist jeder froh ein Dach über dem Kopf zu haben.

Es gibt im Ort einige Tagelöhnerwohnungen. Sie gehören zum Gut und befinden sich in flachen, langgezogenen Gebäuden. Es ist die Kaserne mitten im Dorf und das Kloster gegenüber der alten Schule.

Die Fremden merken, das die Einheimischen, das Pack aus dem Osten, wie sie von einigen bezeichnet werden, lieber heute als morgen wieder loswerden möchte. Wie gerne würden sie wieder zurück gehen, doch die durch den Krieg geschaffenen Umstände erlauben es nicht.

Die Flüchtlinge bleiben hier, weil es nicht anders geht, traumatisiert, trauernd, heimatlos, halb verhungert und dennoch froh am Leben zu sein. Und einige von ihnen werden zu Überlebenskünstler.

1

Gestrandet

Karoline, Karoline komm doch mal rein! Kannst du mir helfen?"

Sophia Ulldahl beugt sich aus dem Fenster, das in den Hof zeigt. Ihre Tochter ist gerade dabei in einer alten Zinkwanne, die auf zwei alten Holzböcken steht, die Wäsche zu spülen. Sie schaut hoch, wischt sich erst die nassen Hände an der bunten Schürze ab, um sich dann die widerspenstigen roten Locken aus der erhitzten Stirn zu streichen. Karoline ist nachdenklich, denn sie wird nun schon zum wiederholten Male von ihrer Mutter von der Arbeit abgehalten. Doch sie macht gute Miene zum bösen Spiel und lächelt nach oben.

„Ja Mama, bin schon unterwegs!"

Sie geht durch die niedrige Klöntür, bei der sich die obere Hälfte öffnen lässt, um bequem mit der Nachbarin einen kleinen Schnack abhalten zu können, in die winzige Küche, die mit einem kleinen Kohleherd, einem abgeschabten schmalen Schrank, einem Tisch und drei wackeligen Hockern ausgestattet ist, und begibt sich in das angrenzende Wohnzimmer.

Nicht viel größer als die Küche, mit einem zerschlissenen Sofa, das nachts als Schlafstelle dient und einem alten Bett darin, ein Tisch und zwei Stühle ergänzen die Einrichtung des sehr beengten Raumes. Durch die zwei kleinen Sprossenfenster zur Strasse fällt etwas Licht hinein. Karoline findet ihre Mutter auf dem Sofa sitzend, vor sich einen der alten Stühle, über dessen Lehne ein Wirrwarr von Wolle hängt, aus dem sie ein Knäuel zu formen versucht.

„Ach Mama, was machst du denn? Jetzt ist es ja noch schlimmer als vorhin!"

Karo, wie sie oft genannt wird, ist bemüht ein fröhliches Gesicht zu machen, dennoch muss sie daran denken, das die Wäsche nicht von allein fertig wird und sie nachher noch mit Emmi verabredet ist.

Sophia versucht eifrig die Wolle zu entwirren, was ihr allein allerdings nicht gelingt.

Sie schaut auf; „Ich wollte gern noch ein wenig stricken, aber die Wolle hat sich so verheddert, dass ich nicht weiter komme. Ich brauche diese Farbe unbedingt noch für das Muster."

Nun versuchen sie beide zu retten, was noch zu retten ist. Sophia, die eine Künstlerin ist was das Stricken anbelangt, fertigt die schönsten Sachen, mit und ohne Muster, Kleider, Röcke, Pullover, Westen und andere Kunstwerke, alles ohne Vorlage. Sie strickt für ein paar Mark auf Bestellung, und hat so eine Aufgabe, bei der sie nur zählen muss um die Muster perfekt hinzukriegen, statt nachzudenken. Sie kann dabei bestens alles verdrängen, was sie nicht wahrhaben will.

Karoline macht sich große Sorgen um ihre Mutter. Sophia ist nur noch ein Schatten ihrer selbst, sie ist sehr dünn geworden, und die Kleider schlottern nur so um ihre dürre Gestalt. Das Schlimmste ist jedoch, das ihre ehemals schönen lebhaften Augen den Glanz verloren haben. Sie blicken traurig aus dem blassen Gesicht. Seit Sophia die Nachricht von Max Tod erhalten hat, ist auch in ihr etwas gestorben. Nicht nur, dass sie ihre Heimat verlassen musste und nichts retten konnte, nun ist sie auch noch Witwe. Sie hätte alles ertragen, wenn nur ihr geliebter Mann aus dem Krieg zurückgekehrt wäre. Ihre Tochter und auch ihre Schwiegermutter können nichts an ihrer Verzweiflung ändern. So sehr sie auch hoffen, das Sophia mit der Zeit ihre Trauer überwindet, sie wird nie wieder so sein, wie sie mal war.

Doch Karoline braucht ihre Mutter, als Vertraute, als Beraterin, und noch mehr als Freundin, mit der man auch mal herzlich lachen kann.

Es ist alles so entsetzlich trostlos und ihr fehlt der Vater, der in Russland gefallen ist.

Sie hört immer noch die Geräusche der großen Maschinen in der familieneigenen Tischlerei, sie riecht das würzige Holz, schmeckt die warme Milch, die auf dem Spanofen erhitzt wird, sieht ihren Vater, Jochen und den Lehrling Martin Koller die Hölzer zuschneiden und bearbeiten. Jetzt aber müssen sie ohne männlichen Schutz in einer fremden Umgebung ihr schwieriges Leben bestreiten.

Zum Glück hat Karoline ihre Großmutter, Minna Ulldahl, die sich so leicht nicht aus dem Gleichgewicht bringen lässt, die gut zuhören kann und für jeden einen guten Rat parat hat. Manchmal, wenn alles zu viel wird und die Verzweiflung Karoline übermannt, ist Minna ihr ein Trost. „Ach Karolinchen, was ist denn los?" Minna nimmt ihre Enkelin, die wie ein Häufchen Elend am Küchentisch sitzt und heult, in den Arm. „Ach Omi, ich weiß gar nicht mehr was ich machen soll mit Mama. Nie ist sie ansprechbar, sie hört einfach nicht zu, wenn ich ihr was erzählen will. Ich möchte gerne Tischler lernen, irgendwas muss ich doch machen nach der Schule, aber sie redet nicht mit mir." Ihre Großmutter schaut sie lächelnd an; „Meinst du nicht, dass es etwas schwierig für ein Mädchen sein wird so einen Männerberuf zu erlernen, meine Kleine? Nicht das ich es dir nicht zutrauen würde, aber wo willst du eine Lehrstelle finden? Vielleicht wäre es besser für dich Hauswirtschafterin zu werden, dabei könnte ich dir sogar helfen. Denk doch mal darüber nach." Karo ist schon ein bisschen getröstet, denn Minna hat recht. „Omi, vielleicht kann ich ja sogar bei dir lernen, dazu hätte ich auch Lust."

2

Pommern

Karoline läuft über eine Blumenwiese und lässt sich jauchzend vor Übermut in einen duftenden Grashaufen fallen. Sie ist in ihrem Element, sie liebt die ländliche Umgebung, die Freiheit über Felder zu toben, in Ställe zu gehen und die ländlichen Gerüche einzuatmen. Der liebliche Duft eines Blumengartens oder der typische Geruch frischgemähten Grases einer Wiese, aber auch die Gerüche des Pferde- und

Kuhstalles, oder eines Misthaufens, in dem sich Kuh- und Pferdemist vereinigen, sind für sie Lebenselixier. Vor allem hat sich das wunderbare, unverkennbare Aroma des Holzes früh bei Karoline eingeprägt. Dies liegt natürlich daran, dass ihr Vater Tischler ist. Auch später als sie erwachsen ist, sind diese Gerüche für sie immer mit Erinnerungen an ihre glückliche Kindheit in Waldhausen verbunden.

Es gibt in ihrer Vorstellung nichts Schöneres als sich im Winter bei ihrem Vater und seinen Leuten, in der nur wenige Minuten von zu Hause befindlichen Werkstatt aufzuhalten.

In der Werkstatt, die von außen einer Scheune und von innen, wegen ihrer Größe, einer Halle ähnelt, nehmen die Kreissäge, die Fräse, der Abrichter, die Lochfräse, der Dickenhobel und der Sägespanofen die Hälfte des großen Raumes ein. Die übrige Hälfte ist mit drei Hobelbänken bestückt, die unter den großen Fenstern, die viel Licht hereinlassen, ihren Platz gefunden haben. Daneben eine Furnierpresse und noch ein viereckiger Ofen, der durch eine Klappe an der Seite wie eine Lok beheizt wird, nur dass man hier die anfallende Hobelspäne verwendet. Hier ist auch der Ort für die Pausen, die sich die Männer von Zeit zu Zeit gönnen. Oft darf Karoline mit ihnen das zweite Frühstück einnehmen. Dann sitzen sie alle um den warmen bollernden Ofen herum, während in dem alten Topf die frische Milch erhitzt wird, die ihre Mutter morgens gemolken hat.

Ihr Vater, ein großer, schlanker Mann mit schmalem, gütigem Gesicht unter dichten, dunklen Locken, gießt die heiße Milch in Becher und gibt ihr aus seiner Frühstücksdose ein wenig von seinem Brot ab. Es wird nicht viel geredet, und wenn, dann hauptsächlich über die Arbeit.

Es ist warm, der Staub tanzt im Licht der Fenster, es duftet nach Holz, Leim, Lasur und nicht zuletzt nach dem Schweiß arbeitender Männer.

Ihre Mutter braucht sich keine Sorgen zu machen, denn bei ihrem Vater und seinen Leuten ist Karoline gut aufgehoben.

Ihre Eltern sind ein schönes Paar, Max mit seinen schwarzen Locken, dem markanten Gesicht und seinem dunklen Teint und im Kontrast dazu die hübsche Sophia, ihre rote, unbändige Haarpracht, die helle, zarte Haut mit ein paar Sommersprossen auf der Nase, die sich bei Sonneneinstrahlung sichtbar vermehren. Überall fallen die beiden auf.

Karoline sieht ihrer Mutter sehr ähnlich, was auch häufig erwähnt wird, wenn Leute sie zusammen sehen. Auch wenn sie ihre Mutter für die schönste Frau der Welt hält, hat sie sich über den Ausspruch; „Ach, du sieht ja genauso aus wie deine Mama!", immer ziemlich aufgeregt.

„Jochen, Jochen, guck doch mal, ich habe dir ein Bild gemalt!" Karo stürzt in die Werkstatt und rennt zu dem jungen Mann, den ihr Vater vor einiger Zeit als Gesellen eingestellt hat. Es hat ihn von Schleswig-Holstein in östliche Regionen hierher nach Pommern verschlagen. Sie haben sich gegenseitig ins Herz geschlossen. Er bearbeitet gerade ein Brett auf der Hobelbank und schaut auf. Er lächelt als er innehält und die kleine Person erblickt. „Na, mien Lütten!" „Ich bin nicht klein." Kommt es prompt zurück; „Ich komme nämlich Ostern schon in die Schule!" Nun muss er sich ein Lachen verkneifen. „Na, dann zeig' mir doch mal dein Gemälde." Er spricht mal platt- und mal hochdeutsch, gerade so wie es ihm in den Kram passt. Er guckt sich das Bild intensiv an und überlegt was es darstellen soll. "Och, dat is ober schön wurrn, wer sünd denn die Lüüd dor op?" „Das sieht doch jeder, das bist du und Papa und Martin, und das Kind bin ich!" Er grinst, nimmt das Blatt und hängt es zu den anderen kindlichen Gemälden an die Werkstattwand. Danach geht er wieder an seine Arbeit. Karoline setzt sich zufrieden auf einen kleinen Hocker, den ihr Vater extra für sie gebaut hat, etwas abseits der Hobelbänke, damit sie die Leute nicht bei ihrer Arbeit stört. Sie hört das Sägen, Hobeln und Schleifen, nimmt deutlich alle Geräusche wahr und freut sich über die Männer, die bei ihrer Arbeit fröhlich singen oder pfeifen.

Auch sie summt leise vor sich hin und denkt daran wie es wohl in der Schule sein wird. Den Ranzen hat sie schon zu Weihnachten bekommen. Er lag versteckt unter einigen bunten Päckchen, unter dem schön geschmückten Tannenbaum. Stolz hat sie ihn sich mit Hilfe ihrer Mutter auf den Rücken geschnallt und ist den ganzen Abend damit herumgetollt. Erst als es ins Bett gehen soll muss sie ihn abnehmen, aber auch nur weil ihre Mutter darauf besteht. „Mutti, wie lange dauert es denn noch bis ich in die Schule komme?" „Nicht mehr lange meine Kleine, bald ist es so weit und du kannst lesen und schreiben lernen. Jetzt singen wir beide noch ein Weihnachtslied und dann wirst du schön schlafen." Karoline schlingt die Arme um den Hals ihrer Mutter und drückt sie ganz fest und flüstert ihr ins Ohr „Danke liebste Mutti für den schönsten Ranzen der Welt!" Ihre Mutter muss lachen über so viel Überschwang.

Max und Sophia lieben ihrem kleinen Wildfang. Karoline ist ihr einziges Kind, denn bei der Geburt gab es Komplikationen, weshalb sie auf weitere Kinder verzichtet haben. Sie versuchen Karoline nicht gar zu sehr zu verwöhnen, was natürlich nicht immer gelingt.

Karo erlebt eine unbeschwerte Kindheit, auch wenn sie ab und zu in die Pflicht genommen wird und kleine Arbeiten verrichten muss, die sie immer mit Freude ausführt. Denn sie hilft gerne beim Füttern des kleinen Viehbestandes, der ihnen die nötigsten Lebensmittel sichert.

Auch in dem kleinen Garten gibt es genug zu tun und sie erntet mit ihrer fröhlichen, immer gut aufgelegten Mutter das reife Gemüse, sammelt Kartoffeln oder Fallobst ein. Mit ihren bunten Schürzen, die nur Sonntags oder an Feiertagen am Haken hängen bleiben, den schwarzen Galoschen, die ausschließlich im Garten und im Stall getragen werden, den roten Haaren, die mit Tüchern zurückgebunden sind, sind sie unverkennbar Mutter und Tochter.

Je nach Jahreszeit hacken, graben, pflanzen oder jäten sie, und ihre Hände sind pechschwarz vom Wühlen in der Erde. Sie schauen sich nach vollbrachter Arbeit zufrieden an, bringen ihre Gerätschaften in den Schuppen, und Sophia sagt lächelnd: „Karo, wenn du mir nicht so toll geholfen hättest, wäre ich noch lange nicht fertig."

Karoline wächst über sich hinaus vor Stolz. Sie hüpft vor ihrer Mutter her, zur Pumpe auf dem kleinen Hofplatz, wo sie sich erst mal den gröbsten Dreck von den Händen waschen.

Sophia Ulldahl hat eine Menge zu tun, denn Max ist in der Tischlerei unabkömmlich. So ist sie für die Tiere, den Garten, den kleinen Acker und natürlich den Haushalt verantwortlich. Das Haus muss geputzt, die Mahlzeiten für sechs bis acht Leute zubereitet werden, wobei sie von einer jungen Frau aus der Nachbarschaft unterstützt wird, die für Essen und ein geringes Entgelt eine riesige Hilfe ist.

Anna Paulsen ist dankbar hier arbeiten zu dürfen, denn seit ihr Mann Rudolf bei dem schweren Unfall im Wald ums Leben kam, muss sie allein für sich und ihre Tochter Emmi sorgen. Als man ihr die schreckliche Nachricht überbringt, bricht eine Woge der Verzweiflung über ihr zusammen. Durch ihre hilfsbereiten Nachbarn und deren Zuwendung übersteht sie die Beerdigung und die schreckliche Zeit danach. Allmählich schafft sie es ihr Schicksal zu akzeptieren und den Kampf mit der Realität aufzunehmen. Dazu hat auch ihre inzwischen 12jährige Tochter Emmi beigetragen. Sie hilft ihrer Mutter gerne das kleine Haus zu putzen und die Pflege des kleinen Gartens zu übernehmen. So ergänzen die beiden sich prima.

Emmi liebt Karoline wie eine kleine Schwester und sie passt gern auf sie auf, oder spielt mit ihr. Anna hat schon früher hin und wieder bei Sophia und Max die Wäsche gewaschen, doch jetzt bieten ihr Max und Sophia an, auch die anderen im Haushalt anfallenden Arbeiten zu verrichten.

An Waschtagen kommt sie schon sehr früh zu ihnen, um rechtzeitig den Waschkessel anzuheizen, sogar so früh, dass Karoline noch verschlafen in ihrem Kinderbett liegt. Ist die Kleine dann endlich aufgestanden, rennt sie erst mal in die Waschküche.

„Guten Morgen, da kommt ja schon meine Hilfe." Anna erwartet sie schon, sie hat die kleine aufgeweckte Person in ihr Herz geschlossen. „Hast du auch richtig ausgeschlafen? Sicher hast du noch gar nicht gefrühstückt, und wenn man nicht ordentlich gegessen hat, kann man auch nicht ordentlich arbeiten!"

Da gibt es für Karo kein Halten mehr, sie läuft über den Vorplatz zur Küche, nicht ohne ihr, „bis später Tante Anna", zu zurufen.

In der Küche knistert es in dem Herd, der schon eine gemütliche Wärme ausstrahlt. „Da bist du ja mein Schatz, warst du schon bei Frau Paulsen?" Sie nickt. Ihre Mutter hat schon ihre einzige Kuh Selma gemolken und die Männer mit Frühstück versorgt.

Ihr Vater, Jochen und Martin sind bereits in der Werkstatt. Jochen bewohnt ein Zimmer unter dem Dach und Martin kommt nur zu den Mahlzeiten, er wohnt weiterhin bei seinen Eltern im Dorf.

„Setz dich bitte an den Tisch, ich habe dir deine warme Milch schon hingestellt." Ihre Mutter drückt sie kurz an sich, bevor sie sich auch auf einen Hocker an den langen, weißgescheuerten Holztisch setzt.

Die beiden geben ein schönes Bild ab, wie sie da einträchtig nebeneinander sitzen und ausgiebig frühstücken. Sophias Blick ruht wohlgefällig auf ihrer kleinen Tochter, die wie eine Miniaturausgabe von ihr wirkt, nur das Karolines Augen eine Spur dunkler sind. Nachdem sie gegessen und getrunken haben, rutscht die Kleine vom Hocker. Heute darf sie Anna Paulsen bei der großen Wäsche helfen. Ausnahmsweise übernimmt ihre Mutter ihre kleinen Aufgaben, morgen wird sie wieder selbst die Enten und Hühner füttern.

Die Waschküche ist so in Dampf gehüllt, dass Karo sich erst mal daran gewöhnen muss. Sie lacht „Tante Anna, ich kann dich ja gar nicht sehen!" Anna ist gerade dabei die weiße Wäsche, die in dem großen Kessel kocht, mit einem gewaltigen Holzlöffel durchzuwalken. Danach balanciert sie damit die Wäschestücke in den Waschzuber, der auf zwei alten Hockern daneben steht. Jetzt wird so viel kaltes Wasser zugefüllt, das man die Wäsche gerade anfassen kann. Anna hat schon das Waschbrett in den Zuber gestellt. „Guck mal ich hab' dir schon den Schemel hingeschoben." „Und wo ist mein Waschbrett?" Anna holt aus der Ecke ein kleines Riffelbrett, das Max für seine Tochter gebaut hat. Nun rubbeln die beiden die Wäsche so lange bis sie ganz sauber ist und ihnen die Finger wehtun. Es ist heiß und feucht in der Waschküche, so dass ihnen bei der schweren Arbeit der Schweiß von der Stirn läuft.

Den ganzen Tag sind sie damit beschäftigt erst die weiße, dann die bunte Wäsche zu rubbeln, zu spülen und zu wringen. Zum Wringen benutzen sie die Mangel, wobei Anna das Rad dreht und Karo die nasse Wäsche vor die beiden großen Rollen legt. Das Wasser gelangt vorne in die Wanne und hinten erscheint das ausgewrungene Wäschestück. Unterbrochen nur von den Mahlzeiten, die Sophia zubereitet hat, vergeht der Tag wie im Fluge.

Die weiße Wäsche, die sie vor Stunden auf den Wäscheplatz gehängt haben, flattert schon trocken im Wind. Zum Schluss hängen sie den Rest der Buntwäsche im Trockenraum auf. Anna wischt noch die Waschküche auf und danach reiben sie sich die ausgelaugten Waschfrauenhände mit Melkfett ein. „Geschafft!" Anna schaut Karo an und lächelt: „Was würde ich bloß ohne dich machen. Du hast ganz prima mitgeholfen." „Ich bin ja auch schon groß und komme bald in die Schule." „Ja, ja, ich weiß." Anna streicht ihr über das Haar. Mit geröteten Wangen rennt Karoline ins Haus zu ihrer Mutter. „Mama, wir sind fertig!"

3

Der rote Drache

Die Sommer sind lang und warm und laden zu Ausflügen in die Natur ein. Das kleine Flüsschen, ganz in der Nähe des Dorfes, wird häufig zum Baden aufgesucht. Es gibt dort eine idyllische Stelle, mit einem Streifen feinen Kies, der immer dann zum Vorschein kommt, wenn Niedrigwasser ist, was meistens im Sommer der Fall ist. Das Ufer ist mit Weiden bewachsen, deren Zweige bei Hochwasser in den Fluss hineinhängen. Man kann sich auch wunderbar unter den alten Bäumen verstecken. Hierher darf Karoline nur in Begleitung ihrer großen Freundin Emmi gehen. Nur wenn der Fluss wenig Wasser führt, treffen sich hier am Ufer auch die kleineren Kinder des landwirtschaftlich geprägten Ortes.

In der Erntezeit müssen einige größere Jungen auch schon mal auf den Feldern des Gutes Waldhausen mithelfen, bei deren Herrschaften ihre Väter als Tagelöhner arbeiten. Sie kommen dann in den Abendstunden, wenn die Kleinen schon wieder zu Hause sind, und erfrischen sich nach der schweren Arbeit in dem kühlen Nass.

Karoline genießt die Stunden mit den anderen, sie spielen Fangen oder sie malen Himmel und Hölle in den Sand und hüpfen um die Wette. Wenn sie genug getobt haben bespritzen sie sich zum Abkühlen gegenseitig mit Wasser.

Die Jungen spielen mit dem Ball, oder das beliebte Kippel - Kappel, wobei eine einigermaßen ebene Fläche, die sie ein kleines Stück vom Ufer entfernt auf dem festen Weg zum Fluss finden, als Spielfeld dient. Man benötigt einen Knüppel aus einem geraden, schlanken Ast geschnitten und einen kleinen, runden Stock an beiden Enden angespitzt. Diesen legt ein Mitspieler quer auf eine Längsrille, die in den harten Boden gekratzt wurde. Er schleudert nun mit dem Knüppel, der als Schlagstock eingesetzt wird, den kleinen Stock so weit wie möglich weg, und je nach dem wie sie die Spielregeln festgelegt haben, wird er von der Art wie er gefangen wird, mit einer Hand, mit beiden, oder lässig zwischen zwei Fingern, die sogenannte Zigarre, von den Mitspielern mit Punkten bewertet. Der Fänger versucht mit dem kleinen Stock, den großen, der jetzt auf der Rille liegt, zu treffen. Hat er Erfolg gibt es weitere Punkte.

Das Gekreische und Gejohle ist weit über die Feldmark zu hören. Manchmal sagt ihre Mutter im Scherz: „Ihr macht ja einen Lärm am Fluss, das kann man ja bis Danzig hören."

Sie wächst fröhlich inmitten der Dorfkinder auf. Nur die ständigen Hänseleien wegen ihrer roten Haare stören sie sehr.

„Hallo Hexe, wie heiß ist es in der Hölle?" Walli Koller, an einen Baumstamm gelehnt, die Arme über der Brust verschränkt, die Unterlippe ein wenig vorgeschoben, die kleinen schwarzen Augen blitzen unter braunen zerzausten Haaren hervor, guckt Karoline herausfordernd an. Er ist der jüngste von fünf Brüdern, einer davon ist Martin, der Tischlerlehrling, der recht unauffällig und still alles macht, was man von einem Stift im ersten Lehrjahr erwartet. Ganz anders Walli, der eigentlich Waldemar heißt, der laut und rüpelhaft ist und keinem Streit aus dem Wege geht. Vielleicht liegt es ja daran, dass er sich seinen älteren Geschwistern ständig unterordnen muss, denn sonst setzt es Prügel. So gibt er seine miese Erfahrung weiter und unterdrückt selbst auch gerne Schwächere. Selten trifft er jemanden, der ihm Paroli bieten kann.

Karo die gar nicht versteht, was der Rüpel mit Hexe und Hölle meint, schaut Emmi Hilfe suchend an, denn dass das nichts Nettes war, kommt sogar ihr in den Sinn. Emmi nimmt sie an die Hand, und da sie so lang ist, beugt sie sich zu ihr nieder und flüstert ihr zu: „Du musst gar nichts dazu sagen, denn dann ärgert er sich am meisten. Und weinen wirst du auch nicht!" Karo schluckt ihre Tränen krampfhaft runter. Sie schaut zu Walli herüber und sieht wie er schadenfroh grinst.

Der warme, lange Sommer geht langsam dem Ende zu und für die großen Kinder in Waldhausen beginnt wieder der Schulalltag, den Karo und die anderen in ihrem Alter noch nicht kennen.

Nach oft schwülen August- und heiteren Septembertagen, die Felder sind längst abgeerntet, kündigt sich unweigerlich der Herbst mit Stürmen an, und die großen Dorfkinder bauen eifrig Drachen aus Packpapier, dünnen Leisten und Mehlkleister. Anschließend versuchen sie die bunt angemalten Ungetüme an einem langen Band in die Luft zu bekommen. Die Jungen rennen gegen den Wind über die Stoppelfelder, den Drachen kurz hinter sich, und wenn er sich auf dem Luftstrom hält geben sie Leine. Wenn sie Glück haben und er oben bleibt, hin und her pendelt und mit dem langen Schwanz wedelt, sieht es aus als wolle er sich ausschütten vor Lachen.

Karo stürzt in die Werkstatt „Papa, Papa, die großen Jungs haben alle Drachen gebaut, ich möchte auch soo gerne einen haben!" „Nun mal langsam kleines Fräulein, wer soll den denn bauen, und wer soll ihn in die Luft bringen?" „Na du, oder Jochen!" Max und Jochen sehen sich verstohlen an. „Dazu haben wir im Moment gar keine Zeit." „Och, wie schade, ich hätte solche Lust Drachen fliegen zu lassen." Dabei bleibt es erst einmal und Karo ist ein bisschen enttäuscht.

Doch ein paar Tage später an einem Sonnabendmorgen, sie hat gerade ausgeschlafen und will aus ihrem Bett springen, sieht sie neben der Tür einen ganz besonderen Drachen, der bestimmt von einem talentierten Bastler gebaut wurde. So einen schönen Drachen hat sie noch nie im Leben gesehen. Er ist ganz aus rotem Papier und hat, sie muss erst mal nachzählen, sechs Ecken und einen enorm langen Schwanz. Die Augen, die Nase, der lachende Mund sind mit weißer Farbe darauf gemalt.

„Juhu, juhu, ich hab' einen Drachen! Papa, Papa wann lassen wir ihn fliegen?" Das ganze Wochenende haben Karoline, Jochen und ihre Eltern Spaß mit dem urigen Gefährten.

Die Jahreszeiten reihen sich aneinander. Nach dem schönen Sommer, dem kühlen stürmischen Herbst folgt zur Freude der Kinder ein langer, eisiger Winter, mit viel, viel Schnee. Oft schon im November, wenn der erste Frost den Nebel zu Raureif erstarren lässt und die Natur in eine Zauberlandschaft verwandelt, ziehen bald die dunklen Schneewolken herbei, aus denen große Flocken lautlos zur Erde fallen. Die Kinder aus Waldhausen hocken hinter den Fenstern und starren in freudiger Erwartung hinaus auf die Straße oder in den Garten. Der Schnee rieselt und rieselt, Frau Holle schüttelt fleißig ihre Betten aus. Bald ist alles mit einer dicken weißen Schneedecke überzogen und man kann nur noch ahnen was sich darunter verbirgt. Nach tagelangem, stetigem Schneefall ist es oft nicht mehr möglich in die Dorfschule zu kommen, dann wird jeder Mann im Dorf und auf dem Gut zum Schnee schaufeln gebraucht. Vielleicht kommt dann auch hin und wieder die blasse Wintersonne hervor, die bei eisigen Temperaturen, die weiße Landschaft zum Glitzern bringt.

Warm eingepackt toben die Kinder im Schnee, bauen Schneemänner, die verwegene Kopfbedeckungen und rote Wurzelnasen tragen. Auf dem Dorfteich haben sie sich Schlitterbahnen geschaffen und Schlitten sind im Dauereinsatz. Am schönsten ist es jedoch am Sonntag, wenn die Pferde, die sonst auf dem Feld arbeiten, vor die großen Schlitten gespannt werden, die Familien einsteigen, sich in dicke Decken wickeln, und im Konvoi ins Nachbardorf in die Kirche fahren. Im Dorf kennen sich alle und man hilft sich gegenseitig. Vor der Kirche treffen Sophia, Max und Karoline auf Minna Ulldahl, Karolines Großmutter.

Minna wohnt in einer kleinen Wohnung auf dem Gut. Dort ist die energische Person als Köchin angestellt. Sie steht jeden Tag in der Küche am Herd und scheucht das Personal, das ihr zur Seite steht. Sie ist schon sehr lange Witwe, die Kinder Max und Erwin hat sie allein großgezogen.

Erwin, der ältere ihrer Söhne, inzwischen 33 Jahre alt, ist Melker und arbeitet auch auf dem Hof. Karo liebt ihren Onkel. Er ist immer zu Späßen aufgelegt und tobt mit ihr herum. Manchmal darf sie auch beim Melken zuschauen, wobei er vorher zu ihr sagt:

"Aber du bist brav und bleibst auf dem Futtergang. Versprochen?"

„Klar, Onkel Erwin!"

Die vielen Kühe die angekettet nebeneinander in dem großen Stall stehen, verbreiten, während sie vorne in dem langen Futtergang von den Stalljungen mit Heu und Rüben gefüttert und hinten von den Melkern gemolken werden, einen ihr ganz vertrauten, speziellen Geruch. Auch die Geräusche kennt sie genau, das Kauen der Rüben, das Schlürfen aus der Kuhtränke und das zufriedene Muhen der Viecher. Karo nimmt alles begeistert auf. „Darf ich auch mit helfen?" Der lange Emil, der gerade eine Schubkarre mit geschnitzelten Rüben hereinfährt, guckt sie freundlich an. „Hier ist die Forke gnädiges Fräulein, aber spieß dich bloß nicht damit auf, dann bekomme ich Ärger mit deinem Onkel." Er grinst. Sie hat natürlich Mühe mit dem für sie viel zu großen Gerät zu hantieren, doch so schnell gibt sie nicht auf und Emil hilft ihr ein bisschen dabei.

Ihr Onkel und seine Helfer sind derweil dabei eine Kuh nach der anderen zu melken. Sie stellen einen Eimer unter das volle Euter, setzen sich auf den einbeinigen Melkschemel, drücken den Kopf, der mit einer nicht mehr ganz sauberen Mütze, auch scherzhaft Schmierdeckel genannt, bedeckt ist, in die Seite der Kuh und massieren mit Melkfett die Zitzen. Gleichmäßig strullt die Milch in feinen Strahlen in den Eimer. Anschließend wird sie durch große Filter in die Milchkannen gegossen. Karo schaut fasziniert zu und lässt sich ab und zu den Schaum, der zurückbleibt, schmecken. In der Hofmolkerei wird das weiße Lebensmittel zu Käse, Butter und Quark verarbeitet.

Das Gut Waldhausen mit dem schönen weißen Herrenhaus, der Pappelallee, die geradewegs zum Portal führt, dem Park, der das Gebäude großzügig umgibt, ist ein ansehnliches Anwesen. Die mit einigem Abstand errichteten langgezogenen Bauten für das Gesinde und die sich daran anschließenden Stallungen gehören natürlich dazu. Hier sind etliche Menschen beschäftigt und haben ein bescheidenes Auskommen. Es sind einfache Landarbeiter, die hier arbeiten und wohnen.

Graf Claus von Eschenheim ist ein strenger, doch gerechter Arbeitgeber, den man oft mit dem Pferd über seine Äcker und Weiden reiten sieht, natürlich auch um seine Leute zu kontrollieren. Seit einem Reitunfall ist seine Frau Leonore ans Haus gebunden und braucht manchmal Pflege. Groß und schlank, mit langen, blonden Haaren, die zu einer eleganten Außenrolle hochgesteckt sind, und mit dichten Wimpern umrahmten, dunkelblauen Augen, die jeden offen anblicken, ist sie eine Schönheit.

Diese freundliche, gutmütige Person ist bei ihren Dienstboten sehr beliebt. Oft sagt sie:„Ach, machen sie doch nicht so viele Umstände!" Dass das Personal diese Gutmütigkeit nicht schamlos ausnutzt, dafür sorgt Minna Ulldahl. Sie ist streng und hat alles fest im Griff.

Die Gräfin lässt ihrer Köchin freie Hand, und die schaltet und waltet auch am liebsten, ohne sich von jemanden reinreden zu lassen.

Sie ist schon so lange wie sie denken kann auf dem Gut, hier fühlt sie sich wohl. Ihre Eltern waren Tagelöhner und Minna und ihre Schwester Erna wuchsen hier auf. Sie haben als Kinder so manchen Unsinn ausgeheckt. Als Erna ihren Freund August Karsubke aus dem Dorf heiratet, und die beiden nach Berlin ziehen, empfindet sie so etwas wie Verlust. Mit ihrer Schwester hat sie sich immer bestens verstanden. Nun können sie sich nur noch Briefe schreiben. Später, als sie mit dem Landarbeiter August Ulldahl eine Familie gründet, fühlt sie sich dem Hof noch mehr verbunden. Es sind schwere Jahre, als ihr Mann in jungen Jahren einer schweren Krankheit erliegt, aber sie wird von der Gutgemeinschaft aufgefangen, und ihre Söhne können einigermaßen unbeschwert aufwachsen. Erwin, den ersten Sohn, kann man immer bei den Tieren im Kuhstall oder im Pferdestall finden, falls er wieder mal vermisst wird. So ist es auch verständlich ihn einen Beruf erlernen zu lassen, in dem er ständig mit Tieren zu tun hat. Als Obermelker hat er eine verantwortungsvolle Aufgabe, die ihn voll und ganz ausfüllt. Es macht ihm auch Freude, mit jungen Menschen umzugehen, und seinen Helfern etwas beizubringen.

Max dagegen ist schon als Junge ein talentierter Bastler, alles Material das er in die Finger bekommt, wird zu praktischen Teilen oder Spielsachen verwandelt. Das können kleine Flöten, Peitschen, Holzpuppen oder andere Dinge sein. Statt im Stall hält er sich fast immer in der Tischlerei Bohnhoff im nahegelegenem Dorf Waldhausen auf.

„Du Minna, dein Max muss unbedingt Tischler werden, der hat das Talent dazu! Ich möchte, dass er nachmittags nach der Schule schon mal ein bisschen hilft. Und wenn er seinen Schulabschluss hat, kann er bei mir lernen, Kost und Logis sind frei." Albert Bohnhoff sitzt bei Minna in der kleinen Stube auf dem Sofa. Minna guckt skeptisch zu ihm rüber; „Meinst du wirklich, das Max das Zeug dazu hat?" In ihrer Familie waren die Männer immer Landarbeiter, und eigentlich hatte sie gedacht ihr zweiter Sohn würde nach der Schule auch auf dem Gut anfangen. Aber nach einigen schweren Atemzügen hat sie sich durchgerungen und sie sagt; „Na ja, wenn du meinst, das die Tischlerei das Richtige für ihn ist, kannst du es ja mal mit ihm versuchen." Doch im Grunde ihres Herzens ist sie sehr froh, das es sich so gefügt hat.

Max, der heimlich gehorcht hat, macht einen Freudensprung. Endlich kann er seinen Traumberuf erlernen. Er ist Albert Bohnhoff sehr dankbar, dass er seine Mutter überzeugt hat. Denn Minna zu etwas zu überreden, von dem sie nichts hält, ist weiß Gott ein schweres Stück Arbeit. Doch Max wird ihr beweisen, wozu er fähig ist.

Jahre später wird er die Tischlerei sogar als Meister von seinem alten Lehrherrn, der keine eigenen Kinder hat, übernehmen.

4

Politischer Wandel

Karoline wächst in einer Zeit auf, die politisch im Umbruch ist. Von der Weimarer Republik bis zum Nationalsozialistischen Regime ist es nur ein kleiner Schritt. Anfang der dreißiger Jahre ist immer öfter von Adolf Hitler zu hören.

Nach dem 21.März1933, der als der Tag von Potsdam in die Annalen eingegangen ist, tritt das Ermächtigungsgesetz in Kraft. Es bedeutet, dass Hitler gesetzgebende und ausführende Gewalt hat. Ein Einparteienregime entsteht, und als nächstes werden die Gewerkschaften aufgelöst. Es ist jetzt sogar möglich aus politischen Gründen in Konzentrationslager eingewiesen zu werden.

Die Gelder der Gewerkschaften werden später für die NS-Freizeitorganisation >Kraft durch Freude< eingesetzt. So können Millionen Menschen Urlaub machen, die sich vorher noch niemals so etwas leisten konnten. So gewinnt der Führer neue Anhänger.

Durch Arbeitsdienst und andere Maßnahmen, wie Straßenbau und die allgemeine Wehrpflicht, die im März 1935 trotz des Versailler Vertrages, der viele Einschränkungen enthält, wieder eingeführt wird, ist es gelungen die Massenarbeitslosigkeit einzudämmen. Vor diesem Hintergrund ist es wohl auch zu verstehen, das viele Menschen Hitler vertrauen und in die Partei eintreten.

Auch in Waldhausen und Umgebung ist dieser politische Wandel nicht zu übersehen. Die jungen Männer werden eingezogen und militärisch geschult. Die großen Kinder sind in der Hitlerjugend. Alles wird gut organisiert. Die Farbe braun ist mehr und mehr präsent, und statt Schwarz-Rot-Gold flattern nun überall Hakenkreuzfahnen im Wind. Es gibt nur wenige Deutsche die über diese Entwicklung beunruhigt sind.

Als der siebzehnjährige Pole Herschel Grünspan am 7. November 1938 in der deutschen Botschaft den Legationssekretär Ernst von Rath erschießt, löst er ungewollt damit die planmäßigen Ausschreitungen gegen die Juden aus. Im ganzen Reichsgebiet werden angeblich spontane Angriffe gegen jüdische Geschäfte, Synagogen und Wohnhäuser von SA-Trupps organisiert. Die Nacht zum 10.November geht als Reichskristallnacht in die Geschichte ein. Jüdische Bürger, egal welchen Alters und Geschlechts, werden aus den Betten gerissen. Dabei werden über 60 Menschen getötet, über 26000 verhaftet und in Konzentrationslager verschleppt.

Waldhausen bleibt von diesen Ausschreitungen nicht verschont. Viele Alteingesessene können es nicht glauben und sind sprachlos, das die Familie des Schneiders Ephraim Goldmann von dem Tag an verschwunden ist. Die Fenster seines Hauses sind eingeworfen, die Wände mit Parolen beschmiert. Natürlich hat jeder gewusst, dass er Jude ist, doch hier hat wohl keiner damit gerechnet, mit welcher Gründlichkeit die Nazis vorgehen würden.

Der rassistische Antisemitismus ist ein zentrales Element der NS-Weltanschauung. In aller Öffentlichkeit werden jüdische Mitbürger nach 1933 diskriminiert und wirtschaftlich stranguliert. Dass Hitler jedoch bereit war alle Juden Europas systematisch zu liquidieren, konnte sich kaum ein Zeitgenosse vorstellen. Der Massenmord an den Juden erreicht 1943/44 seinen Höhepunkt. Kaum einer vermag die Qualen, die Schrecken und das Leiden nachzuvollziehen. Millionen Menschen kommen in den Gasöfen der Konzentrationslager um, werden als menschliche Versuchskaninchen gequält und misshandelt für angeblich wissenschaftliche Experimente. Es gibt kaum eine jüdische Familie, die nicht vom Holocaust betroffen ist. Der Massenmord an den Juden und auch an anderen ethnischen Gruppen ist ein unvorstellbares Verbrechen.

Diese Ereignisse werden Karoline im Kindesalter vorenthalten, obwohl sie die Erwachsenen manchmal hinter der Hand über politische Dinge raunen hört, die sie natürlich nicht verstehen kann. Immer öfter sieht sie ihren Vater und Jochen am Volksempfänger sitzen und Nachrichten hören, ihre besorgten Gesichter beunruhigen sie. Auch Sophia hat ihre Fröhlichkeit verloren, und Karo bekommt ein unbehagliches Gefühl.

Und wo ist Familie Goldmann geblieben?

5

Flucht

Als Karoline im Frühjahr 1937 endlich in die Schule kommt, hat es für sie schon viel zu lange gedauert, bis sie ihren schönen Ranzen, den sie zu Weihnachten geschenkt bekommen hat, mit Hilfe ihrer Mutter auf den Rücken schnallen kann. Und als sie mit Riesenschritten in die nicht weit entfernte kleine Dorfschule läuft, klappern die Schiefertafel und der Griffelkasten, dass es eine Freude ist. Der Schwamm, an einem Band befestigt, hängt aus dem Ranzen heraus und hüpft mit jedem schnellen Schritt fröhlich rauf und runter. Karo ist ziemlich aufgeregt.

Der alte Lehrer, der den jüngeren abgelöst hat, weil dieser sich freiwillig zur Wehrmacht gemeldet hat, nimmt die neuen Schüler, es sind dieses Jahr nur sechs, freundlich, aber auch streng in Empfang. Die Kleinen bekommen ihre Sitzplätze auf den Holzbänken mit den integrierten Tischen zugewiesen. Sie werden aufgefordert ruhig zu sein, und nur dann etwas zu sagen, wenn Lehrer Clausen sie etwas fragt.

Er hält eine kleine Ansprache, die Karo nicht wahrnimmt. Sie kann auch nicht still sitzen, und etwas verunsichert schaut sie sich um, und wen entdeckt sie da ein paar Bänke weiter hinten? Walli Koller natürlich, der sie frech angrinst. Ihr kommt in diesem Augenblick in den Sinn, dass wahrscheinlich nicht immer alles so glücklich ablaufen wird, wie sie es sich vorgestellt hat. Sie will aber trotzdem in der nächsten Zeit alles tun, um viel zu lernen.

In der kleinen Dorfschule mit nur einem Klassenzimmer sind alle Kinder von sechs bis fünfzehn Jahren vertreten. Die einzelnen Schuljahre von eins bis neun sind durch die Sitzordnung zu unterscheiden. Vorne sitzen die Schulanfänger in den kleinsten Bänken, die nach hinten immer größer werden, um auch zum Schluss den langen Lulatschen in der siebten bis neunten Klasse, zu denen auch Emmi und Walli gehören, eine Möglichkeit zu geben, vernünftig zu sitzen.

Karoline geht bis 1944 in diese Schule. Mit ihren roten Haaren hat sie es nicht leicht, doch sie lernt es einfach zu ignorieren, wenn man sie hänselt. So nimmt sie hauptsächlich den Jungs wie Walli den Wind aus den Segeln und wird schließlich akzeptiert wie sie ist. Man kann fast sagen, sie pflegen eine dezente Freundschaft, die darin gipfelt sich zu grüßen, und sogar manchmal ein paar Worte zu wechseln.

Im Oktober ist sie vierzehn Jahre alt geworden und der Krieg, der an allen Fronten verloren wird, geht dem Ende entgegen. Alle Männer ob jung ob alt, wenn sie nur ein Gewehr halten können, werden zum Schluss noch eingezogen. Ihr Vater Max, Onkel Erwin, Jochen Bender, Walli Koller und seine älteren Brüder, sogar der ruhige Martin, sind jetzt alle im Krieg und kämpfen für das >Deutsche Vaterland<. Zwangsläufig liegt die Tischlerei brach, nur Karo begibt sich noch ab und zu in ihre Nähe, um davon zu träumen wie schön es noch vor ein paar Jahren war, wenn sie den Männern bei der Arbeit zugesehen hat.

Langsam wird es mühsam auf dem Gut und im Dorf, die ganzen anfallenden Arbeiten in der Landwirtschaft ohne die jungen Hilfskräfte in den Griff zu bekommen. So müssen alle, die zurück geblieben sind, mit anpacken.

Den Menschen in Deutschland wird immer noch der Endsieg vorgegaukelt, doch es gibt nicht mehr viele, die daran glauben. Zum Schluss werden sogar noch halbe Kinder gedrillt, um als Gewehrfutter zu dienen. Es ist ein schrecklicher Wahnsinn, und es vergeht kein Tag ohne Nachrichten von Gefallenen und Verletzten. Es gibt kaum eine Familie, die nicht betroffen ist.

In diesen dunklen Tagen hält sich im Dorf hartnäckig das Gerücht, dass die Russen auf dem Vormarsch nach Berlin nur Schutt und Asche zurücklassen. Sie vergewaltigen, plündern, metzeln und brandmarken, und markieren so eine Spur der Verwüstung. Bei den Frauen, die jetzt ohne männlichen Schutz auskommen müssen, breitet sich die Angst aus.

Es werden ernsthafte Anstalten gemacht, die vertraute Umgebung zu verlassen.

Fast alle Leute aus dem Dorf und Gut Waldhausen, überwiegend Frauen, Kinder und alte Menschen haben sich zusammen getan, um gemeinsam in Richtung Westen zu fliehen. Es fällt vielen schwer nur das Nötigste mitzunehmen. Doch am schlimmsten ist es, das Heim zu verlassen und die Tiere sich selbst überlassen zu müssen. Für ein paar Tage reicht das Futter, aber dann kann der Feind sich auf ein ordentliches Schlachtfest freuen.

Am verabredeten Tag im Februar 1945 kommt Minna Ulldahl mit ihrem Pferdegespann, vollgeladen mit ihren Habseligkeiten, die sie für unentbehrlich hält, vor das Haus ihres Sohnes gefahren. Sie springt vom Kutschbock und schaut wie weit Sophia und Karoline sind.

„Wir haben nicht mehr viel Zeit, wir müssen unbedingt heute noch weg hier!"

Sophia ist gerade dabei ihr Pferd vor den Wagen zu spannen, der schon beladen ist. Sie schaut ihre Schwiegermutter an und ist erstaunt mit welcher Vitalität die inzwischen 63jährige die Situation meistert. Minna sieht ein wenig entstellt aus, denn sie hat sich viele warme Sachen übereinander und zum Schluss ihren Wintermantel angezogen. Ein dickes Wolltuch, tief in die Stirn gezogen, schützt ihren Kopf vor der lausigen Kälte.

„Karoline, hast du deine Sachen zusammengesucht? Wir müssen sehen dass wir weiterkommen, zieh' dir alles an, was du finden kannst, ein Teil über das andere. Es ist sehr kalt!"

Karo schaut sich noch einmal im Haus um, bevor sie es verlässt. Sie erblickt in ihrem Zimmer, das ihr immer Zuflucht gewährte, auf dem Boden ihre alte, selbstgenähte Puppe. Sie muss wohl bei der Durchsicht ihrer Sachen aus einer Schublade gefallen sein, in die sie vor einiger Zeit von ihr verbannt wurde. Mit einem schnellen Griff nimmt sie die treue Gefährtin ihrer Kindertage an sich, und von Gefühlen überwältigt, ahnt sie, dass sie niemals zurückkehren wird. Sie möchte sich in eine Ecke setzen und heulen, doch dafür ist jetzt keine Zeit mehr, denn sie wird schon wieder gerufen. „Karo, nun mach schon, wir sind in Eile!"

Alle Familien in Waldhausen sind in düsterer Aufbruchstimmung, vor nahezu jedem Haus steht ein Gefährt zur Abfahrt bereit, manchmal auch nur ein vollgepackter Handkarren.

Anna Paulsen und ihre Tochter Emmi sind auch bereit abzufahren, ihre Sachen befinden sich mit auf Sophias Gespann. Man guckt sich an und schweigt, sie hängen alle ihren Gedanken nach. Einige alte Leute wischen verstohlen ein paar Tränen weg, in der Gewissheit ihre Heimat nicht wieder zu sehen.

Alle sind warm angezogen, mit dicken Mützen und Schals, um vor der bitterkalten Witterung gewappnet zu sein.

Unter den Fuhrwerken befinden sich auch mehrere große Schlitten, denn Schnee gibt es in diesem Winter in Massen. Es ist der kälteste Winter seit Jahren. Der Treck, ein trauriger, hoffnungsloser Haufen, setzt sich langsam, sehr langsam in Richtung Westen in Bewegung. In jeder Ortschaft, die sie durchqueren, schließen sich mehr Leute an. Der Zug wird immer länger. Die Flucht aus Pommern ist zwar nicht ganz so dramatisch und gefährlich wie später die Vertreibung aus Ostpreußen und den Ostgebieten, dennoch wird Karoline dieses furchtbare Erlebnis und die deprimierende Zeit danach, als sie in Schleswig-Holstein ankommen und dort nirgendwo willkommen sind, nicht so schnell vergessen.

Trotz allem werden sie dort eine lebenswerte Alternative finden, obwohl niemand in diesen düsteren Tagen es zu glauben wagt.

6

Hoffnung

Irgendwie geht es im Leben immer weiter.

Und so hat es sich bei Minna Ulldahl bestens ergeben, dass auf dem Gut eine Köchin gesucht wird, und Graf Eschenheim, der in einem entfernten Verwandtschaftsgrad mit dem Grafen hier steht, und selbst mit seiner Familie dort eine Bleibe gefunden hat, ein gutes Wort für sie eingelegt hat.

Nun fährt sie jeden Morgen in der Früh, mit dem Fahrrad, das sie von der alten Ella nebenan, die schon lange nicht mehr selbst fahren kann, geschenkt bekommen hat, die Abkürzung über die Felder zum Hof, um ihre Arbeit zu beginnen. Am späten Nachmittag erscheint sie, meistens mit ein paar Resten vom Mittagsessen in der Tasche, in ihrem provisorischen Heim. Für die kleine Familie, die nur noch aus Minna, Sophia und Karoline besteht, ist es ein Segen, dass es so immer etwas zu essen gibt. „Mama, nun iss doch mal ein bisschen, du wirst ja immer dünner!" Doch Sophia stochert nur auf ihrem Teller herum und scheint in Gedanken ganz woanders zu sein. Karo zieht resigniert die Schultern hoch und schaut ihre Großmutter an. Doch die scheint auch keinen Rat zu wissen.

Bevor sie hier in Sehlendorf, in dem kleinen Ort an der Ostsee, in Ostholstein, erschöpft und entmutigt diese winzige Wohnung im Kloster bezogen haben, sind sie durch die Hölle gegangen.

Allen Widrigkeiten zum Trotz überstehen sie diese Odyssee. Sie erfahren Hunger und Kälte am eigenen Leib, erleben Krankheit und Tod, zerberstende Wagen, erschöpfte Menschen, die auch noch das Wenige das ihnen geblieben ist, zurücklassen müssen und an ihrem Schicksal verzweifeln. All dies wird für immer in ihrem Gedächtnis eingebrannt bleiben.

Und dennoch haben sie Glück im Unglück, denn sie gelangen auf ihrer Flucht in eine Ecke von Schleswig-Holstein, die sehr ländlich geprägt ist, mit kleinen Dörfern und hier und da ein paar einsamen Gehöften. Auch einige kleine Städtchen, wie Oldenburg, Heiligenhafen und Lütjenburg fügen sich in die Landschaft ein.

Auch wenn sie anfangs nicht willkommen sind, gibt es in dieser Gegend sehr wohl auch Menschen, die das Elend der Entwurzelten nachvollziehen können und Mitgefühl zeigen.

Mühsame Jahre beginnen, die mancher mit einen Bauchladen vor der Brust, die Dörfer auf Schusters Rappen abklappernd, überlebt hat. Denn mitleidige Seelen kaufen Schuhcreme, Schnürsenkel, Nähgarn, Seife oder andere Utensilien, und so manches Mal fällt auch eine Mahlzeit ab, die dankbar angenommen wird.

Jahre später verrät manchmal nur noch der ausgeprägte Dialekt, dass hier Leute leben, deren Geburtsort im Osten liegt.

Für Kinder und junge Leute ist es noch am einfachsten sich umzustellen, sie gehen hier noch ein paar Jahre in die Schule, finden neue Freundschaften, gewöhnen sich schnell an andere Begebenheiten, genießen im Sommer das Strandleben, im Winter Schnee und Eis, so das ihr Leben sehr bald wieder eine Normalität hat. Sie wollen lachen und albern sein, und nicht ewig in Traurigkeit verharren.

Karo und Emmi gehen an den Strand, der nur wenige Minuten vom Kloster entfernt liegt. Dabei gehen sie an den handtuchgroßen, aber mit viel Liebe gepflegten Gärten, die zu den kleinen Wohnungen im Kloster gehören vorbei. Astern, Rosen und Gladiolen lassen ihre Farben explodieren, während Kohl, Bohnen, Wurzeln und anderes Gemüse darauf warten bald geerntet zu werden.

Der Weg hinunter zum Wasser ist an beiden Seiten mit Knicks begrenzt und führt an dem kleinen Binnensee entlang, dessen Wasseroberfläche die untergehende Sonne spiegelt. Ein paar Blesshühner ziehen ihre Bahnen. Der letzte Bauernhof, mit den großen Linden vor dem alten Wohnhaus, liegt etwas erhöht auf der rechten Seite. Ab dort ist der Weg mit Sand bedeckt, und wilde Heckenrosen blühen am Rand. Es weht an diesem lauen Spätsommerabend kein Lüftchen und sie begreifen immer mehr, in welch eine herrliche Gegend in Ostholstein sie geraten sind.

Eingehakt im Gleichschritt erreichen sie den Strand. Außer ihnen ist keine Menschenseele zu erblicken. Sie ziehen ihre Schuhe und Strümpfe aus, laufen durch den feinen weichen Sand, der noch sonnenwarm ihren Füßen schmeichelt und waten im Wasser, das sich im ersten Augenblick kalt anfühlt, und schnell die Durchblutung anregt. Sie unterhalten sich über alles und nichts und werden vom leisen Geplätscher des Wassers und dem Gekreische einiger Möwen begleitet. Die sechs Jahre Altersunterschied stört die beiden überhaupt nicht.

„Weißt du noch, wie wir immer im Fluss gebadet haben? Und wie Walli Koller mich mit meinen roten Haaren aufgezogen hat? Mit Hexe und Hölle konnte ich nun wirklich nichts anfangen. Und kannst du dich noch erinnern an den roten Drachen, den Papa und Jochen für mich gebaut haben?"

„Ach, das ist alles schon so lange her, was ist inzwischen nicht alles passiert. Es kommt mir wie eine Ewigkeit vor, Karo."

„Wenn ich nur wüsste was ich machen soll. Das was ich lernen möchte wird wohl nichts. Wer nimmt schon ein Mädchen als Tischlerlehrling. Aber Omi meint, ich könnte ja bei ihr lernen. Was meinst du, Emmi?"

„Hm, es ist schwierig dir einen Rat zu geben. Ich finde es nur wichtig, dass man auch als Frau einen Beruf hat. Du siehst ja wie es jetzt aussieht, in diesen Zeiten ist man auf sich selbst gestellt, ich bin jedenfalls froh Schneiderin zu sein."

„Ja, darauf kannst du stolz sein. Außerdem bekommst du ja auch viel zu sehen und zu hören, bei deinen Kunden."

Sie lacht. Emmi erzählt ihr nämlich manchmal kleine lustige Geschichten, die sie bei ihrer Arbeit erlebt.

Sie gehen noch bis zur Steilküste, wo der Strand immer steiniger wird, in Richtung Weißenhaus und kehren dann wieder um, weil sie vor der Dunkelheit zu Hause zu sein wollen. Auf dem Rückweg schauen sie über die Bucht nach Hohwacht, und gehen dann wieder am Binnensee entlang, wo inzwischen die Fischer vom Tivoli ihre Netze auswerfen, zurück ins Dorf. „Tschüß, bis nächste Woche Mittwoch!" Sie umarmen sich kurz am Kloster, Emmi steigt auf ihr Fahrrad und fährt nach Döhnsdorf wo sie mit ihrer Mutter untergekommen ist.

Im Frühjahr 1946 hat Karo die Volksschule beendet, die sie hier im Dorf noch ein Jahr lang besuchen musste. Den ersten Tag dort wird sie wohl nicht so schnell vergessen. Der Weg zur Schule ist kurz, denn sie braucht nur über die Strasse zu gehen.

Es sind bestimmt 40 Schüler in dem großen Klassenraum. Von den Anfängern bis zu den großen Kindern, vom 1. bis zum 9.Schuljahr. Vorne stehen die kleinen Pulte, die nach hinten immer größer werden, damit alle gut sitzen können. Links sitzen die Mädchen und rechts die Jungen. Als sie sich nach hinten zu ihrem Platz begibt, hat sie das Gefühl von allen angestarrt zu werden. Doch es sind noch mehr Kinder hier, die nicht aus dem Ort kommen, sondern wie sie Flüchtlinge sind. Die Klasse platzt aus allen Nähten. Dem alten Lehrer scheint das aber nichts auszumachen, er hat Spaß mit den vielen Kindern. Was ihr anfangs Angst gemacht hat, ist im nach hinein unbegründet. Schnell hat sie sich mit den Mädchen aus dem Dorf angefreundet. Herr Lübke versteht es die Flüchtlingskinder schnell zu integrieren, und egal was für einen Dialekt sie sprechen, er vermittelt Wissen, und wer gut aufpasst im Unterricht ist bestens bei ihm angesehen. Doch so manches Mal gibt es auch was zu lachen. Dafür sorgen hauptsächlich die Kinder, die plattdeutsch oder ostpreußisch sprechen. Wenn zum Beispiel ein Knirps sagt; „Herr Lübke, ik mutt mol op'n Lokus, sonst schiet ik mi noch in de Büx!" muss sogar er lachen.

Die Aborte, die für Jungen und Mädchen getrennt sind, befinden sich neben der kleinen Scheune, in der das Holz für den großen Ofen gelagert wird. Die Scheune begrenzt den Schulhof auf einer Seite, der ansonsten eingezäunt ist. In den Pausen herrscht hier ein Gewusel von großen und kleinen Schülern, die herum toben und einen Riesenkrach machen. Der Lärm ist wie abgeschnitten, wenn Herr Lübke ruft: „Reinkommen!" die Kinder in die Klasse stürzen und der Unterricht beginnt. So bringt der Lehrer auch manchmal zwei Kampfhähne auseinander, die sich dann hoffentlich bis zur nächsten Pause wieder beruhigt haben.

Karo überlegt immer noch, was sie nach der Schule machen soll. Viele Möglichkeiten gibt es hier natürlich nicht. Sie stellt in sich in Blekendorf bei einem Friseur vor, doch der meint, mit diesen Haaren wäre sie nicht die richtige Person. Sie glaubt nicht richtig gehört zu haben, denn dass sie wegen ihrer roten Haare diskriminiert wird, hat sie lange nicht mehr erfahren. Sie ist ziemlich aufgebracht. Vielleicht hat er ja auch was gegen die „Zugereisten", denkt sie. Doch noch ist sie ist zu schüchtern ihn danach zu fragen. Auch bei dem Bäcker in Kaköhl hat sie kein Glück, der hat gerade ein junges Mädchen eingestellt. Den Wunsch Tischler zu werden, hat sie nun sowieso endgültig aufgegeben, und so gibt es nur noch die Möglichkeit für sie Hauswirtschaft zu lernen, was eigentlich auch nicht so abwegig ist, weil Karoline immer gern im Haus und im Garten gearbeitet hat. Also wird sie nun täglich mit ihrer Großmutter zum Sehlendorfer Hof fahren, um dort zu lernen. Und da sie ihre energische Omi kennt, ahnt sie jetzt schon, dass das kein Zuckerschlecken sein wird.

7

Ein kleines Stück vom Glück

Emmi Paulsen hat mit ihrer Mutter Anna im Nachbarort Döhnsdorf bei einem Bauern eine Bleibe gefunden. Auch hier lässt es sich den Umständen entsprechend gut an. Anna, die ja schon immer hart arbeiten musste, um sich und Emmi durchzubringen, ist gern in der Küche, im Kuhstall und auf dem Feld gesehen, denn Heinrich Schlünz ist alleinstehend. Seine Frau ist mit zweiunddreißig Jahren an einer Lungenentzündung gestorben. Seitdem geht bei ihm alles drunter und drüber, und mit seinen Söhnen Gustav und Klaus, die zu dem Zeitpunkt acht und sechs Jahre alt sind, kommt er neben der vielen Arbeit auch nicht zurecht, im Grunde schafft er es nicht mal sich selbst vernünftig zu versorgen. Seine Schwester bietet ihm an, die Kinder mit ihren eigenen aufzuziehen, was er schweren Herzens dankbar annimmt.

Dennoch ist für ihn jeder Tag ein Kampf mit dem Chaos. Wenn der Wecker im Morgengrauen rasselt, springt er aus dem Bett, das auch schon mal bessere Tage gesehen hat, steigt in das dreckige Arbeitszeug, benetzt sein stoppeliges Gesicht mit kaltem Wasser aus der Waschschale und begibt sich schnurstracks in den Kuhstall.

Hier beginnt sein Tagewerk mit dem Melken und Füttern der Kühe und dem Ausmisten des Stalls. Danach geht es in den Schweinestall, der auch ausgemistet werden muss. Nun noch die Schweine gefüttert, die Hühner rausgelassen und kurz in der Küche ein Stück Brot gegessen und einen Becher Milch getrunken, dann muss Heinrich noch die Feldarbeit verrichten.

Dies ist allerdings seine Lieblingsbeschäftigung und man hört ihn die ganze Zeit pfeifen und singen, wenn er mit seinem Pferd den Acker bestellt, und wenn seine Nachbarin, die alte Antje, ihm nicht ab und zu ein einfaches Mittagessen anbieten würde, stünde es ziemlich schlecht um ihn.

Schon so lange er denken kann, haust sie allein in einer alten Kate, mit ein paar Hektar Land drum herum, die an seine Felder grenzen. Ein kleiner Stall, mit einigen Tieren und eine Scheune, gehören auch dazu. Sie wohnt zuerst mit ihrer Großmutter zusammen, die sie bis zu ihrem Tod gepflegt hat. Danach ist sie allein geblieben, wahrscheinlich weil sich keiner fand, der mit ihr so ein genügsames Leben teilen wollte. Vielleicht hat es auch an ihrem Aussehen gelegen, aber darüber macht sie sich jetzt keine Gedanken mehr. Sie sorgt sich vielmehr um Heinrich, dem sie schon als Kind den Schnodder abgewischt hat, und der ohne Frau ziemlich hilflos ist.

Bis Anna Paulsen mit ihrer Tochter Emmi in sein Haus kommen, sorgt er allein für sich, was er mehr schlecht als recht hinbekommt. Man sieht sofort, auf diesem Hof fehlt eine Frau. Wie das ganze Anwesen sieht auch der Bauer ziemlich verwahrlost aus. Es stinkt zum Himmel! Was für die Ställe in einem gewissen Maße normal ist, kann man nicht für das Haus akzeptieren.

Die beiden Frauen, die hier ein Zimmer zugewiesen bekommen, sind anfangs ein bisschen erschrocken, sie müssen erst mal den Wohnraum entrümpeln und reinigen, bevor sie ihre wenigen Habseligkeiten verteilen können.

Wenn Heinrich auch manchmal ein bisschen herumbrummt, so ist er doch ein netter umgänglicher Mensch, und sie haben schnell das Bedürfnis ihm unter die Arme zu greifen. Da Anna und Emmi auch vom Land sind, sehen sie gleich woran es mangelt und sie packen ordentlich mit an. Im Haus, im Garten, im Stall und auch auf dem Acker. Sie machen dem Bauern das Leben angenehmer und schnell ist er einer der wenigen, der nichts mehr gegen Flüchtlinge einzuwenden hat.

Anna krempelt alles bei ihm um und manchmal denkt sie, was für eine Schweinerei so eine Männerwirtschaft doch ist. Mit der Zeit bekommt sie langsam einen Überblick. Nachdem sie das Haus entrümpelt und gründlich gereinigt, die gewaschenen Gardinen aufgehängt und die wenigen Möbel, die noch zu gebrauchen sind, wieder aufgestellt hat, beginnt sie dieses alte Bauernhaus sogar zu mögen. Oh ja, es wird langsam gemütlich.

Heinrich kann sein Glück gar nicht fassen, diese attraktive Frau aus dem Osten weiß wirklich was zu tun ist. Er, der sich jahrelang durchgewurschtelt hat, sieht auf einmal wie sich alles zum Vorteil verändert, und das hat er nur Anna zu verdanken.

Heinrich kommt in die saubere Küche, reibt sich die Augen und kann nur noch staunen. „Ik kann gor nich glöben wat du hier allns mokt hässt. Dat süht jo so fein ut, und dat rüükt hier. Wat hässt du denn in denn groten Pott?" Anna lächelt in sich hinein. Wie dieser ausgewachsene Mann sich freut ist einfach ansteckend. Sie hat aus einigen Gemüsesorten aus dem Garten und geräuchertem Speck, den sie in der Speisekammer zu ihrem Erstaunen entdeckt hat, einen Eintopf gekocht, den sich Heinrich, Anna und Emmi jetzt gut schmecken lassen.

So wie sein Haus und sein Anwesen sich langsam zum Positiven verwandelt haben, so tritt auch bei Heinrich eine Veränderung ein. Er legt mehr Wert auf sein Äußeres, was sich darin zeigt, dass er sich nach der Arbeit wäscht und rasiert und saubere Sachen anzieht. Er sieht um Jahre verjüngt aus, seinem Alter entsprechend, nämlich wie sechsundvierzig. Anna findet ihn nun gar nicht mehr so unattraktiv. Ja, sie hat sich zu ihrem eigenen Erstaunen in den gutmütigen und humorvollen Mann verliebt. Was sie sich nach dem Tod ihres Mannes überhaupt nicht vorstellen konnte ist nun eingetreten. Sie empfindet wieder etwas für einen anderen.

Sie hat auf einmal so komische Gedanken, kann sich sogar vorstellen mit ihm alt zu werden. Und Heinrich hat gleich gemerkt, diese Frau hat der Himmel geschickt. Genau wie er, ist sie nicht mehr ganz jung, aber immer noch sehr schön. Ihre schwarzen Haare sind schon mit ein paar grauen Strähnen durchzogen, aber ihre warmen braunen Augen leuchten aus einem wohlgeformten, reifen Gesicht.

Er ist verknallt wie ein Jüngling und er stellt ihr immer wieder heimlich selbstgepflückte Blumen auf den Küchentisch. Anna ist gerührt und muss lächeln, als er ein wenig linkisch über die geöffnete Klöntür in die Küche schaut. Während sie sagt; „Ich glaube wir müssen mal miteinander reden", geht sie langsam auf ihn zu, nimmt sein Gesicht in beide Hände und küsst ihn mitten auf den Mund, „oder wir machen es einfach so!" „Ach Anna, ick heff di jo so leef!" Er platzt fast vor Glück. Ab jetzt gehören sie zusammen, auch ohne Trauschein.

Nun können sie miteinander sprechen, über alles was sie im Laufe der Jahre erlebt haben, die Freude über die Geburt der Kinder, dann die große Trauer, der Verlust des Ehepartners, die Einsamkeit, nachdem auch seine Söhne nicht mehr bei ihm sind, Annas Flucht aus Pommern. Sie reden und reden, die Abende scheinen nicht lang genug zu sein, endlich ist jemand da, der zuhören kann. Sie halten sich an den Händen und sind glücklich und zufrieden. Sie überlegen, was mit Gustav und Klaus geschehen soll. Anna schlägt vor, sie selbst bestimmen zu lassen, ob sie bei ihrer Tante bleiben wollen, oder wieder zu ihrem Vater zurückkehren möchten. Und was ist mit Emmi? Emmi freut sich mit ihnen, hat sie doch schon lange geahnt, das sich bei den beiden etwas anbahnt.

Annas Tochter hat sich schnell auf ihr neues Leben eingestellt, mit einundzwanzig Jahren ist das noch problemlos. Sie findet diese Gegend wunderschön. Sie genießt die Nähe zum Wasser, die weiten Felder, die Knicks und kann sich nicht satt sehen an den Farben, die die Natur malt. Im Grunde ist sie ja sowieso eine richtige Landratte und nach den Strapazen der Flucht hat sie hier in Döhnsdorf und Umgebung ein neues zu Hause gefunden. Außerdem sind die Leute, an denen ihr etwas liegt, auch hier gelandet.

Als Emmi die Volksschule in Waldhausen mit einem guten Abschluss verlassen hat, ist ihre Mutter dafür, dass sie Schneiderin lernt. Emmi hat schon immer gerne Handarbeiten gemacht, weswegen sie Anna auch sofort zustimmt. „Wir können Herrn Goldmann ja gleich mal fragen." Da der Schneider Ephraim Goldmann zufällig gerade einen Lehrling sucht, kann sie dort schon bald anfangen. Der Weg ist nicht weit, denn die Werkstatt ihres Lehrherrn befindet sich nur ein paar Häuser weiter.

Wie sich jetzt herausstellt, eine richtige Entscheidung, denn mit diesem Beruf kann sie sich sehr gut über Wasser halten. Sie ist sogar gefragt worden ob sie Lust hat, die Aufgabe einer Handarbeitslehrerin zu übernehmen, denn die alte Lehrkraft ist nach langer Überlegung zu ihrer Tochter ins Rheinland gezogen. Emmi hat sofort zugesagt, denn mit Kindern zu arbeiten, in diesem Fall ausschließlich Mädchen, ist eine Herausforderung, der sie sich gerne stellt.

Nun geht Emmi einmal in der Woche, immer am Mittwoch von 14 bis 16 Uhr in die Sehlendorfer Schule. Hier bringt sie den Mädchen vom fünften bis zum neunten Schuljahr bei, wie man strickt, häkelt, näht und bastelt. Diese Aufgabe macht ihr große Freude, wenn auch einige Mädchen dabei sind, die absolut untalentiert sind, und auch bei noch so viel Unterstützung nicht begreifen, wie man zwei Stricknadeln hält. Dafür können sie aber melken und ausmisten oder auf dem Acker mit Pferden arbeiten.

Als Schneiderin wird sie oft gefragt, ob sie nicht dieses oder jenes ändern kann, und so wird aus einem alten Mantel eine flotte Jacke, aus einer Tischdecke eine Bluse, oder aus einer alten Wehrmachtsdecke eine neue Hose. Manchmal entdeckt der eine oder andere auch noch irgendwo ein paar Meter Stoff aus dem sich ein schönes Sommerkleid oder ähnliches anfertigen lässt. So ist sie an mehreren Tagen in der Woche bei Bauernfamilien, deren meist zahlreiche Kinder neue Sachen bekommen. Dort gibt es manchmal sogar eine Nähmaschine, an der sie und die Hausfrau abwechselnd arbeiten. Es spricht sich in den Orten herum, das Emmi ins Haus kommt, und so hat sie jede Menge zu tun.

Sie bekommt auch hin und wieder Klatsch und Tratsch mit, und ist so bestens über die Leute in der Umgebung informiert, wobei sie jedoch klug genug ist, das Gehörte für sich zu behalten. Nur Karo bekommt von ihr ab und zu eine Probe der Geschichten geliefert.

Ihr Traum von einer eigenen Nähmaschine erfüllt sich eines Tages urplötzlich, als Heinrichs Nachbarin zu ihnen auf den Hof kommt. Sie guckt durch die Klöntür, wo Heinrich, Anna und Emmi am Küchentisch sitzen und gerade Kaffeepause machen. Da Kaffeebohnen unbezahlbar sind, trinken sie Malzkaffee, auch „Muckefuck" genannt. „Komm rein Antje, setz dich zu uns und iss ein Stück Kuchen mit." Aber Antje hat gar nicht so viel Zeit sich zu setzen, sie muss sofort loswerden, weshalb sie sich auf den Weg gemacht hat. „Ich wollte zu dir Emmi. Du nähst doch bei allen möglichen Leuten, möchtest du nicht lieber hier zu Hause arbeiten?" Und weil es sich so geschwollen anhört, wenn sie hochdeutsch spricht, redet sie jetzt so wie ihr der Schnabel gewachsen ist. „Ik heff min Dachboden oprüümt, und nu stell di mol vör, watt ik dor funn heff, du warst dat ni glöben, ober dor stünn ünner so manchen Klöterkraam eene so gut wie ni gebruukte Neimoschien, dor heff ik glieks an di dacht. Watt glövst du, kanns du ehr bruuken?" Emmi glaubt nicht richtig gehört zu haben, wenn sie auch wortwörtlich nicht alles verstanden hat. „Und ob ich die gebrauchen kann, nur leider kann ich dir nicht viel dafür geben." „Dat mookt doch gor nix, ik bruuk mol wer ne niee Kittelschört." „Die nähe ich dir gerne! Vielen, vielen Dank!" Sie springt auf und drückt ihr einen Kuss auf die faltige Wange. Damit ist das Geschäft besiegelt, und Antje lacht, wobei sie ihren zahnlosen Mund zeigt, und mit wackelndem, grauem Lockenkopf wieder abzieht.

Emmi darf sich bei Heinrich ein kleines Zimmer als Nähstube einrichten, in dem die Nähmaschine, die Antje in ihrer Kate entdeckt hat, und die wirklich fast wie neu ist, einen guten Platz unter dem Fenster erhält, damit das Licht beim Arbeiten optimal einfällt. Nun kann die junge Schneiderin auch zu Hause nähen und muss nicht mehr so viel unterwegs sein. Sie ist sehr stolz so unabhängig zu sein.

Emmi ist nicht nur unabhängig, sondern auch ein junger Mensch von Anfang zwanzig, der Wünsche und Sehnsüchte hat und der sich hin und wieder auch mal vergnügen möchte. Viel wird auf dem Land natürlich nicht geboten, doch ab und zu einen Tanzabend im „Trotzkrug" in Kaköhl, oder eine Kinovorstellung in einer anderen Gaststätte, das gibt es schon.

Weil sie natürlich nicht allein dorthin gehen kann, überredet sie ihre Mutter und Heinrich sie zu begleiten. Da die beiden schon fast vergessen haben wie es ist einen ganzen Abend bis in die Nacht ausgelassen zu tanzen, sagen sie schnell ja.

Emmi trägt ein buntes Sommerkleid, das ihre schlanke Taille unterstreicht, und bindet die glänzenden dunklen Haare mit einem roten Band im Nacken zusammen. Die braunen Augen leuchten in ihrem jungen, lebhaften Gesicht, und voller Vorfreude auf einen schönen Abend dreht sie sich im Kreis. Nur die groben Schuhe passen nicht so richtig zu ihrem Kleid, aber das stört sie nicht, so geht es vielen, denn Schuhe sind Mangelware.

Der Schuster verkauft keine Schuhe, denn durch die Geldentwertung, die immer größere Auswirkungen annimmt, sind sie unbezahlbar geworden. Es wird höchstens getauscht, vorausgesetzt, man hat überhaupt etwas zu tauschen. Schuhe und Gebrauchsgegenstände gegen Speck, Schinken oder Wurst. Wer sich auf den Schwarzmarkt traut kann dort fast alles erhalten, Seidenstrümpfe, Bohnenkaffe, Stiefel, Lebensmittel, sogar Medikamente. Hier gilt vor allem die Zigarettenwährung. So mancher schlauer Schieber hat sich durch diesen illegalen Handel ein Vermögen erworben.

Auch Anna und Heinrich haben sich herausgeputzt und geben wirklich ein schönes Paar ab. "Mama! Heinrich! Ihr seht toll aus!" Emmi wirbelt die Treppe hinunter und hakt sich bei ihnen ein. Sie gehen die paar Kilometer zu Fuß.

Der Gastwirt hat eine Kapelle organisiert, vier junge Burschen, die Haare mit Pomade frisiert, die für Essen und Trinken Stimmung machen. Die Musiker haben sich schon auf der Bühne eingerichtet, als die drei Döhnsdorfer den Saal betreten. Es sind schon einige Leute hier und Heinrich, seine zwei schönen Frauen am Arm, grüßt stolz nach allen Seiten, denn er kennt viele der einheimischen Anwesenden. Er steuert auf einen kleinen Tisch am Rande des Saales zu, um dort mit seinen Damen Platz zu nehmen.

Nun kann Emmi in aller Ruhe ihre Blicke schweifen lassen. Sie entdeckt einige junge Männer ein paar Tische weiter, Bauernsöhne, die sie schon mal kurz gesehen hat, wenn sie bei den Familien genäht hat. Eigentlich ist sie nicht an ihnen interessiert, doch sie nickt ihnen leicht zu. Immer weiter schaut sie in die Runde, um plötzlich zu stutzen, das ist doch Waldemar Koller? Wie kommt der denn hier her? Die Haare ordentlich zurückgekämmt, mit einer Anzugjacke, die scheinbar ein wenig zu groß ist, sieht er sich kaum noch ähnlich. Er ist erwachsen geworden. Es ist ja auch schon Jahre her als sie sich zum letzten Mal in Waldhausen gesehen haben, als man der Propaganda noch glaubt, dass der Endsieg nahe bevor steht. Nur kurze Zeit später bricht die Welt zusammen und nichts ist mehr wie vorher.

Jetzt sitzt sie hier in diesem Saal, fern der Heimat, und wird von Erinnerungen übermannt. Aber warum hat sie auf einmal so ein Herzklopfen?

Nun hat Walli sie auch entdeckt und das Erstaunen auf seinem Gesicht ist nicht zu übersehen. Unverkennbar Emmi, meine Güte, sie ist noch schöner geworden. Er war schon als Junge in sie verknallt und jetzt ist sie hier, schöner als je zuvor und scheinbar noch nicht vergeben. Er muss die Gelegenheit nutzen, und als die Musik einsetzt, und die ersten Junggesellen sich auf die herausgeputzten Mädchen stürzen, geht er auf sie zu, macht eine tiefe Verbeugung; "Darf ich bitten?" Emmi nickt, erhebt sich vom Stuhl, und hakt sich bei ihm ein, und als sie nach dem langsamen Walzer tanzen, als hätten sie nie etwas anderes in ihrem Leben getan, hat sie immer noch kein Wort gesagt. Doch wozu Worte, wenn man von Gefühlen überwältigt wird.

Walli hält sie fest im Arm, sie schauen sich in die Augen, und Emmi kann sich nicht erinnern jemals in so schwarze, unergründliche Augen gesehen zu haben. Selbstvergessen bewegen sie sich zu der Musik, sie spüren ihre Körper und verschmelzen zu einer Person. Alles um sie herum ist vergessen.

Anna und Heinrich bewegen sich auch viel auf der Tanzfläche und sie blicken sich wissend an, wenn sie Emmi und Walli beobachten. „Sie kennt ihn noch von Waldhausen, dort sind sie zusammen in die Schule gegangen. Oft ist sie wütend nach Hause gekommen, weil Walli Koller sie mal wieder geärgert hat. Ach, es ist schön, wenn sich ein Mensch ändert und aus einem Haudegen ein netter, junger Mann wird. Ich hoffe er wird sie nicht enttäuschen." „Das hoffe ich auch, sonst bekommt er es mit mir zu tun." Sie können ja nicht ahnen, das Waldemar Koller eine Menge Probleme hat, die mit seiner Familie, der fehlenden Ausbildung, seinen Minderwertigkeitskomplexen und den schrecklichen Kriegserlebnissen zu tun haben.

„Emmi, wir gehen jetzt nach Hause, du weißt ja, wir müssen wieder früh aus den Federn." Sie stehen gemeinsam am Rand der Tanzfläche. „Waldemar, dass wir uns hier wiedertreffen ist ein Wunder, aber ich freue mich sie unversehrt zu sehen. Ich nehme an, das Emmi gut bei ihnen aufgehoben ist, und sie sie nachher sicher nach Hause bringen werden." „Sie können gerne wie früher Walli und du zu mir sagen, Frau Paulsen. Zufällig wohne ich auch in Döhnsdorf, und ich verspreche ihnen, ich bringe ihre Tochter sicher heim."

Gustav ist zu seinem Vater zurück gekommen. Nach einer Landwirtschaftslehre hilft er in dem bäuerlichen Betrieb seines Vaters mit, den er später übernehmen wird. Er ist ein sehr umgänglicher fleißiger Junge, den Anna sofort in ihr Herz schließt. Heinrich ist froh, dass sein Sohn wieder bei ihm ist und Hilfe können sie allemal gebrauchen.

Klaus, der jüngere, wohnt noch bei seiner warmherzigen Tante Alma in Harmsdorf, die für ihn seit langem Mutterersatz ist. Sie hat die

Söhne ihres Bruders nach dem Tod der Mutter wie selbstverständlich aufgenommen und nie einen Unterschied zu ihren eigenen vier Kindern gemacht. Wenn es nötig war, wurden auch sie getadelt, da machte sie keine Ausnahme, aber noch öfter wurden sie gelobt, und trotz der Enge im Haus, mit all den Menschen, haben sie sich immer geborgen gefühlt. So haben Gustav und Klaus eine gute Mitgift fürs Leben erhalten.

Klaus macht eine Lehre in der Schlosserei Schlüter in Kaköhl, denn für zwei Söhne reicht Heinrichs Bauernhof nicht.

Karoline und Emmi treffen sich weiterhin oft, um an den Strand zu gehen. Ihre vertrauten Gespräche pflegen sie nach wie vor intensiv. So erfährt Karo natürlich sofort, das Emmi sich bis über beide Ohren in Walli verliebt hat. „Er sieht ja so gut aus, seine schwarzen Augen, sein markantes Gesicht, seine Figur, und überhaupt, er hat sich total verändert. Höflich, zuvorkommend und die widerspenstigen Haare mit Pomade gebändigt, man erkennt ihn kaum wieder."

Karo hat augenblicklich das Gefühl, das die beschriebene Person nicht der Walli sein kann, den sie aus Waldhausen kennt. Dieser freche Bursche, der immer nur böse Streiche im Kopf hatte und der sie dauernd geärgert hat, kann doch nicht so ein netter Mann geworden sein. Sie schaut ihre Freundin ungläubig an. „Und es ist wirklich Waldemar Koller den du da getroffen hast?" „Ja, ja, oder denkst du vielleicht ich nehme dich auf den Arm?" Sie können gar nicht mehr aufhören zu lachen.

Es ist mal wieder so ein lauer Sommerabend, an dem kein Lüftchen weht, der Himmel im Abendrot erglüht, das sich in einem wie glatt gebügeltem Meer wiederspiegelt, dass einem fast die Luft wegbleibt. „Es ist so wunderschön hier, ich könnte mir vorstellen für immer hier zu bleiben." Karo lehnt sich an Emmi, die dicht neben ihr in den, mit Strandhafer bewachsenen Dünen sitzt. „Ich kann mich nicht erinnern jemals ohne dich gewesen zu sein, du warst immer zur richtigen Zeit in meiner Nähe. Hast auf mich aufgepasst und mich verteidigt, wenn mal einer zu frech wurde, oder mich geärgert hat. Und auf der Flucht hast du mich getröstet, wenn ich vor lauter Angst geheult hab, obwohl du doch genau so wenig wie ich wusstest, was auf uns zu kommt, und jetzt bist du auch noch Mutterersatz, weil meine Mama nicht mehr so ist, wie sie mal war. Leider habe ich keine große Schwester, aber du bist so etwas für mich, so eine wie dich hätte ich haben wollen. Ich wünschte wir könnten auch in Zukunft zusammen bleiben." Karo holt tief Luft.

„Das war aber mal eine lange Rede," grinst Emmi und drückt sie. „Ja, das wäre zu schön. Wir wollen immer für einander da sein. Du bist meine kleine Schwester."

Dieses Versprechen hält ein Leben lang.

8

Vermisst in Berlin

Die meisten Flüchtlinge sind traumatisiert, sie vermissen ihre Heimat, können die schrecklichen Erlebnisse der Vertreibung nicht verarbeiten, trauern um ihren Ehemann, Sohn, Bruder oder Vater. Sie können die Angst um die in Gefangenschaft geratenen und vermissten Angehörigen nicht verdrängen, zu schlimm ist die Ungewissheit. Da geht es ihnen wie allen Familien, egal ob Flüchtlinge oder Einheimische. Es ist ein kollektives Trauma.

Dennoch geht es den Menschen hier auf dem Lande vergleichsweise gut.

So ist es möglich doch schon mal an eine Mahlzeit zu kommen, entweder durch Hilfe bei der Ernte oder bei der Viehhaltung. Die Frauen, die meistens die Bauernhöfe allein bewirtschaften müssen, weil ihre Männer im Krieg gefallen, in Gefangenschaft geraten oder vermisst sind, wissen fleißige Mitarbeit sehr wohl zu schätzen. Die Bezahlung besteht aus begehrten Naturalien, wie Eiern, Hühnern, Mehl, Obst, Wurst und anderen Lebensmitteln. Auch das Abstoppeln ist bei den armen Menschen sehr beliebt. Man sucht dann die abgeernteten, freigegebenen Felder nach verlorenen Ähren, übersehenen Kartoffeln und Rüben ab. Überhaupt, das Sammeln ist eine Überlebensstrategie geworden. Je nach Jahreszeit werden an den Knicks Brombeeren, Schlehen, Nüsse, Himbeeren und an den Feldrändern Brennnesseln und Kamille sowie auf den Wiesen die weiß leuchtenden Champignons gesucht. Nach heftigen Herbststürmen ist Treibholz, das vom aufgewühlten Meer an den Strand geworfen und zum Heizen benötigt wird, überaus begehrt.

In den Städten dagegen ist die Lage hoch dramatisch, denn die Zerstörung ist enorm. Wo man auch hinsieht, das Auge erblickt Trümmerfelder über Trümmerfelder. Bei den entsetzlichen Bombenangriffen der Alliierten werden ganze Stadtteile und mit ihnen die Menschen, die sich nicht rechtzeitig in Sicherheit bringen können, mit einem Schlag ausgelöscht. Unvorstellbare Szenen spielen sich ab. Die Leute, darunter auch Minnas Schwester Erna, die in Berlin, in der drangvollen Enge der Bunker, das Inferno überlebt haben, können ihren Augen nicht trauen. Ihre Wohnungen, Häuser, alles was sie besessen haben, Schulen, Kirchen, Fabriken, alles liegt in Schutt und Asche. Was bleibt sind rauchende, stinkende Trümmerfelder. Leider kann nicht jeder bei Verwandten unterkommen, viele Ausgebombte leben auf der Straße zwischen Trümmern oder in provisorischen Lagern. Doch etwas haben sie alle gemeinsam, sie hungern entsetzlich. Die Essenmarken reichen bei weitem nicht aus.

Erna Karsubke hat nicht viel Glück gehabt in ihrem Leben. Als sie in jungen Jahren mit ihrem Mann nach Berlin zieht, ist sie schon schwanger. Die Hoffnung auf ein besseres Leben hat sich nicht erfüllt. August hat lange keine Arbeit gefunden, und Erna muss die kleine Familie mit Putzen über Wasser halten. Sie haben eine winzige, feuchte, aber bezahlbare Wohnung bezogen, in der ihr kleiner Junge zur Welt kommt und später schwer erkrankt. Er ist nicht mal ein Jahr alt, als er an einer Lungenentzündung stirbt. Ihr Mann, der ab und zu Beschäftigung als Hilfsarbeiter findet, kommt nicht darüber hinweg und verfällt dem Alkohol. Eines Tages, als er wieder einmal betrunken von einer Straßenseite zur anderen torkelt, gerät er unter ein Auto. Nun muss Erna nur noch für sich selbst sorgen, und da sie sehr fleißig und ordentlich ist, hat sie immer Arbeit und kann sich bald eine bessere Wohnung leisten. Sie hat den ersten Weltkrieg überlebt und jetzt wird sie auch diese unselige Zeit überleben.

Sie stochert in dem stinkenden Schutt herum, der einmal ihr zu Hause gewesen ist, und entdeckt auf ein mal einen verbeulten, total verrußten Besteckkasten, in dem sich ihre letzte Habe befindet. Es ist ein Silberbesteck mit Friesenmuster für sechs Personen. Sie kann es kaum glauben. Sie hat Tränen in den Augen, als sie den gröbsten Dreck abputzt, bevor sie ihren Schatz unter dem abgeschabten Wintermantel verstaut. Wie alle in dieser Zeit hat sie nur einen Gedanken, sie will überleben. In Massen schwärmen sie aufs Land, um ihre letzten Wertgegenstände gegen etwas Essbares zu tauschen, so genannte Hamsterkäufe. Auch Erna ist dabei.

Das mit Hilfe der Nachbarstaaten finanzierte Schulessen auch Schwedenessen genannt, ist neben anderen Hilfsprogrammen ein Segen. Die Carepakete aus Amerika haben vielen Deutschen in der Nachkriegszeit das Leben gerettet. Es treffen auch amerikanische Schiffe mit gespendeten Lebensmitteln ein.

Als Deutschland kapituliert, gehen etwa 7,5 Millionen erwachsener Männer in Kriegsgefangenschaft. Dazu kommen noch ca. 4,7 Millionen Gefallene. So liegt die Verantwortung für die Familien überwiegend bei den Frauen. In den zerstörten Städten räumen Trümmerfrauen auf. Sie säubern und stapeln zentnerweise Ziegelsteine, die zum Wiederaufbau genutzt werden. In Berlin gehört auch Erna inzwischen Vierundsechzig, zu diesen Frauen, die sich nicht unterkriegen lassen.

51

Sie weiß noch nicht, dass ihre Schwester Minna sie über das Rote Kreuz suchen lässt.

Weil in der Wirtschaft die Arbeiter fehlen, werden in den letzten Kriegsjahren Fremdarbeiter eingesetzt. 1944 befinden sich Millionen von Zwangsarbeitern im Deutschen Reich. Sie werden aus Polen, der Sowjetunion, Belgien, Frankreich und den Niederlanden verschleppt. Wie Vieh zusammen getrieben und abtransportiert, müssen sie unter katastrophalen Arbeits- und Lebensbedingungen, überwiegend in der Rüstungsindustrie, aber auch in der Landwirtschaft arbeiten. Viele haben das nicht überlebt.

Auch in Ostholstein sind Fremdarbeiter im Einsatz. Auf den Höfen wohnen die Männer im Stall, sie dürfen nicht mit am Tisch der Familie essen. Immerhin gibt es mitleidige Bäuerinnen, die diesen armen Menschen regelmäßige Mahlzeiten zukommen lassen. Auch Frauen und Kinder gibt es unter ihnen, sie helfen mit im Haushalt und bei der Ernte. Nach dem Krieg sind alle wieder frei, und sie können wieder nach Hause gehen, wenn sie überhaupt noch ein zu Hause haben. Die Zeit heilt Wunden, doch für die Narben auf der Seele gibt es keine Medizin. Keiner der Betroffenen wird dieses leidvolle Geschehen je vergessen.

Nach der Kapitulation wird Deutschland in vier Zonen eingeteilt, über die Engländer, Franzosen, Russen und Amerikaner die Hoheit erhalten. Schleswig-Holstein gehört zur britischen Zone, und regelmäßig werden auch die Strände kontrolliert. Ein Jeep besetzt mit zwei oder drei Soldaten fährt langsam durchs Dorf, und immer wenn die Männer Kinder entdecken werfen sie ihnen Päckchen mit Kaugummi oder Schokolade zu. So sieht man immer eine Horde Jungen und Mädchen hinter dem Jeep herlaufen. Von Angst keine Spur. Für viele Kinder sind das die ersten Süßigkeiten in ihrem Leben.

Als am 20. Juni 1948, einem verregneten Sonntag, die neue Währungsreform in Kraft tritt, bekommt jeder Westdeutsche im Tausch für sechzig Reichsmark ein „Kopfgeld" von vierzig Deutsche Mark. Ein politisch, riskantes Unterfangen, denn keiner weiß, ob nicht auch diese Währung von der Inflation betroffen ist. Doch der wirtschaftliche Aufschwung beginnt augenblicklich.

Die Händler haben jedenfalls schon lange vorgesorgt und sofort ihre Regale und Schaufenster gefüllt. Die Leute, die jahrelang keine Waren kaufen konnten, weil das Geld nichts wert war, kriegen vor Staunen den Mund nicht mehr zu, als sie dieses Überangebot erblicken. Von einem Tag zum anderen sind die Artikel zu haben, auf die sie so lange verzichten mussten. Das Experiment ist geglückt, wenn auch die Preise ein wenig in die Höhe gehen. Das deutsche Wirtschaftswunder ist ab jetzt nicht mehr aufzuhalten.

Im Juni 1948 wird die Versorgung der Westsektoren Berlins durch die Luftbrücke der Amerikaner sichergestellt. Vorausgegangen ist die Blockade wichtiger Verbindungsstrecken durch die Sowjetunion. Damit sollten die Westberliner ausgehungert werden. Vom 25. Juni an, landet alle 2 Minuten ein amerikanisches Transportflugzeug, von den Berlinern liebevoll Rosinenbomber genannt. Alle Lebensmittel, aber auch Koks zum Heizen, müssen per Flugzeug in die Stadt gebracht werden. Eine lebenswichtige Leistung der ehemaligen Feinde, die in 462 Tagen ca. 2 Millionen Tonnen Waren transportiert haben.

Am 23. Mai 1949 wird das Grundgesetz der Bundesrepublik Deutschland verkündet. Theodor Heuss wird am 12. September zum ersten Präsidenten und drei Tage später Konrad Adenauer zum ersten Kanzler der Bundesrepublik gewählt.

In Ostberlin wird durch den deutschen Volkskongress die Verfassung der Deutschen Demokratischen Republik bewilligt. Die DDR ist geboren, kontrolliert durch die Sowjets. Es gibt ab jetzt zwei Staaten, die deutsche Bundesrepublik und die sogenannte DDR.

9

Emmis Hochzeit

Als Emmi und Waldemar sich bei dem Ball im Trotzkrug zufällig wiedergetroffen haben, sind sie beide 22 Jahre alt.

Die Erlebnisse im Krieg haben Walli vorzeitig reifen lassen, ja manchmal kommt er sich sogar wie ein alter Mann vor. Er hat die Kämpfe überlebt, aber sein Bruder ist in Russland gefallen. Martin war der einzige mit dem er sich gut verstanden hat, und er vermisst ihn sehr. Der Rest der Familie ist in alle Winde zerstreut, und er hat seit Jahren nichts mehr von ihnen gehört. Nicht dass er sich deswegen grämt. Auf den schikanösen Umgang seiner älteren Brüder mit ihm kann er gut verzichten. Sein Vater, ein Gelegenheitstrinker und Schläger, seine Mutter verhärmt und wortkarg, durch das Leben hart gemacht, sind auch nicht gerade die Mustereltern, die sich ein Junge wünscht. So findet er es ganz in Ordnung auf sich selbst gestellt zu sein und das Schicksal scheint es ja auch gut mit ihm zu meinen. Dass Emmi in sein Leben getreten ist kann er fast nicht glauben, sollte er tatsächlich auch mal Glück haben? Warum eigentlich nicht? Er ist ein Mann der oft an sich zweifelt. Labil und zerrissen.

Natürlich war Emmi schon mal verknallt in einen Jungen, sogar schon öfter, doch entweder war es eine platonische Liebe, wobei der Auserwählte nicht mal sein Glück ahnte, oder es war nach ein paar Treffen schnell zu Ende.

Es ist noch in Waldhausen. Emmi ist sechzehn Jahre alt und mit einem Jungen befreundet, der nicht viel älter ist als sie. Nun, wie es in dieser Zeit üblich ist, gehen sie höchstens Hand in Hand. Nur wenn keiner zusehen kann küssen sie sich auch mal. Emmi ist noch in der Schneiderlehre und Egon Meier lernt Schlosser. Groß, blond mit grauen Augen unter glatt zurück gekämmten Haaren, sieht er umwerfend aus. Doch er hat eine Eigenart an sich, die Emmi zusehend zu stören beginnt. Er kontrolliert sie. Er ist über jeden ihrer Schritte informiert. Er ist krankhaft eifersüchtig und stellt sie dauernd zur Rede. Sie kann nicht nachvollziehen wovon er spricht, denn sie ist sich keiner Schuld bewusst. Als er sie einmal dazu zwingen will mit ihm zu schlafen, wehrt sie sich und kann entkommen. Er entschuldigt sich am nächsten Tag, aber sie hat die Nase endgültig voll und macht Schluss mit ihm. Er versucht immer wieder an sie heranzukommen, doch sie lässt sich nicht erweichen. „Egon, begreif doch endlich, dass ich nichts mehr mit dir zu tun haben will. Lass mich endlich in Ruhe!" Damit lässt sie ihn stehen und läuft schnell nach Hause. Danach sieht sie ihn nicht wieder, denn er wird wie viele junge Männer gegen Kriegsende noch eingezogen.

Egon Meier vergisst nie eine Kränkung. Das, was Emmi ihm angetan hat, bringt ihn dazu in jeder freien Minute an sie zu denken. Nicht liebevoll oder sehnsüchtig, sondern voller Hass. In seinen krankhaften Phantasien kriecht sie vor ihm und muss ihn um Entschuldigung bitten. Doch er drückt sie nieder und zwingt sie zu betteln, um ihr Leben zu betteln. Die beschissene Nutte bettelt um ihr Leben. Er schlägt sie, ah, das tut gut, und bekommt dabei eine Erektion. Er wird sie finden! Wenn er diesen beschissenen Krieg überlebt, wird er sie finden.

Emmi hat ihn längst vergessen.

Aber jetzt hat es ihr den Boden unter den Füßen weggezogen. So etwas hat sie noch nie erlebt, sie ist wie hypnotisiert, ihr wird abwechselnd heiß und kalt, es kribbelt im Bauch. Sie ist verliebt!!

Sie tanzt den ganzen Abend mit Walli, und als er sie nach Hause begleitet, bleiben sie ab und zu stehen, um sich zu küssen. Der Vollmond lächelt auf sie herab und leuchtet ihnen den Weg. Walli schaut ihr tief in die Augen. „Weißt du eigentlich, dass ich schon immer in dich verliebt war? Du warst immer so süß in deiner Eifrigkeit und Fürsorge um Karoline. Dein schönes Gesicht und deine sanften Augen habe ich immer vor mir gesehen, wenn ich irgendwo verdreckt, hungrig und verfroren im Graben gelegen und mich nach Wärme gesehnt habe. Ich kann mein Glück gar nicht fassen, das ich dich hier wiedergetroffen habe." Sie strahlt ihn an; „Und du bist mir immer ziemlich frech vorgekommen mit deinen struppigen Haaren und den schwarzen, blitzenden Augen, wenn du mal wieder einen Streich gespielt hast. Meistens musste Karo darunter leiden, aber mich hast du ja auch nicht verschont. Stell dir mal vor, sie ist auch hier. Sie ist mit ihrer Mutter und Oma in Sehlendorf untergekommen." Er grinst; „Und lass mich mal raten, ihr seid immer noch dicke Freundinnen." „Genau!" Jetzt müssen sie herzhaft lachen. Schließlich erreichen sie Heinrichs Hof. „So, so, hier wohnst du also, das ist nicht weit entfernt von meiner Unterkunft. Sehen wir uns bald wieder?" Sie nickt und lächelt ihn an und läuft schnell ins Haus.

Emmi kann es gar nicht fassen, also das ist die große Liebe, dieses prickelnde Gefühl im Bauch, ihr wird ganz anders wenn sie an seine Küsse denkt. Ab jetzt hat sie nur noch einen Mann im Kopf, und nie hätte sie sich träumen lassen, dass dieser Mann ausgerechnet Waldemar Koller ist. Noch weiß sie nicht auf was sie sich einlässt, noch sieht sie die Welt durch eine rosarote Brille.

Im Frühjahr 1949 heiraten Emmi und Walli in Lütjenburg auf dem Standesamt. Trauzeugen sind Heinrich und Jochen. Es wird eine kleine Feier veranstaltet, an der auch Sophia, Minna, natürlich Karo, Gustav und Klaus teilnehmen.

Minna Ulldahl kocht ein kleines Festmahl und bereitet eine leckere Bowle zu. Die Feier findet in Heinrichs Wohnstube statt, die Anna in ein festliches Zimmer verwandelt, indem sie den großen Tisch eindeckt und mit Perlblumen und Märzbecherchen schön schmückt.

Heinrich hält als Vaterersatz eine kleine Ansprache; „ Ik will gor nich so veel Wöör moken, ik meen nur, ik hoff för ju, datt ji immer glückli un tofreeden seed un immer wat to eeten un to drinken heft. Un Walli mook eer keen Kummer! Nun lot uns een drinken op dat junge Bruutpoor." Sie erheben das Glas und stoßen auf das Glück der beiden an.

Das haben sie auch bitter nötig, denn es dauert nicht lange und die Schwierigkeiten beginnen. Sie ziehen in eine kleine Wohnung in Kaköhl, in der Emmi sich in einem Zimmer eine Schneiderwerkstatt einrichtet. Walli ist ihr dabei keine große Hilfe. Er steht meistens nur unter den Füßen herum und hält sie von ihrer Arbeit ab. Noch sind sie glücklich. Walli ist charmant und macht ihr Komplimente, sie sind total verliebt und können die Finger nicht voneinander lassen. Er fasst ihr von hinten um die Taille und küsst ihren zarten Nacken. Emmi lacht:„Walli, ich muss noch die Gardinen aufstecken, ich hab für solche Sperenzchen gar keine Zeit." „Ach Liebling, für die Liebe muss man immer Zeit haben. Das Leben ist kurz, und auf einmal merkt man, dass man die kostbare Zeit an unwichtige Dinge verschwendet hat." Damit nimmt er sie hoch und trägt sie auf ihr neues Ehebett. Sie schlafen ausführlich und zärtlich miteinander. Die Gardinen können warten.

Es macht nicht viel Unterschied, ob ihre Kunden nach Döhnsdorf oder nach Kaköhl kommen. Es sind so oder so keine weiten Wege. Emmi leitet weiterhin an der Schule in Sehlendorf den Handarbeitsunterricht. Es macht ihr immer noch große Freude den Mädchen etwas beizubringen. Sie ist oft mit dem Fahrrad unterwegs und ab und zu geht sie auch noch zu den Familien, um bei ihnen zu nähen. So ist sie viel beschäftigt und manchmal muss sie auch noch abends arbeiten, wenn Terminsachen anliegen. So bekommt sie als letzte mit, dass Walli Probleme hat. Er hat es ja auch nie gelernt, sich jemanden anzuvertrauen.

10

Der Tischlermeister

Vor Jahren sind Jochen Bender und sein Vater Johannes so aneinander geraten, dass sie nie wieder ein Wort miteinander gewechselt haben. Es geht um die Tischlerwerkstatt, die Johannes gehört. Der alte Bender vernachlässigt seine Arbeit, seine Familie und seine Kunden. Es beginnt damit, dass Jochens Eltern sich dauernd streiten. Seine Mutter, die mit vierzig Jahren immer noch attraktiv ist, brennt mit dem Viehhändler durch und kehrt nie zurück. Danach ist Johannes Bender überwiegend in der Kneipe anzutreffen. Als Jochen ihn zur Rede stellt, wird sein betrunkener Vater wütend und handgreiflich. Auch Jochen ist furchtbar wütend; „Vadder ik heff immer dacht, datt ik dat hier mol ööverneem schull, doch soon Schrotthuupen kanns alleen behooln. Mi süüst du hier nie mehr wedder!" Er packt sein Bündel und kehrt Döhnsdorf den Rücken. Es fällt ihm nicht leicht seine Heimat zu verlassen, doch hier ist er auf jeden Fall nicht mehr zu Hause. So schlägt er sich als Wandergeselle durch und gelangt irgendwann nach Pommern, wo er in Waldhausen bei Max Ulldahl Unterkunft und eine Anstellung als Tischlergeselle findet. Hier lernt er das erste Mal ein intaktes Arbeits- und Familienleben kennen.

Während Waldemar gerade mit einer Ausbildung zum Schlosser begonnen hat, wird er von ein paar Freunden dazu überredet sich freiwillig zum Militär zu melden. Verführt von der Propaganda des Hitlerregimes und der eigenen jugendlichen Dummheit ist er frohen Mutes in den Krieg gezogen. Erst an der Front erlebt er die Grausamkeiten der Kämpfe.

Walli und Jochen, die sich nur flüchtig aus Waldhausen kennen, treffen sich in britischer Gefangenschaft wieder. Das Lager befindet sich in Schleswig-Holstein in der Nähe von Hamburg. Dort gibt es nichts weiter zu tun als beieinander zu hocken. Die Langeweile und der entsetzliche Hunger sind unerträglich. Als sie eines Tages in ein anderes Lager transportiert werden, nutzen sie die Gelegenheit und springen in einem günstigen Augenblick vom Laster. Sie haben Glück, sie werden nicht entdeckt. Obwohl sie nicht darüber gesprochen haben, steht es für sie fest, sie bleiben zusammen. Jochen kennt sich ein wenig aus in der Gegend. Trotzdem dauert es Tage bis sie sich nach Döhnsdorf durchgeschlagen haben. Als sie erschöpft ihr Ziel erreichen und Jochen sein zu Hause erblickt, kommen ihm die Tränen. Das Wohnhaus und die Tischlerwerkstatt sind in einem erbärmlichen Zustand. Sein Vater hat vor seinem Tod alles verwahrlosen lassen. So schlimm sah es bei weitem nicht aus, als Jochen vor Jahren im Zorn diesen Ort verlassen hat.

"Guck dir das bloß mal an Walli! Willst du mir helfen diesen Saustall wieder in Ordnung zu bringen?" „Klar, das mach ich, hier muss mal ordentlich aufgeräumt werden, da ist jede Hand nützlich."

Walli ist dankbar Arbeit und eine Unterkunft zu haben.

Es geht in der ersten Zeit recht gut, Walli stellt sich geschickt an, und Jochen ist froh so einen fleißigen Helfer zu haben. Sie bringen gemeinsam die Werkstatt, den Hofplatz und danach das Wohnhaus wieder auf Vordermann.

Jochen geht neben der Arbeit noch in die Abendschule, die sich in Lütjenburg befindet, um seinen Meister zu machen. Er strampelt mehrmals in der Woche bei jedem Wetter mit dem Fahrrad dorthin. Es ist sehr mühsam, doch ohne Meisterbrief kann er die Werkstatt nicht leiten, und er hat den Ehrgeiz, wie sein großes Vorbild Max Ulldahl Lehrlinge auszubilden. Davon lässt er sich durch nichts abbringen. Und sein Plan geht auf, er schafft die Prüfung und alles geht seinen Gang. Die ersten Kunden lassen nicht lange auf sich warten, und bald kann er einen Gesellen und einen Lehrling einstellen. Er ist sehr zufrieden mit dieser Situation. Damit er jederzeit Material oder fertige Werkstücke zu seinen Kunden transportieren kann, schafft er sich einen Dreiradlaster an.

Walli, der zwar froh ist, den Krieg überlebt zu haben, und es eigentlich immer noch nicht fassen kann, mit seiner großen Liebe verheiratet zu sein, hat dennoch hin und wieder seine schwarzen Stunden, in denen er seine Herkunft verflucht und vor Minderwertigkeitskomplexen und Selbstmitleid zerfließt. Er wird von seinen Kriegserlebnissen eingeholt, die er noch nicht verarbeitet hat, sieht seine toten Kameraden, hört die Schreie der Verwundeten, und immer öfter greift er automatisch zur Flasche. Er hat nie gelernt sich jemanden anzuvertrauen und über sich und seine Probleme zu reden. In seiner Kindheit gibt es nur Häme, wenn einer Schwäche zeigt. Mit wem hätte er auch reden sollen? Der Vater ist mit der Erziehung der Söhne total überfordert, er kennt nur eins, Härte. Jungs weinen nicht und kennen keinen Schmerz, und wenn sie nicht parieren gibt es eben Schläge. Das gilt besonders wenn er von seinen Sauftouren zurückkommt, dann verkriechen sich sogar die großen Brüder. Seine Mutter kann das nicht und ist so seiner Brutalität machtlos ausgesetzt. Wie oft hat er sie vor Angst und Schmerzen schreien hören. Und schon als kleines Kind hat er sich geschworen es ihm heimzuzahlen, wenn er erwachsen ist. Hoffentlich ist er verreckt!

Die schlimmen Gedanken überfallen ihn urplötzlich, meistens wenn er nicht damit rechnet. Nach Feierabend, bei einem netten Zusammensein oder mitten in der Nacht. Zuerst versucht er auf den Schnaps zu verzichten, doch das Verlangen zu vergessen ist stärker, und der vermeintliche Freund Alkohol hilft ihm dabei. Es ist ein Teufelskreis, denn nach einem Rausch kommt der dicke Schädel und unweigerlich das schlechte Gewissen.

Er liebt Emmi von ganzem Herzen, doch auch mit ihr kann er nicht über sich reden, und was noch schlimmer ist, er kann nicht vom Schnaps lassen. Er versucht es immer und immer wieder, und hält es auch eine Weile durch. Doch bald wissen alle dass er trinkt, und Emmi bekommt durch das Getuschel hinter der Hand natürlich mit, das über sie geredet wird. Sie ist todunglücklich und außerdem ist sie schwanger. Noch kann sie es für sich behalten, doch bald muss sie es Walli sagen.

Jochen sieht es sich eine Weile an, doch als er Walli einmal dabei ertappt, wie er heimlich einen Flachmann aus der Tasche zieht, verwarnt er ihn. „Ich werde noch mal ein Auge zudrücken Walli, doch wenn ich dich noch mal erwischen sollte, dann kann ich dich nicht mehr gebrauchen. Du weißt was das heißt? Mensch reiß dich doch bloß mal zusammen! Es schadet auch nicht, wenn du an deine Frau denkst. Die Leute reden schon über euch." „Lass Emmi aus dem Spiel! Ich verspreche dir hoch und heilig, es kommt nicht wieder vor." Er schaut seinen Arbeitgeber zerknirscht an, und bereut überhaupt einen Flachmann eingesteckt zu haben.

„Jetzt gehst du nach Hause, denn bei den Maschinen und dem Werkzeug hier kann ich keine Verantwortung für einen angetrunkenen Mitarbeiter übernehmen." Jochen ist wütend.

Walli versinkt wieder einmal in seinem selbst gegrabenen Loch, das heißt er braucht mehr Alkohol. Obwohl es mitten am Tag ist, geht er in seine Stammkneipe. Hier wird er von paar Saufkumpanen lauthals begrüßt, und sie klopfen sich gegenseitig stolz auf die Schulter. Inzwischen lässt er anschreiben, denn sein Lohn ist schnell vertrunken.

Meistens treffen Emmi und Karo sich am Mittwoch nach dem Handarbeitsunterricht. Die drei Ulldahls wohnen noch immer im Kloster. Da braucht Emmi nur schräg über die Straße zu gehen, und wird schon freudig von ihrer Freundin erwartet.

„Na Frau Koller, wie haben wir es denn heute?" Karo lacht und nimmt sie in den Arm, sie überspielt ihre Besorgnis, denn die Geschichten von Walli sind natürlich auch zu ihr gedrungen, und Emmi sieht nicht gerade glücklich aus. „Komm, lass uns an den Strand gehen, dabei können wir am besten quatschen."

Sophia schaut aus der Klöntür, sie hat für einen Augenblick ihre Strickerei unterbrochen, und wünscht den beiden viel Spaß. „Wie geht es ihnen Frau Ulldahl? „Ach Emmi, wie soll es mir schon gehen, ich sitze hier immer allein in dem dunklen Loch und muss oft an die schönen Zeiten in Waldhausen denken." Sie seufzt herzhaft. Die Trauer um Max wird sie nie verwinden, auch in hundert Jahren nicht.

„Was machen Anna und Heinrich?" „Ach den beiden geht es gut, sie arbeiten viel, sind aber glücklich und zufrieden." „Grüße sie bitte von mir." „Das werde ich gerne ausrichten Frau Ulldahl."

„Mama, bis nachher!" Die Freundinnen haken sich unter, winken und gehen den kurzen Weg in Richtung Strand. Es ist mal wieder Herbst und die Stürme sind zum Teil schon sehr heftig. Doch heute ist ein ruhiger Tag, die Sonne scheint und die Blätter, die noch nicht gefallen sind leuchten in den buntesten Tönen. Nur ein paar weiße Wolken segeln langsam am blauen Himmel dahin. Die abgeernteten Felder, gepflügt und geeggt, mit dunkler, satter Erde sind vorbereitet für den Winter. Die Salzwiesen am Binnensee sind immer noch saftig grün und die schwarzbunten Kühe haben noch ein paar Tage, bevor sie in den Stall geholt werden. Die Natur malt eines ihrer schönsten Bilder.

Emmi und Karoline haben heute keinen Blick dafür, denn sie sind vertieft in ernste Gespräche. „Stell dir mal vor Karo, vor ein paar Tagen will ich aus meinem Spartopf Geld für den neuen Stoff nehmen, den ich bei Simoneit in Kaköhl bestellt habe, und was soll ich dir sagen, der Topf war leer. Ich konnte es gar nicht glauben. Dass Walli sein ganzes Geld, das er bei Jochen verdient, in den Krug trägt ist ja schon schlimm genug, aber wenn er sogar davor nicht zurückschreckt, mich um meine mühsam ersparten Groschen zu erleichtern, ist ihm gar nichts mehr heilig." „Das ist ja wohl das Letzte, das kann er doch nicht machen! Hast du ihn schon zur Rede gestellt?" Emmi schüttelt betrübt den Kopf. „Hast du mal überlegt, ihn rauszuschmeißen? Eigentlich sollte er für dich sorgen, doch bei euch ist andersrum, du ernährst ihn. Du bist doch nicht auf ihn angewiesen." Emmi ist verzweifelt. „Ich kann ihn nicht gehen lassen, ich liebe ihn doch, und wenn er nüchtern ist, dann tut er alles für mich. Er kann ja so charmant und fürsorglich sein." „Aber ist er jetzt nicht zu weit gegangen? Er hat dein Vertrauen missbraucht!" „Ich weiß einfach nicht was ich machen soll!" Sie weint und Karo nimmt sie in den Arm. „Denk daran, wir sind Schwestern. Wenn du deine Entscheidung letztlich auch allein treffen musst, und ich dir nicht dabei helfen kann, so hab ich doch immer Zeit für dich und kann dir zuhören."

Sie würde Emmi gerne von ihren Problemen erzählen, aber ihre Freundin ist so mit ihren eigenen Sorgen beschäftigt, dass sie sich zurück hält.

11

Heißes Wasser

Am 30. Oktober 1950 ist Karoline zwanzig geworden, ihre Ausbildung zur Hauswirtschafterin hat sie längst beendet. Sie ist ihrer Oma dankbar, dass sie ihr geraten hat, diesen Beruf zu erlernen. Wenn es auch weiß Gott nicht leicht ist, mit Minna als Meisterin, die sehr streng ist, und die nichts, aber auch gar nichts durchgehen lässt. Was nicht perfekt ist, muss wiederholt werden. „Karoline merke dir eins, in der Küche bin ich nicht deine Großmutter, sondern immer deine Chefin, egal was passiert." Sie ist zwar streng, aber immer gerecht und Karo hat sehr viel bei ihr gelernt. Und dennoch hätte sie manchmal lieber mehr gelacht.

Sie ist davon überzeugt, dass dies ein sinnvoller Beruf für Frauen ist, die ja sowieso bald heiraten und Kinder bekommen werden. In diesem Fall ist es wichtig kochen, backen, waschen, sauber machen, Babys wickeln und pflegen, nähen, häkeln und stricken zu können.

Doch sie ist sich gar nicht so sicher, dass sie überhaupt einmal heiraten wird, denn nach dem Krieg sind Männer Mangelware, und bei dem Gedanken muss sie grinsen, es wird sicher außer ihr noch viele alte Jungfern geben. Niemals wird sie so einen Dorftrottel heiraten, nur um versorgt zu sein, das hat sie sich geschworen. Sie hat hier noch keinen Jungen getroffen, bei dem sie vor Herzklopfen keine Luft mehr bekommen hätte. Eine Vernunftehe kommt nicht in Frage, denn es ist absolut nicht ihr Wunsch oder gar Traum Bäuerin zu werden, obwohl sie dafür alle Kriterien erfüllen würde.

Es gibt nur einen Mann, der ihr nicht aus dem Kopf geht, aber der sieht in ihr immer noch das kleine Mädchen, -de lütte Deern-. Ja sicher, er ist vierzehn Jahre älter als sie, aber das ist ihr zehnmal lieber als so ein unreifes, pickeliges Jüngelchen, mit dem sie nichts anfangen kann. Seit sie Jochen auf Emmis Hochzeit wiedergesehen hat, kann sie ihn nicht mehr vergessen. Er sieht gereift noch umwerfender aus. Die dichten blonden Haare sind kurz geschnitten, und aus dem schmalen, markanten Gesicht blicken zwei unwahrscheinlich blaue Augen. Sie bemerkt zwar, dass er sie immer wieder verstohlen von der Seite ansieht, als sie sich alle gemeinsam am Festtisch das leckere Mahl schmecken lassen, doch sie kann sich nicht vorstellen, dass er sie attraktiv findet. Sie selbst ist ja auch nicht gerade von sich angetan, auch wenn sie deshalb keine Minderwertigkeitskomplexe hat. Dennoch wird sie rot als sie an die Sprüche denkt, die ihr als Kind oft genug hinterher gerufen wurde. „Rote Haare, Sommersprossen sind des Teufels Volksgenossen!" oder „Hallo Hexe, wie heiß ist es in der Hölle?" Ach, sie weiß eben nicht was sie von sich halten soll.

Karo würde sich arg wundern, wenn sie Jochens Gedanken lesen könnte. -Meine Güte, ist die Kleine groß geworden, die grünen Augen, das flammende Haar, die tolle Figur, sie ist ja eine Schönheit, und jetzt wird sie auch noch rot. Mien lütte Deern is erwassen woorn. Bedaure, bin mit 33 Jahren leider zu alt für dich-. Aber warum hat er noch nicht die Richtige für sich entdeckt, warum waren es immer nur kurze Liebeleien, und warum waren die Frauen immer so, dass er sich nicht vorstellen konnte, sein Leben mit einer von ihnen zu verbringen? Liegt es vielleicht daran, das er im Unterbewusstsein immer nur an das Mädchen mit den leuchtend roten Haaren, grünen Augen und Sommersprossen gedacht hat? Er vertreibt den Gedanken sofort. - Sie ist doch viel zu jung für mich alten Knacker. Es kann nur Freundschaft sein-.

Nun ist das junge Fräulein also Köchin und Hauswirtschafterin in einem frauenlosen Haushalt in Kaköhl. Ihr Beruf macht ihr viel Freude, und Herrmann Hansen lässt sie frei schalten und walten. Zur Unterstützung hat sie noch Frieda und Erna, zwei Schwestern, die abwechselnd das Haus reinigen oder in der Küche helfen. Sie kommen beide jeden Morgen mit dem Fahrrad aus Sechendorf, das nicht weit von Kaköhl entfernt ist.

Karo ist darum bemüht, nicht so eine strenge Chefin wie ihre Groß-mutter zu sein, denn sie hat doch ein bisschen unter der Gewitterstim-mung gelitten. Bei ihr darf auch mal herzhaft gelacht werden, denn sie mag gerne fröhlich sein, dann geht die Arbeit gleich viel besser von der Hand. Erna und Frieda sind bald ihre Freundinnen.

Ihr Arbeitgeber, ein großer, ruhiger Mann um die sechzig, auf des-sen großen Hof zehn Helfer leben, die natürlich alle versorgt werden müssen, ist froh endlich jemanden gefunden zu haben, auf den man sich verlassen kann. Wenn er die jungen Frauen lachen hört, muss er schmunzeln, es ist wieder Leben ins Haus gekehrt. Fräulein Ulldahl ist zwar noch sehr jung, aber sie ist sehr tüchtig und sie hat ihm schon bewiesen, dass sie einen großen Haushalt führen kann. Alles ist sauber und gepflegt und kochen kann sie sowieso. Da er oft auf die Jagd geht, steht auch regelmäßig Wild auf dem Speiseplan. In diesem Haus fehlt es an nichts.

Es gibt sogar eine Badestube! Was für ein Luxus, fließendes Wasser aus dem Hahn, eine riesige Badewanne, und daneben ein großer Ba-deofen, der mit Holz angeheizt werden muss. Damit das heiße Wasser in die Wanne laufen kann. Dazu ein großzügiger Chef, der es gestattet, dass die drei jungen Frauen einmal in der Woche baden dürfen. Und was fast noch besser ist sind die Spülklosetts, eine Neuheit, die auf dem Land noch weitgehend unbekannt sind. Karo, Frieda und Erna sehen so etwas jedenfalls zum ersten Mal, denn im Kloster und in den meisten Häusern in den Dörfern gibt es zwar Strom, doch das Wasser müssen sie mühsam auf dem Hof in Eimer pumpen.

Dort befinden sich auch die Aborte, deren stinkende Kübel regelmäßig geleert werden müssen. Tagsüber begibt man sich bei einem menschlichen Bedürfnis bei jedem Wetter vor die Tür, ob es stürmt, schneit oder wie aus Eimern regnet. Das Holzhäuschen steht aus gutem Grund etwas von den Wohnungen entfernt auf dem Grundstück, und es sollte jedem angeraten sein, rechtzeitig los zu flitzen, denn es muss erst mal erreicht werden. Nachts bieten dann die Nachttöpfe und Pinkeleimer, die, wenn benutzt, auch nicht gerade die besten Gerüche von sich geben, ihre Dienste an.

Sie waschen sich in einer Waschschale, die meistens im Schlafzimmer auf einem Tisch oder einer Kommode steht, in die das Wasser aus einer großen Karaffe gegossen wird. Erst wenn man den Komfort einer Badestube kennen gelernt hat, weiß man wie mühsam das ist.

Einige wohlhabende Bauern modernisieren ihr Haus mit fließend Wasser, Elektrizität, Zentralheizung und neuen Fenstern. Und Telefone, die sonst nur der Arzt und die Hebamme haben, sind schon lange keine Seltenheit mehr. Sie stellen sich einen neuen Traktor und ein Auto auf den Hof und schaffen ihre gutmütigen Arbeitspferde ab. Dafür werden einige Helfer arbeitslos. Diese Menschen, die ja bei ihrem Bauern alles Lebenswichtige, wie Kost und Logis erhalten haben, sind auf einmal auf sich allein gestellt. Für viele eine unlösbare Aufgabe. Auch wenn einige beim Straßenbau Arbeit finden, so hängen sie oft in der Luft. Manch einer wird obdachlos und zieht bettelnd von einem Ort in den nächsten, oder sie verfallen dem Alkohol.

12

Und plötzlich ist nichts mehr wie es war

Es ist Donnerstag, der 20. September 1951. Karoline schwingt sich in aller Frühe aufs Fahrrad, froh der Enge ihrer Unterkunft zu entfliehen, um nach Kaköhl zur Arbeit zu fahren. Ab und zu muss sie das Rad schieben, denn es geht die ganze Zeit bergan.

Sie macht sich Sorgen um ihre Mutter, die noch immer in Traurigkeit verharrt, und ist froh, dass ihre Großmutter, inzwischen 69 Jahre alt und nicht mehr berufstätig, jetzt immer vor Ort ist. So weiß Karo ihre Mutter tagsüber gut versorgt. Minna ist noch rüstig genug, den kleinen Haushalt und den Garten zu versorgen, und ihrer Sammelleidenschaft zu frönen.

Nach einem arbeitsreichen Tag verlässt Karo am späten Nachmittag den Hof und setzt sich aufs Rad. Sie fährt kurz bei ihrer Freundin vorbei, die ganz in der Nähe wohnt.

„Hallo Emmi, bist du da?" Sie klopft kräftig an die Tür. Sie will gerade wieder gehen, als sie ein Geräusch vernimmt. Es hört sich an wie ein leises Kratzen. „Emmi, mach auf, ich bin es!" Sie drückt die Klinke herunter, die Tür gibt nach, aber sie kann sie nicht öffnen, etwas versperrt den Weg. Als Karo die Tür vorsichtig einen Spalt aufschiebt, erblickt sie was es ist. Spontan schießen ihr Tränen in die Augen: „Emmi, liebste Emmi, was ist passiert, wer hat dir das bloß angetan?" Sie drängt sich vorsichtig durch den Eingang, um ihrer verletzten Freundin nicht noch mehr weh zu tun. Sie kann gar nicht glauben was sie sieht. Emmi liegt vor ihr auf dem Boden, ihr Gesicht ist geschwollen und blutig, um ihre Beine eine Blutlache. Sie wimmert leise. „Wer war das, das ist doch kein Mensch, der so etwas macht!?" Karo ist entsetzt und es drängt sich ihr ein Verdacht auf, aber sie schiebt den Gedanken sofort zur Seite. Walli ist zwar manchmal unzuverlässig und leider auch dem Alkohol zugetan, doch er ist nicht gewalttätig. So etwas würde er seiner Emmi niemals antun. „Kannst du ein bisschen mithelfen, damit ich dich aufs Bett legen kann?" Ein merkwürdiger, penetranter Geruch steigt ihr in die Nase.

Mit viel Mühe schafft sie es Emmi aufzuhelfen, die bei jeder Bewegung vor Schmerzen aufstöhnt. Endlich kann sie sich auf das Bett legen. „Ich muss dich kurz noch mal allein lassen, bin aber gleich wieder da. Ich schließe auch die Tür ab, du brauchst keine Angst zu haben."

- Ich kann gut reden, wie würde es mir gehen in ihrer Situation-.

Sie schließt die Tür von außen zweimal ab, rennt zu ihrem Fahrrad und eilt zum alten Doktor, der Gott sei Dank ganz in der Nähe seine kleine Praxis hat. Sie stürmt in den Behandlungsraum. „Doktor Kaminski, Doktor Kaminski, kommen sie schnell, meine Freundin ist in ihrer Wohnung überfallen worden, sie ist schrecklich zugerichtet!"

Der Doktor, der gerade seinem letzten Patienten zum Abschied die Hand reicht, schaut auf die aufgeregte Karoline und weiß sofort, dass er keine Zeit zu vergeuden hat. Er schnappt den ledernen Arztkoffer und ist schon draußen bei seinem Auto. Karo steigt mit ein, um ihm den Weg zu zeigen.

Bei dem Haus angekommen, läuft sie voraus, und während Emmis Nachbarin neugierig um die Ecke kommt, schließt sie schnell die Haustür auf. Dr. Kaminski tritt ein und macht einen großen Schritt, um nicht in die Blutlache zu treten. Karo führt ihn ins Schlafzimmer, wo die arme Patientin liegt und stöhnt.

Der alte Ostpreuße, mit dem unverkennbaren Dialekt, hat schon viel in seinem Leben gesehen, doch so eine Tat macht ihn wütend. Leise sagt er zu Karo; „Mach heißes Wasser und bring saubere Tücher." Und zu Emmi: „Es tut jetzt ein bisschen weh, nimm die Medizin, dann wird es bald besser." Ihr Gesicht ist geschwollen, die Lippen kaputtgeschlagen, sie bekommt die Tropfen kaum über ihre Lippen, und er gibt ihr zusätzlich noch eine Spritze. Er untersucht sie gründlich und stellt fest, dass nichts gebrochen ist. Er versorgt ihre Wunden und quält sie nicht mit Fragen. Die schmerzhaften Prellungen werden mit der Zeit abheilen, aber die schweren Verletzungen, die ihr der brutale Vergewaltiger zugefügt hat, haben eine Fehlgeburt ausgelöst. Er ist sich trotzdem sicher, dass der Lebenswille seiner jungen Patientin den Heilungsprozess vorantreiben wird.

„Für die nächste Zeit ist unbedingte Bettruhe geboten. Kannst du dafür sorgen, das jemand bei deiner Freundin bleibt?" „Gott sei Dank hat sie ein Telefon, da werde ich gleich ihren Mann und ihre Mutter informieren, die können sich dann um sie kümmern, und ich bin ja auch noch da." Sie wählt Jochens Nummer. Es dauert einen Moment, der ihr wie Stunden vorkommt.

- Geh ran, geh doch ran! - Endlich, es knackt in der Leitung. „Tischlerei Bender." „Jochen, bist du da? Hier ist Karo. Ich bin bei Emmi in der Wohnung, es ist was Schreckliches passiert. Emmi ist überfallen worden, und sie ist schwer verletzt. Ich habe schon Dr. Kaminski geholt." Sie ist so aufgeregt, dass sie sich fast verhaspelt, doch Jochen versteht sofort. „Ich werde gleich Walli informieren, der ist gerade mit seiner Arbeit fertig. Karo bleib ruhig, wir sind sofort da." „Anna weiß es auch noch nicht. Kannst du ihr auch Bescheid sagen." „Wir fahren bei ihr vorbei. Bis gleich." Sie legt auf.

Der Doktor kommt aus dem Krankenzimmer. Er sieht sie besorgt an.

„Eigentlich darf ich dir das gar nicht sagen, aber sie hat ihr Kind verloren. Körperlich wird sie wieder ganz gesund, ich hoffe nur, dass sie dieses furchtbare Erlebnis auch seelisch verkraften wird." Karo kommen schon wieder die Tränen. „Ich habe nicht mal gewusst, dass sie schwanger war. Wer kann nur so etwas machen? Sie ist doch so ein netter Mensch. Wer kann das nur getan haben?" Sie ist außer sich.

Dr. Kaminski zieht die Achseln hoch:„Wer weiß, vielleicht ein Verrückter. Wir müssen auf jeden Fall die Polizei einschalten. Emmi muss befragt werden, sie ist aber erst in ein paar Tagen vernehmungsfähig.

Wir müssen diesen Irren finden, sonst ist das nicht die letzte Frau, die überfallen wird. Lass alles so wie es ist."

„Ich komme morgen früh, um nach der Patientin zu sehen, sollte etwas sein, könnt ihr mich jeder Zeit rufen. Ich sage Herrn Jansen Bescheid." Damit geht er hinaus, ohne in das Blut, das langsam antrocknet, zu treten.

Sie treffen nach einander ein. Erst erscheint der Dorfpolizist, Willi Jansen. Er kommt sich in diesem Fall sehr wichtig vor, denn er kann sich nicht erinnern, dass jemals so eine Gewalttat in dieser sonst so friedlichen Gegend geschehen ist. Hier auf dem Dorf, wo jeder jeden kennt, gibt es doch höchstens mal eine Schlägerei unter angetrunkenen Heißspornen, die schnell geschlichtet werden kann, oder es gibt eine Anzeige, weil ein Huhn oder sonstiges Kleinvieh abhanden gekommen ist. Ansonsten kann er sich einen lauen Tag machen.

Nun, bei dieser Untersuchung will er sich keine Fehler nachsagen lassen, und er passt auf, dass keine Spuren verwischt werden. Seine Kollegen von der Kripo in Kiel hat er schon informiert, sie müssten jeden Augenblick eintreffen. Als Walli, Jochen und Anna hinzukommen, ist er schon dabei den Tatort genau zu inspizieren. „Sie können zu der Verletzten gehen, nur rühren sie hier nichts an." Anna wird kreidebleich als sie das ganze Blut erblickt. - Was hat man meinem lieben Kind bloß angetan? - Walli sieht das Blut und die Verwüstung im Flur und ballt die Hände zu Fäusten, und seine schwarzen Augen blitzen in seinem zornigen Gesicht. Er geht sofort zu Emmi ins Zimmer und als er in ihr zerschlagenes Gesicht schaut, laufen ihm die Tränen über die Wangen. Er kniet sich zu ihr nieder und versucht sie in den Arm zu nehmen, ohne ihr noch mehr weh zu tun, und schluchzt: „ Meine Liebste, was ist nur passiert? Ich hätte besser auf dich aufpassen müssen. Jetzt bleib ich bei dir, du musst keine Angst mehr haben. Ich liebe dich so sehr!" - Wenn ich dieses Schwein erwische dann Gnade ihm Gott. - Aus verquollenen Augen rinnen ihre Tränen unaufhaltsam ins Kopfkissen. Sie flüstert: „Mein Baby, ich glaube ich hab es verloren."

Er streichelt sie und tröstet sie wie ein kleines Kind, und sie schläft erschöpft ein. Er weint. - Wir hätten ein Kind haben können- Er ist erschlagen von dem Gedanken. Er versucht verzweifelt die Beherrschung wieder zu erlangen.

Walli geht zu den anderen, die im Wohnzimmer ratlos warten. Er hat Mühe seine Tränen und seine Wut zu unterdrücken, als er seine Schwiegermutter ansieht, die blass auf dem Sofa sitzt.

„Anna, sie schläft jetzt. Wenn du reingehst bekomm keinen Schreck, deine Tochter sieht schlimm aus." Zu Karo gewand; „Ich möchte mich bei dir bedanken, dass du sofort die richtigen Wege eingeleitet und Emmi geholfen hast." „Ach Walli, das musste ich doch tun, ich bedaure nur, zu spät gekommen zu sein, sonst hätte ich diesen Mistkerl vielleicht noch gesehen und identifizieren können." Sie hat schon wieder Tränen in den Augen.

„Hast du eigentlich schon eine Aussage gemacht, Karo? Du hast Emmi doch gefunden." Jochen ruft in den Flur: „Herr Jansen, brauchen sie Fräulein Ulldahl noch, oder kann ich sie nach Hause bringen?" „Sie kann morgen um acht in mein Büro kommen, dann nehmen wir das Protokoll auf." „Walli, du bleibst die nächsten Tage bei deiner Frau, sie braucht dich jetzt, und wenn du meine Hilfe benötigst, kannst du mich gern anrufen." „Also, dann auf Wiedersehen!"

Jochen und Karo steigen in den dreirädrigen Lieferwagen. „Können wir mein Fahrrad vom Doktor holen? Ich hab es dort vorhin stehen lassen. Ich muss sonst morgen früh zu Fuß gehen." „Klar, machen wir." Es wird schon langsam dunkel, als sie das Rad aufgeladen haben, und Jochen endlich mit laut knatterndem Motor startet. Sie hängen beide ihren Gedanken nach, als sie runter nach Sehlendorf fahren. „Danke fürs Bringen Jochen, tschüss." Sie ist traurig über die schlimmen Ereignisse heute, dennoch klopft ihr Herz wie wild, als sie sich von ihm verabschiedet. Er guckt durch die offene Autotür. „Hast du nicht mal Lust mich in meiner Werkstatt zu besuchen?" Sie nickt, weil sie auf einmal kein Wort mehr heraus kriegt. „Bis bald!"

Dank der Beruhigungsmittel, die der Doktor Emmi gegeben hat, kann sie ein wenig schlafen.

Zwei Kriminalbeamte aus Kiel erscheinen kurz nachdem Jochen und Karo die Wohnung verlassen haben. Sie untersuchen noch mal alles gründlich, obwohl der Dorfpolizist es schon getan hat. Sie nehmen von der Tür Fingerabdrücke, machen sich Notizen, und fragen Walli nebenbei, wo er zur Tatzeit gewesen ist. Der hat ein felsenfestes Alibi. „Ich habe gearbeitet. Das können mein Arbeitgeber und noch einige andere Leute bestätigen. Sie glauben doch wohl nicht, dass ich meine Frau so zugerichtet habe."

„Wir müssen alles in Erwägung ziehen. Wenn ihr Alibi stimmt, haben sie ja auch nichts zu befürchten." Walli ist trotzdem empört. Sie schauen sich noch mal um, nachdem sie ihre Utensilien verstaut haben, und wenden sich der Haustür zu. „Wenn sie wollen, können sie jetzt saubermachen. Wir haben so weit alles. Wir kommen wieder, wenn ihre Frau vernehmungsfähig ist. Auf Wiedersehen."

Anna holt den Putzeimer und den Schrubber aus der Besenkammer, macht Wasser auf dem Herd heiß, und versucht das Blut ihrer Tochter zu entfernen. Das Wasser muss etliche Male erneuert werden, weil es sich wieder und wieder rot färbt. Ab und zu muss sie innehalten, weil ihr schlecht wird und Tränen ihren Blick verschleiern.

Sie grübelt, wer der Täter sein kann, doch sie weiß dass das sinnlos ist, solange Emmi nicht sprechen kann. Doch irgendetwas muss man denken. Sie traut es keinem zu den sie kennt, aber es treiben sich auch immer mal Fremde in der Gegend herum. Landstreicher, sogenannte Buttscher, die von Haus zu Haus gehen, um Essen betteln, und selten nach Arbeit fragen. Keiner weiß, was die so in ihrem Leben getrieben haben.

Es klopft an der Eingangstür. Anna öffnet sie und sie ist erleichtert, denn vor ihr steht Heinrich. Er nimmt sie fest in seine Arme. Er ist sehr besorgt um Emmi, die er wie eine Tochter liebt. „Was ist hier denn bloß passiert?" „Sie ist vergewaltigt worden. Der Unmensch hat meine

Kleine schrecklich zugerichtet, und sie hat ihr Kind verloren." Anna muss schon wieder weinen. „Hast du gewusst, dass sie schwanger ist?" Sie schüttelt den Kopf: „Ich glaube Walli wusste es auch noch nicht, doch er ist jetzt bei ihr. Er ist ganz rührend um sie bemüht. Der Arzt hat ihr ein Beruhigungsmittel gegeben und nun schläft sie. Er meint sie wird wieder ganz gesund, aber wie wird sie das Erlebte seelisch verkraften? Kannst du mir sagen, warum ein Mann so brutal sein kann?" Heinrich schüttelt ratlos den Kopf, ein gutmütiger Kerl wie er kann es sich nicht erklären, doch er ballt die Hände. „Ich glaube, wenn ich den erwische, könnte ich ihn eigenhändig an den nächsten Baum hängen!"

„Walli, was meinst du, können wir jetzt gehen? Können wir dich allein lassen mit Emmi?" „Ja natürlich Anna, sie schläft jetzt ja erst mal. Vielen Dank für eure Hilfe. Ich weiß nicht was ich ohne euch gemacht hätte." „Ich komme morgen wieder und sehe nach euch. Machs gut!"

Karo erscheint am nächsten Tag pünktlich um acht bei Willi Jansen, der in seinem Büro schon auf sie wartet. Er sitzt hinter seinem Schreibtisch, die grüne Uniform sitzt perfekt, die blonden Haare beginnen sich an der hohen Stirn schon etwas zu lichten, ein Mann in den besten Jahren. Er bewohnt mit seiner Frau und den zwei Kindern ein kleines Diensthäuschen direkt an der Bundesstraße 430, in dem sich auch das Büro befindet. Er schnäuzt sich umständlich.

„So, Fräulein Ulldahl, nun erzählen sie doch mal, wie es gestern war, als sie Frau Koller besuchen wollten. Wir hatten Donnerstag, den 20. September 1951."

„Ich habe kurz vor 17 Uhr Feierabend gemacht, und bin umgehend zu meiner Freundin gefahren. Das dauert höchstens 5 Minuten. Ich habe das Fahrrad vor dem Haus abgestellt und bin ins Treppenhaus gegangen." „Und haben sie dort etwas ungewöhnliches festgestellt?" „Nein, aber es hat komisch gerochen." „Nach Essen?" „Nein, das war ein ekliger, penetranter Geruch, der sich im Treppenhaus ausgebreitet hat, der verstärkte sich noch als ich in die Nähe der Eingangstür kam. Ich habe geklopft, aber keiner hat geöffnet. Dann merkte ich, dass die Tür nicht abgeschlossen war und versuchte sie aufzumachen, was mir aber nicht gleich gelang, weil Emmi dahinter lag. Vorsichtig habe ich die Tür aufgeschoben und habe gesehen, dass meine Freundin schwer verletzt ist. Ich habe versucht sie ins Bett zu bringen, was mit ihren Verletzungen nicht ganz leicht war. Dann habe ich sofort den Doktor geholt. Alles andere wissen sie ja." „Sie müssen das Protokoll nur noch unterschreiben, und dann sind sie entlassen. Sollte ihnen noch etwas einfallen, können sie mich jederzeit informieren." Karo erhebt sich. „Ich hab noch eine Frage. Was wird denn nun unternommen um diesen Verbrecher zu fangen? Solange der frei herumläuft, kann doch keine Frau sicher sein." „ Da haben sie vollkommen recht. Solange ihre Freundin nicht ausgesagt hat, können wir die Bewohner dieser Umgebung nur warnen, sie sollen die Augen offen halten. Mehr können wir zur Zeit nicht tun. Und passen sie auch schön auf sich auf. Man weiß ja nie." Karo verlässt das Büro. - Na, das ist ja sehr beruhigend -.

Die Tat hat sich in Windeseile herumgesprochen und Frauen, die oft allein sind, haben ein mulmiges Gefühl. Es ist das Dorfgespräch Nummer eins! Wo man sich auch trifft, es wird über den Überfall gesprochen. „Der ist doch bestimmt schon über alle Berge, der kann sich doch denken, dass er überall gesucht wird." „Vielleicht ist das ein Psychopath, und er versteckt sich hier irgendwo ganz in der Nähe. Es gibt genug alte Scheunen oder andere Schlupfwinkel. Vielleicht wartet er nur auf eine günstige Gelegenheit." Bei diesem Gedanken schaudert es der einen oder anderen, und dabei wissen sie noch nicht einmal, dass die junge Polin Wanda, die bei dem Bauern Brodersen als Kindermädchen arbeitet, verschwunden ist.

Zwei Tage später kann Emmi endlich vernommen werden.

Mit den gleichen Worten, wie sich der Polizist Jansen an Karoline gewendet hat, beginnt der Kripobeamte seine Befragung. „So Frau

Koller, nun erzählen sie doch mal, was sich an dem besagten Tag zugetragen hat."

Der fünfundvierzigjährige Gerhard Wendel ist schon viele Jahre bei der Kripo, und er musste sich schon viele schreckliche Sachen ansehen. Er sollte doch abgehärtet sein, wieso nimmt ihn diese Geschichte trotzdem so mit? Sein Mitgefühl gilt dieser jungen Frau, dem Opfer eines Triebtäters, dessen angeschwollenes, inzwischen in allen Farben schimmernde Gesicht entsetzlich zugerichtet ist, von den anderen Verletzungen ganz zu schweigen.

Stockend berichtet sie über den Tag, den sie am liebsten aus ihrem Gedächtnis streichen würde. „Ich habe den ganzen Tag bis 16 Uhr bei Familie Schulz in Blekendorf verbracht, die Kinder brauchten neue Hosen und Kleider. Danach bin ich mit dem Fahrrad nach Hause gefahren." „Wie lange fährt man da?"

„Nicht lange, ungefähr 10 bis 15 Minuten." „Also waren sie spätestens um 16.15 Uhr hier bei ihrer Wohnung. Ist ihnen dort etwas aufgefallen?" „Ja, es hat komisch gerochen als ich ins Haus ging, und der Geruch verstärkte sich, je näher ich meiner Eingangstür kam."

„Wonach hat es gerochen?" „Als wenn sich einer wochenlang nicht gewaschen hat. Nach alten, dreckigen Sachen, ungewaschenen Haaren. Es hat unsagbar nach Dreck gestunken."

Sie hält inne, Ekel überkommt sie und sie beginnt zu zittern und Walli drückt ihre Hand.

Wendel wartet eine Weile. „Können sie weiter reden? Oder sollen wir eine Pause machen?"

Emmi, die auf Kissen gestützt in ihrem Bett sitzt, schüttelt den Kopf: "Wenn wir warten, wird es auch nicht besser. Ich will jetzt alles erzählen, und dann möchte ich am liebsten nie wieder darüber sprechen." „Ja, das kann ich gut verstehen."

„Ich will die Tür aufschließen, doch sie ist offen, und bevor ich überhaupt etwas denken kann, werde ich gepackt und in den Flur gezerrt. Ich will schreien, doch eine raue, dreckige Hand hält mir den Mund zu. Der Gestank ist unerträglich und ich bin kurz davor mich zu übergeben. Der Kerl grunzt schadenfroh. Da staunst du was? Hab ich dich endlich gefunden, du Flittchen. Vornehm hast du es hier, hast es wirklich gut getroffen. Und bist immer noch so hübsch. Er streicht mit dem Handrücken ein paar dreckige Strähnen aus dem Gesicht. Dabei fällt mir eine lange, wulstige Narbe in seiner Innenhand auf. Ich weiß vor Angst nicht was ich machen soll, und wieso kennt er mich? Komm, stell dich nicht so an, sei ein bisschen nett zu mir! Walli lässt du doch auch ran, oder? Er will mich küssen. Nein, nein! Ich wehre mich und er schlägt mir ins Gesicht, das ich auf den Boden krache, er tritt mich mit Füßen. Er zerrt an meinen Sachen, zerreißt die Unterwäsche, und ich wehre mich noch immer. Er drückt mich mit einer Hand fest auf den Boden, und dringt plötzlich brutal in mich ein, dabei schlägt und boxt er immer weiter. Ich denke, er bringt mich um, und rühre mich nicht mehr." „Das hat ihnen wahrscheinlich das Leben gerettet. Aber erzählen sie weiter." Gerhard Wendel schreibt weiter in sein Notizbuch. „Da gibt es nicht mehr viel zu sagen. Nachdem ich mich nicht mehr bewegt habe, stutzt er und verlässt fluchtartig die Wohnung. Danach werde ohnmächtig, und komme erst wieder zu mir, als Karoline versucht die Tür zu öffnen."

Erschöpft und aufgewühlt lehnt sie sich in die Kissen. Sie schaut Walli an, der die ganze Zeit ihre Hand gehalten und immer wieder gedrückt hat. Diese ausführliche Beschreibung der Tat hat auch ihn sehr mitgenommen. „Ich zermartere mir das Gehirn, aber ich komme einfach nicht darauf, wer das gewesen ist. So wie der geredet hat, muss er uns doch kennen."

„Können sie sich erinnern, wie er ausgesehen hat?" „Er war ziemlich groß und sehr kräftig. Ich habe nur ein bärtiges Gesicht und struppige lange, blonde Haare erkennen können. Er sah aus wie ein Landstreicher. Seine Stimme kam mir irgendwie bekannt vor." „War er eher jung oder eher alt, und die Narbe? War es die linke oder rechte Hand? „Ich glaube es war die rechte Hand, aber genau weiß ich es nicht. Er muss jung sein, so schnelle Bewegungen und so viel Kraft trau ich eher einem jüngeren zu." „Würden sie ihn wieder erkennen?" „Vielleicht."

13

Verlorenes Leben

Die Oktobersonne hüllt die schöne Landschaft in ein goldenes Licht. Apfelbäume bieten ihre herrlich leuchtenden Früchte an, und mancher Bengel kann nicht wiederstehen sich einen Apfel aus Nachbars Garten zu stibitzen. Das Korn ist längst eingefahren und die Scheunen bis unter das Dach gefüllt. Kartoffeln und Rüben sind in ihren Vorratslagern und Mieten gut geschützt, bis sie im Winter für Mensch und Vieh wieder hervorgeholt werden.

Es ist Donnerstag, der 18. Oktober, und Karo geht Minna an ihrem freien Tag bei der Hausarbeit zur Hand. „Oma findest du nicht auch, dass Mama immer hinfälliger wird? Ich mache mir wirklich Sorgen um sie."

„Ja, ja, das stelle ich auch fest. Sie führt oft Selbstgespräche, und wenn ich versuche mich mit ihr zu unterhalten, tüdelt sie nur herum. Manchmal wird sie sogar rabiat und schimpft mit mir. Aber stricken kann sie immer noch ganz prima." „Aber das ist doch nicht alles. Sie muss doch mal raus aus dem Loch. Komm wir versuchen sie mal zu überreden mit uns zum Strand zu gehen."

Sie geht in die kleine Stube, die inzwischen mit ein paar neuen Möbeln ganz wohnlich geworden ist. „Mama, heute ist so ein schöner Tag, komm mit uns, wir wollen spazieren gehen." „Nein, ich habe keine Zeit, ich muss noch den Pullover fertig stricken." „Der kann heute mal warten." Karo beugt sich zu Sophia herunter, die auf einem Stuhl sitzt, mindestens sechs verschiedene Knäule Wolle um sich drapiert, und mit hoher Geschwindigkeit die Stricknadeln wetzt. Ihre Haare, einst üppig und leuchtend rot, sind jetzt überwiegend grau und der Glanz ist verschwunden und die ehemals lebhaften grünen Augen blicken stumpf. Das blasse Gesicht ist eingefallen und ihre hagere Gestalt in sich zusammen gesunken. Man kann gar nicht glauben, dass diese traurige Person erst einundvierzig Jahre alt ist. Ihre Tochter versucht sie vom Stricken abzuhalten und hochzuziehen. Doch Sophia wehrt sich wie ein kleines Kind und schreit und schreit. Es hört sich unmenschlich an, eher wie ein verletztes Tier in der Falle. Es gibt Karo einen Stich und erschrocken versucht sie ihre Mutter wieder zu beruhigen. „Mama, wenn du nicht mit willst, kannst du auch hier bleiben. Ich habe es doch nur gut gemeint."

„Oma, es hat keinen Zweck. Ich glaube ich muss mal den alten Doktor Kaminski zu Rate ziehen. So kann es ja nicht weitergehen."

Diesen Tag wird Karoline nicht mehr vergessen. Nachdem sie Sophia nicht dazu bewegen hat können, mit ihnen an den Strand zu gehen, marschieren sie alleine los. Mit ihrer rüstigen Großmutter eigentlich immer eine nette Angelegenheit, aber heute ist sie mit ihren Gedanken bei ihrer Mutter. Sie hat ein mulmiges Gefühl, so eine dunkle Ahnung, dass sie gar nicht viel wahrnimmt. Was soll nur werden? So kann es doch nicht weitergehen. Nicht mal das Plätschern der Wellen, die immer im gleichen Takt im festen Sand des Ufers auslaufen, kann ihre innere Unruhe besänftigen. Wie immer auf diesen Wegen, findet Minna dies und jenes, das sich lohnt mitgenommen zu werden. Sonst genießt Karo diese ausgiebigen Spaziergänge, doch heute drängt sie: "Omi, lass uns bitte wieder umkehren. Ich habe so ein ungutes Gefühl. Mama gefällt mir gar nicht."

Karo wird auf dem Heimweg immer schneller, so dass ihre Großmutter Mühe hat mit ihr Schritt zu halten.

Sie bekommen einen gehörigen Schreck, als sie den Krankenwagen sehen, der bei ihnen auf dem Hof steht. Dahinter erblicken sie den Ford des Doktors. In kleinen Grüppchen stehen Menschen herum, die leise miteinander sprechen. Karo kennt sie alle, denn es sind ihre

Nachbarn. „Was ist denn hier los? Ist was passiert?" Die beiden ältlichen Schwestern Hanna und Marie Schuster aus der Nebenwohnung sehen sie aufgeregt an. „Deine Mutter, mit deiner Mutter ist was. Wir haben Schreie aus eurer Wohnung gehört, und sind rüber. Sie muss sich verletzt haben, alles ist voller Blut. Sie hatte das Messer noch in der Hand und fuchtelte wild damit herum. Wir konnten es ihr mühsam entwenden. Marie ist schnell zu Bauer Helmut Brodersen am Binnensee gelaufen, hat Dr. Kaminski angerufen und ihm gesagt, was mit Sophia los ist. Ich bin solange bei ihr geblieben und habe versucht sie zu beruhigen. Der Doktor kam auch bald mit seinem Auto, fast gleichzeitig mit dem Krankenwagen." Hanna holt tief Luft und ihre Schwester sagt kopfschüttelnd; „Schrecklich, das mit deiner Mutter." „Danke euch beiden. Wer weiß was noch alles passiert wäre ohne euer schnelles Eingreifen." „Keine Ursache."

Sie drehen sich zu den anderen um, und erzählen ihre Geschichte. Wieder mal ein aktuelles Dorfgespräch.

Als Karo zum Eingang ihrer Wohnung geht, kommt ihr der alte Arzt schon entgegen. „Was ist mit meiner Mutter, Herr Doktor? Ist sie schwer verletzt?" Er runzelt seine Stirn: „Ach Karoline, die Verletzungen sind nicht das Schlimmste. Deine Mutter ist verwirrt und ich muss sie in die psychiatrische Klinik in Schleswig einweisen. Habt ihr schon mal gemerkt, dass sie sich ein bisschen komisch benommen hat?" „Ja, aber wir haben immer gedacht das würde mit ihrer Trauer um meinen Vater zusammenhängen. In letzter Zeit wurde es immer auffälliger und ich wollte schon mal mit ihnen darüber sprechen."

„Ich habe ihr jetzt eine Beruhigungsspritze gegeben. Sie liegt schon im Krankenwagen." „Kann ich sie noch mal sehen?" „Natürlich, aber bekomme keinen Schreck. Sie wird dich nicht erkennen."

Und so ist es. Sie schaut auf ihre Mutter, die festgeschnallt hinten im Wagen auf der Liege liegt. Ihre Handgelenke sind dick verbunden. „Mama, ich bin es. Was machst du bloß für Sachen?" Sophia guckt sie erstaunt, fast erheitert an. „Kenne ich sie? Wer sind sie?" Sie gähnt ausgiebig, scheinbar beginnt die Beruhigungsspritze zu wirken. Karo ist erschüttert. -Jetzt habe ich auch noch meine Mutter verloren. -

Lange nachdem der Krankenwagen und der Arzt vom Hof gefahren sind, und Karoline und Minna die mit Blut besudelte Wohnung gereinigt haben, sitzen sie bedrückt am Küchentisch. „Nun habe ich nur noch dich Omi. Bleib bloß noch lange gesund, sonst bin ich ganz allein." Sie legt den Kopf auf ihre Hände und weint und weint. Sie weint um ihre geliebte Mutter, um ihren gefallenen Vater, um ihre verletzte Freundin, um ihre unerfüllte Liebe, und um die ganze beschissene Welt. Minna versucht gar nicht erst sie zu trösten. Sie weiß, die Tränen sind heilsam, und ihre starke Enkelin wird mit der Zeit alles in den Griff bekommen. Da hat sie viel von ihr, sie hat sich auch nicht unterkriegen lassen, obwohl das Schicksal sie nicht gerade verwöhnt hat.

Auch Jochen Bender hat in Döhnsdorf von der Tragödie gehört, denn die Buschtrommeln funktionieren bestens. Eigentlich hat man ja schon genug schlechte Nachrichten zu verkraften. Erst das mit Emmi und jetzt dies. Es tut ihm sehr leid, denn er mochte die heitere Frau Ulldahl immer sehr gerne. Er hat sie als Frau seines Meisters kennen und schätzen gelernt. Wie mag es wohl seiner „lütten Deern" gehen, sie ist bestimmt verzweifelt. Sein Beschützerinstinkt sagt ihm, fahr` hin zu ihr und tröste sie, aber sie hat das Angebot mich zu besuchen, noch immer nicht eingelöst. Vielleicht will sie mich ja gar nicht sehen. Warum ist er auf einmal so unsicher? Egal, er wird zu ihr fahren.

Er kann ja nicht wissen in welchem Gewissenskonflikt Karo sich befindet. Sie möchte ihn am liebsten jeden Tag besuchen, nein anders, sie möchte jeden Tag, jede Minute, jede Sekunde mit ihm zusammen sein, weil sie ihn liebt, aber sie hat Angst davor, dass er wieder nur das Kind in ihr sieht. Also schiebt sie es immer wieder auf.

Das Wochenende nach dem Drama ist trist und kalt, die Sonne kommt gar nicht erst zum Vorschein. Das passt sehr gut zu Karos Gemütszustand. Sie ist noch nicht in der Lage zu glauben, dass ihre Mutter in der Anstalt besser aufgehoben ist. Obwohl der Verstand ihr sagt, das es zu ihrer eigenen und auch zur Sicherheit anderer sehr wohl nötig ist. Doch die Tochter redet sich ein schlechtes Gewissen ein.

„Vielleicht ist es alles meine Schuld, vielleicht habe ich mich nicht genug um sie gekümmert Omi." „Nein, nein mein Kind, rede dir bloß so etwas nicht ein. Deine Mutter ist gemütskrank, es ist nicht der Körper, sondern die Seele. Um ihr zu helfen müsstest du deinen Vater zurückholen, aber das würde an dem jetzigen Zustand auch nichts mehr ändern." Minna wischt sich über die feuchten Augen, denn auch sie vermisst ihren Sohn Max, der nie mehr zurückkehren wird, und sie weiß bis heute nicht was mit Egon, ihrem Ältesten, passiert ist.

Karo umarmt ihre Großmutter. „Ach Omi, was sind wir nur für ein trauriges Paar."

In diesem Moment klopft es an der Klöntür, die bei dem kalten Wetter natürlich geschlossen ist. Karoline wischt sich schnell die Tränen ab, bevor sie die Tür öffnet. Sie prallt ein wenig zurück, als sie ihn erkennt. „Jochen!?" Mit ihm hat sie nicht gerechnet, und ihr Herz klopft ihr bis zum Hals. Er sieht sofort, dass die beiden Frauen geweint haben. „Guten Tag." Begrüßt er sie. „Komm doch herein." „Ich bin hier, weil ich dir und deiner Großmutter einen Vorschlag machen möchte. Ich habe gehört, dass es deiner Mutter sehr schlecht geht, das tut mir ehrlich sehr leid, Karo. Stimmt es, sie ist in die Anstalt nach Schleswig gekommen? Wenn du sie besuchen willst, ich fahre dich gerne. Für sie gilt das natürlich auch, Frau Ulldahl."

„Ach Herr Bender, das ist wirklich sehr freundlich von ihnen, aber den weiten Weg möchte ich mir ersparen, zumal es nichts an dem Zustand meiner Schwiegertochter ändern wird."

Sie blickt zu Karo, auf deren gerötetem Gesicht sich eine leichte Panik abzeichnet. Minna denkt, was ist denn mit ihr los? Sie ist ja völlig durcheinander. Plötzlich weiß sie es. Ihre Enkelin hat es erwischt, sie ist verliebt. „Aber Karo wird das Angebot sicher gerne annehmen."

Karo nickt, denn sie ist im Moment nicht in der Lage auch nur ein Wort herauszubekommen. Ihre Großmutter fragt Jochen:„Möchten sie eine Tasse Kaffee mit uns trinken? Ich wollte gerade eine Kanne aufgießen."

„Gerne." Nun ist Karo erst mal beschäftigt, denn sie kann den Tisch decken. „Nimmst du Milch in deinen Kaffee?" „Hm." Er nickt mit dem Kopf.

Sie kann ihn gar nicht ansehen, ohne rot zu werden. „Wie geht es eigentlich deiner Freundin? Hast du sie in letzter Zeit mal gesehen?" „Ja, das war Mittwochnachmittag nach ihrer Schule, ihre erste Stunde nach dem Überfall. Man sieht nur noch eine kleine Narbe am Mund, sonst ist alles wieder heil. Sie sagt nicht viel dazu, sie möchte diesen Tag wohl am liebsten vergessen. Sie hat mir nur erzählt, dass sie mit den Kindern darüber sprechen musste, weil sie nicht möchte, dass falsche Sachen in Umlauf gebracht werden. Sie ist auch schon wieder fleißig am Nähen."

Karo redet lieber von Emmi, als von sich selbst. Das ist im Augenblick wesentlich unverfänglicher.

„Ich glaube, diese Tat hat Walli die Augen geöffnet. Er kümmert sich jetzt viel mehr um seine Frau, und soweit ich es beurteilen kann, hat er mit dem Trinken aufgehört."

„Das kann ich Emmi nur wünschen." „Der Kaffe ist ausgezeichnet Frau Ulldahl, richtiger Bohnenkaffee!" „Langen sie nur zu." Minna bietet ihm den Napfkuchen an, den sie gestern gebacken hat, weil sie sich ablenken musste. Jochen lässt sich den Kuchen schmecken. Nach dem Kaffee verabschiedet er sich von den beiden Frauen. Er hält Karos Hand so lange, das ihr schon wieder ganz anders wird. „Nächsten Sonntag habe ich Zeit, wollen wir dann nach Schleswig fahren? Allerdings kann ich nicht mit einem flotten Automobil dienen, wir müssen meinen alten Lieferwagen nehmen." Sie flüstert: „Danke Jochen, ich fahre auch mit dem Lieferwagen." „Also dann bis Sonntag."

Der Überfall auf Emmi ist erst knapp einen Monat her. Ihre Wunden sind fast verheilt, das Gesicht bis auf eine kleine Narbe am Mund wieder in voller Schönheit erblüht, nur die schweren Blutergüsse am Körper sind noch nicht ganz abgezogen.

Ihre Seele braucht allerdings etwas länger um sich zu erholen, aber sie arbeitet schon wieder. Beim Rattern der Nähmaschine kann sie sich am besten entspannen, und den Mädchen in der Schule hat sie kurz erklärt, warum sie den Unterricht ein paar Wochen ausfallen lassen musste. Sie wollte damit unterbinden, dass sich irgendwelche Gerüchte verbreiten, die nicht der Wahrheit entsprechen.

Emmi merkt allmählich, dass die Aufträge weniger werden und die Leute sich von ihr zurückziehen. Das tut sehr weh, aber einige Frauen lassen sich nicht von dem Gerede beirren und sind nach wie vor gute Kundinnen. Manche sind im Laufe der Zeit sogar Freundinnen geworden. Diese bestärken sie in ihren Willen, sich nicht unterkriegen zu lassen. Sie hat sogar eine Vision, sie möchte einen Modesalon in Lütjenburg eröffnen und eigene Kreationen verkaufen. Darüber muss sie unbedingt mit Walli reden.

14

Wanda

Ende des zweiten Weltkrieges ist Wanda Kowalski zwölf Jahre alt. Sie versorgt ihre Mutter, die schon seit längerer Zeit krank ist, mit dem was die Natur hergibt. Sie sammelt Früchte, Pilze und Kräuter, ist mit allem vertraut was ein Kind auf dem Land wissen muss, kann melken und das Vieh füttern und auf den Feldern bei Nachbarn Kartoffeln und Rüben ernten. Sie bekommt hier und da etwas zugesteckt, und manchmal fällt auch eine ordentliche Mahlzeit ab. Sie hat in ihrem jungen Leben nichts anderes kennen gelernt und ist deshalb so wie es ist zufrieden. Ihre Mutter redet nie über ihren Vater, der sie schon vor Jahren verlassen hat, und schließlich hat Wanda es aufgegeben sie danach zu fragen. Sie besitzt eine unscharfe gelbliche Fotografie auf der man einen jungen Mann auf einer Bank sitzen sieht, der seinen Strohhut tief ins Gesicht gezogen hat. Das ist alles was sie von ihrem Vater hat. Dieses kleine Bild, das sie in einer kleinen Stoffhülle am Band um den Hals trägt, hütet sie wie einen kostbaren Schatz.

Es lebt sich hier in dem polnischen Dorf in der Nähe von Lodsch ganz beschaulich, bis zu dem Tag an dem die Deutschen kommen. Von einem Augenblick zum anderen stürzt für die Dorfbewohner die Welt ein. Das Motorengeräusch wird lauter und lauter als die Militärs in das Dorf einfallen. Sie springen mit vorgehaltenen Waffen aus ihren Fahrzeugen und treiben die Menschen zusammen. Von den Feldern, aus den Häusern, nur mit dem was sie auf dem Körper tragen werden sie in bereitstehende Laster gedrängt. Männer, Frauen, große Kinder. Sie verstehen die Welt nicht mehr!

Während die Laster sich in Richtung Bahnhof entfernen sehen sie den Feuerschein ihres brennenden Dorfes und der Jammer steht jedem ins Gesicht geschrieben. Wanda weint. Was ist mit Mama, was mit den kleinen Kindern und den alten Leuten, die nicht mehr wegkönnen? Unglaubliches passiert!

Die Odyssee nimmt ihren Lauf. Auf dem Bahnhof werden sie mit vielen anderen in Eisenbahnwaggons getrieben und wie Vieh zusammengepfercht. Es geht in Richtung Westen. Wanda wird die grauenvollen, unendlichen Stunden in den überfüllten Zügen nicht mehr vergessen. Das Schluchzen, die Ausdünstungen der vielen Menschen, der unerträgliche Gestank der Notdurft. Die Angst ist greifbar.

In Schleswig-Holstein ist die Fahrt für Wanda beendet. In Kiel wird sie von Bauer Helmut Brodersen, dem man dieses Kind zum Arbeiten zugewiesen hat, abgeholt. Er bekommt einen Schreck als er dieses magere, verwahrloste Mädchen erblickt. Das Gesicht scheint nur aus großen braunen Augen zu bestehen. Wanda schaut ängstlich zur Seite.

„Du brauchst keine Angst zu haben. Bei mir bist du gut aufgehoben. Wir fahren jetzt nach Hause, dann kannst du meine Familie kennen lernen." Da Wanda ihn nicht versteht, er auf sie aber einen vertrauenswürdigen Eindruck macht, nickt sie.

Brodersen ist mit dieser Geschichte der Zwangsarbeit überhaupt nicht einverstanden, doch er darf sich nicht auffällig benehmen. So nimmt er alle auf, die ihm zugewiesen werden. Doch es kann ihm keiner verbieten, diese armen Kreaturen wie Menschen zu behandeln. So kommt Wanda in eine kinderreiche Familie und ist dort willkommen. Auch Frau Brodersen kann es nicht fassen als sie dieses magere, verdreckte Mädchen mit den großen ängstlichen Augen erblickt. Sie spricht freundlich auf sie ein und steckt sie erst einmal in eine große Wanne mit warmem Wasser. Von einer ihrer Töchter, die ungefähr in Wandas Alter ist, nimmt sie saubere Kleidung. Minna Brodersen zeigt auf sich; "Ich heiße Minna Brodersen," dann zeigt sie mit dem Finger auf Wanda. „Und Du, wie ist dein Name?" „Wanda Kowalski", sagt sie leise und guckt beschämt nach unten. „Ach, das ist aber ein schöner Name." Minna redet und redet obwohl sie weiß, dass dieses ängstliche, unter Schock stehende Mädchen sie nicht versteht. Doch bald ist das Eis gebrochen und sie lässt sich von Minna abseifen und die Haare waschen. Mit der sauberen Kleidung versehen zeigt Frau Brodersen ihr die kleine Kammer mit dem Bett, das ihr für Jahre eine Zuflucht wird. Wanda kann kaum noch die Augen offen halten. Sie verschläft den angebrochenen Tag und die folgende Nacht. Am nächsten Tag stellt die Hausfrau ihr die zwei Kleinsten vor, die noch nicht in die Schule müssen, und nimmt sie mit in die Küche, wo sie Wanda an dem langen Tisch ihren Platz zuweist, auf dem sie auch in Zukunft bei den Mahlzeiten sitzen wird. Frau Brodersen ermuntert sie zu zulangen. Das Mädchen, das tagelang nichts gegessen hat, schlingt Brot und Wurst hinunter. Sie kann kaum glauben, dass sie hier so gut aufgenommen wird.

Als mittags die größeren Kinder aus der Schule kommen, die nur fünf Minuten vom Hof entfernt liegt, hat Wanda sich schon fast eingelebt. Die fünf Geschwister, drei Jungen und zwei Mädchen, bemühen sich um Verständigung. Zuerst ist es mühsam, doch mit der Zeit geht es recht gut und immer öfter vergisst sie ihr schweres Schicksal und ist fröhlich wie ein normales Kind. Ihre Aufgabe besteht darin sich mit den Kleinen zu beschäftigen und sie zu beaufsichtigen. Manchmal hilft sie auch bei der Ernte, wenn jede Hand gebraucht wird.

Sie wird hier in Sehlendorf erwachsen und kann sich gar nicht mehr vorstellen woanders zu sein. Sie fühlt sich wie ein Familienmitglied, nicht wie eine Zwangsarbeiterin. Dazu kommt die herrliche Umgebung, der Binnensee, der Strand, das Meer, hier fühlt sie sich wohl und bleibt auch nach dem Krieg hier, obwohl sie wieder frei ist. Hier in diesem kleinen Ort an der Ostsee hat sie liebenswerte, mitleidige Menschen kennen gelernt.

Warum sollte sie wieder in ihre Heimat zurückkehren, sie würde ja gar nicht wissen wohin. Ihr Dorf existiert nicht mehr, es wurde von den Deutschen ausgelöscht.

Die Erinnerung an die schrecklichen Ereignisse, die niedergebrannten Häuser, den Verlust der Mutter, die Tage in dem engen Viehwaggon. Die Wirren der dunklen Vergangenheit werden verblassen, aber sie wird sie nicht vergessen.

15

Der Landstreicher

Es sind die letzten Kriegswochen in Frankreich. Egon gehört zu den Instandsetzern, die Fahrzeuge fahrbereit halten. Seine versprengte Einheit ist auf dem Rückzug. Sie kommen in der Dämmerung durch ein bewaldetes Gebiet mit viel Gestrüpp an den Wegrändern. Ein idealer Zeitpunkt sich in die Büsche zu schlagen. Er überlegt nicht lange und es gelingt ihm unbemerkt vom Jeep zu springen. Er bleibt lange liegen ohne sich zu rühren. Sein Herz schlägt erst ruhiger, als er keine Motorengeräusche mehr vernimmt. Seine Kameraden fahren direkt in einen Hinterhalt und es gibt ein grausames Blutbad. Die Verletzten und Überlebenden kommen in französische Gefangenschaft.

Egon streunt immer auf der Hut vor dem Feind durch die Wälder. Er muss unbedingt seine Uniform loswerden. In einer alten verlassenen Waldarbeiterhütte findet er endlich was er sucht. Unauffällige Arbeitskleidung und sogar etwas zu essen. Er verbrennt in dem kleinen eisernen Ofen seine Uniform und zieht eine grobe Cordhose und eine dunkle Jacke an. Die Abzeichen und seine Erkennungsmarke vergräbt er im Wald. Er bleibt ein paar Tage in der Hütte. Trockenobst und hartes Kommissbrot sichern sein Überleben, ein kleiner Bach in der Nähe löscht seinen Durst. Es hängt sogar ein abgeschabter alter Rucksack an einem rostigen Nagel. Doch lange hält er es hier nicht mehr aus, er wird unruhig und macht sich auf den Weg, denn zu seinem Glück ist er nicht weit von der deutschen Grenze entfernt. Sein Aussehen ist ziemlich verwahrlost. Unrasiert und ungekämmt, mit den zerschlissenen Sachen, die um seine hagere Gestalt schlottern und dem alten Rucksack auf dem Rücken, ist es die perfekte Tarnung. Er geht in Richtung Osten und bewegt sich immer im schützenden Wald und als der Baumbestand dünner wird, ist er in seiner Heimat angekommen.

Ein paar kleine rote Ziegelhäuschen laden zu einem Test ein. Er geht langsam und gebeugt auf ein Haus zu und klopft an die Tür. Eine alte Frau öffnet und bekommt einen Schreck als sie ihn erblickt. „Ach gute Frau haben sie etwas zu essen für mich? Ich habe schon tagelang nichts mehr gehabt." Er schaut demütig auf den Boden. Sie hat Mitleid mit dieser armen Kreatur. „Einen Augenblick. Ich mache etwas fertig." Solange schließt sie die Tür. Nach einer Weile öffnet sie sich wieder und sie reicht ihm ein dickes, in Pergamentpapier eingewickeltes, belegtes Brot. „Vielen Dank, gute Frau. Gott mit ihnen." Sofort schlingt er das Brot hinunter. Test bestanden. Er geht als namenloser Bettler durch.

Egon macht sich auf den Weg durch das zerstörte Deutschland, bleibt hier und da ein paar Tage, und versucht möglichst auf dem Lande zu bleiben. So bettelt er sich durchs Leben. Die Leute geben ihm zu Essen und zu Trinken, mal bekommt er auch ein Paar alte Schuhe geschenkt, weil mitleidige Menschen sehen, dass er nur noch Fetzen an den Füßen trägt, doch keiner will länger als nötig mit ihm zu tun haben. Er ist ziemlich verwahrlost und riecht auch nicht besonders gut.

Egon fühlt sich wohl in seiner Rolle, die er schon lange aufgeben könnte, denn der Krieg ist längst vorbei. Er tippelt schon mehrere Jahre durch die Bundesländer, die ja von den Alliierten kontrolliert werden, da muss er sich auch manchmal ausweisen. Den Personalausweis stiehlt er in Konstanz einem Volltrunkenen, der auf einer Parkbank seinen Rausch ausschläft. Der hat sogar ein wenig Ähnlichkeit mit ihm. Zumindest die Augenfarbe und das blonde Haar stimmen überein. So hat Egon eine neue Identität. Er heißt jetzt Erwin Schuster, geboren am 30.Mai 1920 in Schwerin. Endlich gelangt er über das zerstörte Hamburg nach Schleswig-Holstein.

Auf dem Land fühlt er sich am wohlsten. Hier findet er immer ein Quartier. Das kann eine Scheune oder ein Stall sein, wobei er den warmen Kuhstall bevorzugt. Die Menschen sind meistens großzügig und ab und an bekommt er auch mal eine warme Mahlzeit. Allerdings muss er draußen bleiben, was natürlich mit seinem ungepflegten Aussehen und dem penetranten Geruch zu tun hat. Aber das ist ihm alles egal. Er wandert durch die Gegend, und hat nur die einfachsten Bedürfnisse. Er fühlt sich frei.

Ein Gedanke hält ihn Tag und Nacht gefangen, er muss eine bestimmte Person finden. Nichts und niemand befreit ihn von seinem irren Vorhaben. Sie soll büßen!

Auf seiner Wanderschaft kommt er eines Tages über Lütjenburg nach Althohwacht. Von dort durchquert er bar fuß mit aufgekrempelten Hosenbeinen an einer flachen Stelle den Bröck, die Verbindung zwischen Ostsee und dem kleinen Binnensee, um nach Sehlendorf zu gelangen. Er erkundet das kleine Dorf, geht an der Schule vorbei, entdeckt die Schmiede, den Hausladen und einige Höfe. Er bettelt bei den Bauern sein Abendbrot zusammen, es fällt wie immer etwas ab. Als er am Nachmittag durch den Ort zurück zum Strand geht, kommt er an der alten Schule vorbei, in der gerade Handarbeit unterrichtet wird. Im Vorbeigehen schaut er in ein offenes Fenster und es durchfährt ihn heiß, als er eine Person entdeckt, die sehr viel Ähnlichkeit mit seiner ehemaligen Freundin hat.

- Das ist doch nicht möglich. Sollte ich sie tatsächlich gefunden haben? Diese beschissene Nutte? Wie die sich aufgetakelt hat. Ich glaub es ja nicht. -

Um sicher zu gehen versteckt er sich hinter dem Knick, der hinter dem Schulhofzaun den weiterführenden Weg begrenzt.

Er muss gar nicht lange warten, da rennen die Mädchen mit fliegenden Zöpfen aus dem Gebäude, schnappen ihre Fahrräder und fahren in Richtung Dorf davon. Gleich nach ihnen schließt die junge Frau die Schultür ab und geht hinüber auf die andere Seite zu dem langgezogenen Gebäude und wird von einer rothaarigen Person freudig begrüßt.

– Ich glaub es schon wieder nicht, die sieht doch aus wie Karoline Ulldahl. Die ist auch hier? Wie aufgedonnert die Weiber sind. Ich kann es nicht fassen. Ich hab sie gefunden. Endlich! –

Er schleicht den beiden Frauen nach, und manchmal ist er so nah dran, dass er versteht worüber sie reden. Er hört den Namen Walli und denkt sofort an Walli Koller. Den kennt er auch noch aus Waldhausen. Der hat ihn mal ordentlich verprügelt, das nimmt er ihm natürlich immer noch übel. Und soweit er es mitbekommt ist die vermutliche Person mit ihm verheiratet. - Denen werde ich es zeigen. - Er verfolgt sie bis zum Strand. In den Dünen gerät er immer weiter zur Steilküste. Die Frauen gehen entgegengesetzt in Richtung Hohwacht und er kann sie nur noch in der Ferne sehen. Aber Egon hat Zeit, viel Zeit.

Er ist erst einmal auf der Suche nach einen guten Versteck. Er entdeckt in der Steilküste, verdeckt durch Gestrüpp, eine kleine Höhle, die idealer nicht sein kann. Eine Quelle, die in der Nähe aus der Abbruchkante plätschert, ist ihm sehr willkommen. Sand, Gras und eine speckige Decke dienen als Unterlage, als er es sich in seiner neuen Behausung gemütlich macht. Etwas zu Essen ist in seinem Rucksack, denn heute war seine Bettelei sehr erfolgreich.

Es ist ein milder Abend, und auf einmal hat er das Bedürfnis ins Wasser zu gehen. Über die großen Steine geht er ans Ufer, zieht sich splitternackt aus und läuft ins Meer. Schwimmen hat er nie gelernt, aber er genießt dennoch das einsame, erfrischende Bad. Sein Bedürfnis nach Sauberkeit ist nicht sonderlich groß, weshalb er danach auch seine verdreckten Sachen wieder anzieht.

Die nächsten Tage ist er auf der Suche nach dieser jungen Frau. Für ihn ist klar, dass sie hier in der Nähe wohnen muss. Meistens schleicht er hinter Knicks entlang, denn er will vermeiden, dass jemand auf ihn aufmerksam wird.

Es dauert auch gar nicht lange bis er sie wieder entdeckt. Das Objekt seiner Begierde.

Emmi kommt aus einem Haus am Ende des Dorfes heraus und fährt mit dem Rad nach Kaköhl. Da kann er natürlich zu Fuß nicht mithalten, und er nimmt sich vor bei Gelegenheit ein Fahrrad zu organisieren. Und nicht nur das, er braucht auch saubere Kleidung, ein Rasiermesser und vor allem Seife.

Ganz genau weiß er noch nicht was er mit ihr anstellen wird, doch sie muss bestraft werden, da ist er sich sehr sicher. Er will es genießen. Und er hat Zeit, viel, viel Zeit.

Auf dem Weg zum Strand kommt Erwin Schuster, alias Egon Meier an dem letzten Bauernhof, mit den Linden vor dem Haus, vorbei. Einige Kinder spielen Fußball auf dem Hofplatz. Sie stieben auseinander als er um das Haus herum zur Küche geht, um sich sein Abendbrot zu erbetteln. Dabei entdeckt er ein altes Rad, das an der Hauswand lehnt. Er wird später noch mal zurück kommen, denn genau so etwas kann er gut gebrauchen. Er wird es hinter dem Knick am Binnensee deponieren, denn im Sand kommt er damit sowieso nicht voran.

Manchmal gibt es auch etwas Geld von mitleidigen Personen. Er hat ein paar Mark zusammengespart, die er für Rasierseife, einen Kamm, ein Rasiermesser, eine Schere und Seife benötigt. Bei nächster Gelegenheit geht er in den kleinen Hausladen mitten im Dorf, der fast alles führt. „Haben sie auch einen kleinen Spiegel, gute Frau?" Frau Bunge hält die Luft an, der Geruch ist unerträglich. Um ihn schnell wieder los zu werden, bedient sie ihn im Eiltempo, rechnet auf einen Zettel aus, was er zu zahlen hat, und kassiert schnell ab. Umständlich packt er alles in seinen Rucksack und verlässt dann das Haus. Sobald er weg ist reißt sie alle Fenster auf. Sie ruft ihren Mann: „Karl, du glaubst ja gar nicht was hier eben für ein verdreckter Kerl eingekauft hat." Er steckt den Kopf durch die Tür. „Oh jo, dat rüükt man, Parfüüm ut'n Swienstall." Sie müssen lachen.

Egon hat jetzt alles, bis auf saubere Kleidung, aber die wird er sich auch noch von einer Wäscheleine besorgen.

Inzwischen ist es Mitte September und abends ist es schon empfindlich kalt am Wasser. In der Höhle hat Egon seine Siebensachen aufbewahrt. Er hat ausspioniert wo Emmi und Walli wohnen. Er hat auch herausbekommen, wann Emmi meistens von ihrer Arbeit nach Hause zurückkehrt.

Am 20. September macht er sich schon rechtzeitig auf den Weg nach Kaköhl. Das alte gestohlene Rad stellt er ein paar Häuser weiter ab, falls er beobachtet werden sollte, und begibt sich dann in das kleine Mietshaus, in dem die Kollers ihr zu Hause haben.

Er lauscht und schaut sich vorsichtig um, aber es ist scheinbar niemand im Haus. Es gibt hier nur zwei Wohnungen. Eine zu ebener Erde und die andere eine Treppe höher. Oben wohnen Emmi und Walli. Er schleicht die Treppe hoch und dringt unbemerkt, mit einem Dietrich, in die Wohnung ein. Hier guckt er sich erst mal ausgiebig um. Im Wohnzimmer hinter der Gardine beobachtet er die Straße.

Rechtzeitig sieht er sie daherradeln. Über ihrem bunten Kleid trägt sie eine Strickjacke. Er ist erregt, als er sie die Treppe heraufkommen hört. Als sie aufschließen will, reißt er die Tür auf und zieht sie brutal in den Flur.

„Komm sei ein bisschen nett zu mir!" Er zieht sie zu sich hin und will sie küssen. Doch sie wehrt sich, was ihn wütend macht. – Zu Walli ist die Nutte doch auch nett. – Er schlägt sie so hart ins Gesicht, das sie hinfällt. Er wollte sie langsam erniedrigen, aber nun macht sie gleich schlapp. Etwas soll sie mir noch geben, er wirft sich auf sie und schlägt immer wieder auf sie ein, während er sie vergewaltigt. Plötzlich rührt sie sich nicht mehr. Einen Augenblick denkt er sie ist tot, und lässt von ihr ab. Er beobachtet ein leichtes Zittern, also lebt sie noch.

Er schaut auf sie herab, ein schöner Anblick ist das nun wirklich nicht. Er grinst. Mitleid kennt er nicht. - Das hast du dir alles selbst zuzuschreiben, du Flittchen. -

Er zieht die Tür hinter sich zu, lauscht auf Geräusche im Haus, und als alles ruhig bleibt, läuft er hinunter auf die Straße. Nur seinen üblen Geruch lässt er zurück.

Er schnappt das gestohlene Rad, und fährt hinunter nach Sehlendorf. Dabei braucht er kaum zu treten, denn es geht fast immer bergab. Am Binnensee deponiert er das Rad hinter dem Knick und wird auf ein junges Mädchen, das auf der Wiese Champignons sammelt, aufmerksam.

„He du, komm doch mal her. Ich habe mal eine Frage." Wanda geht langsam auf ihn zu, dabei weht ihr langes schwarzes Haar leicht im Wind. Ihre großen rehbraunen Augen schauen ihn wachsam an. Sie ist auf der Hut, aber sie ahnt nicht einem Sexualverbrecher begegnet zu sein. Mit leichtem polnischem Akzent fragt sie; „Was möchten sie wissen? Vielleicht kann ich helfen." Er ist verblüfft, so eine Schönheit auf dem Lande zu treffen. Sie hat Ähnlichkeit mit Emmi. Er ist sehr erregt und stiert sie eindringlich an. Instinktiv ahnt sie die Gefahr in der sie sich befindet, aber bevor sie weglaufen kann packt er sie hart an. Sie will schreien, doch er hält ihr den Mund zu und wirft sich auf sie. Sie wehrt sich verzweifelt, aber er ist viel stärker. Er zerfetzt ihre Kleidung, schlägt ihr immer wieder ins Gesicht und würgt sie. Plötzlich dringt er so heftig in sie ein, dass es sie zerreißt. Er stöhnt auf, endlich, endlich, spürt er seine Befriedigung. Doch Wanda rührt sich nicht mehr, sie überlebt die brutale Vergewaltigung nicht. Dieses schöne junge Mädchen wird nur neunzehn Jahre alt. Egon empfindet keine Reue, hat er es den Weibern doch mal wieder ordentlich gezeigt. Er zieht ihren leblosen Körper auf eine Stelle im Knick, die besonders dicht bewachsen ist, und bedeckt ihre Leiche provisorisch mit Gestrüpp und Laub. Er schaut sich noch mal nach allen Seiten um, bevor er schnell den Tatort verlässt.

Er meint in seinem Wahn alles gut durchdacht zu haben. Er streunt schon zu lange in dieser Gegend umher, die Leute werden natürlich sofort an ihn denken, wenn Emmi ihn gut beschreiben kann. Deshalb hat er ja auch schon so gut vorgesorgt.

Wieder am Strand in seiner Höhle holt er seine gekauften Utensilien und die saubere Kleidung, die er gestohlen hat, hervor. Er zieht sich ganz aus, nimmt die Seife, das Rasierzeug und den kleinen Spiegel mit zum Ufer und beginnt sich gründlich zu reinigen. Es ist keine Menschenseele unterwegs. In aller Ruhe kann er sich äußerlich wieder in den Mann verwandeln, der er vorher war. Seine gewaschenen langen Haare schneidet er sich gerade, bis halb über die Ohren ab. Glatt nach hinten gekämmt, sieht er aus wie Erwin Schuster auf dem Foto im Ausweis.

Die saubere Kleidung ist noch etwas ungewohnt, doch er ist sich sicher, dass keiner den Landstreicher in ihm sehen wird. Und wieder verbrennt er seine Vergangenheit. Der stinkende Haufen bedeutet sechs Jahre Landstreicherei.

Doch an etwas hat der vermeintliche Perfektionist nicht gedacht, nämlich an seine große Narbe in der rechten Hand. Und da gibt es auch noch Frau Bunges siebten Sinn.

Sie ist als Ladenbesitzerin eine Person, die als erste davon erfährt, was Emmi in Kaköhl widerfahren ist. Sie ist entsetzt: „So was bei uns Karl, ich kann es gar nicht glauben. Und dann noch die nette Frau Koller. Wer kann nur so etwas tun?" „Ich habe gehört, dass es ein Landstreicher gewesen ist, Lotte. Er soll sich hier schon länger rumgetrieben haben." „Vielleicht ist es ja das stinkende Ungeheuer von neulich. Der hat doch für einen Butscher seltsame Gegenstände gekauft." Sie wird sofort eine Aussage bei Willi Jansen, dem Dorfpolizisten machen.

Auch Brodersen am Binnensee ist aufgefallen, das ein verkommenes Subjekt sich längere Zeit am Strand herumgetrieben hat. Das ist insofern auffällig, weil die meisten Bettler nicht lange an einem Ort bleiben. Der Bauer vermisst sein Kindermädchen Wanda, sie ist vom Pilze suchen nicht zurückgekommen. Da sie noch nie weggeblieben ist, macht sich die Familie die größten Sorgen und Helmut Brodersen gibt eine Vermisstenanzeige auf. Nachdem nun auch noch Lotte Bunge bei Jansen war, informiert der Beamte die Kriminalpolizei in Kiel, trommelt ein paar Männer zusammen, die unter seiner Führung den Strand und die nähere Umbebung des Hofes absuchen. Jens und Bruno Brodersen, die großen Söhne des Bauern, suchen auf eigene Faust nach Wanda. Sie suchen die Knicks ab und heben jeden losen Zweig an und stochern im Laub herum. Zuerst finden sie den Korb und einige Meter weiter den geschundenen Leichnam. Jens sieht etwas Weißes aus dem Laubhaufen scheinen, das bei genauerem Hinsehen ein menschlicher Fuß ist.

„Bruno, Bruno, ich glaub ich hab was gefunden!" Seine Stimme ist ganz rau, er wagt kaum das Laub zur Seite zu nehmen. Bruno ist jetzt bei ihm und gemeinsam erkennen sie die Person, die mit merkwürdig verdrehten Beinen, zerfetzter Kleidung, das einst so schöne Gesicht grausam zugerichtet, mit dem Rücken auf dem Knickwall liegt. Die Brüder schauen sich entsetzt an. Wer bringt so etwas fertig!? Wanda, dieses liebenswerte Geschöpf, sie ist wie eine Schwester für sie. Dieser Anblick wird sie ein Leben lang verfolgen. Sie schämen sich ihrer Tränen nicht.

Da Egon Meier so von sich eingenommen ist, dass er meint, ihm kommt keiner auf die Schliche, wartet er in seiner Höhle auf die Häscher. Sie finden einen gepflegten Mann vor, der auf seinem Rucksack sitzt und angibt sich hier ein wenig ausgeruht zu haben, auf seinem Weg von Weißenhaus nach Hohwacht. Doch durch Frau Bunges Aussage, sind sie vorbereitet und es gibt sogar noch ein kleines Häufchen Asche, mit ein paar stinkenden Stoffresten, in der sie seine Lumpen vermuten. Nach einem Blick in seinen Ausweis nehmen sie ihn fest.

Die Gruppe kommt auf Brodersens Hofplatz, wo die Autos stehen. Jens und Bruno, ganz weiß um die Nase, berichten von ihren grausigen Fund. Spätestens jetzt muss die Mordkommission eingeschaltet werden, aber Willi Jansen lässt sich von den Brüdern zuerst den Fundort zeigen. Mit der Leiche konfrontiert gesteht Erwin Schuster die Tat, doch Reue zeigt er nicht.

Emmi ist noch nicht geheilt von den Verletzungen, die ihr ihr Peiniger zugeführt hat, da muss sie schon auf die kleine Polizeistation in Kaköhl kommen, um den Kerl zu identifizieren, den sie am Strand festgenommen haben. Sie hat Angst. Willi Jansen versucht sie zu beruhigen. „Er kann ihnen nichts tun, er ist in Handschellen." Zu ihrer Überraschung sind auch die beiden Kriminalbeamten Gerhard Wendel und Karl Dombrowski aus Kiel dabei. Sie führen einen gefesselten Mann ins Büro. Emmi schreit leise auf, als sie ihn erkennt. Deshalb kam ihr die Stimme so bekannt vor.

„Kennen sie diesen Mann, Frau Koller?" „Ja, das ist Egon Meier aus Waldhausen. Ich kenne ihn von früher."

„Hat dieser Mann sie am 20. September überfallen?"

Egon schaut sie mit kalten Augen an und grinst. Emmi zittert. „Der Mann sah ganz anders aus, verwahrlost. Er hatte zottelige Haare und roch nach Dreck."

„Haben sie nicht ausgesagt, dass sie eine große Narbe in der Handfläche gesehen haben? Diese hier?" Und damit reißt Gerhard Wendel die gefesselten Hände des Verdächtigen hoch, und eine wulstige Narbe in der rechten Innenhand kommt zum Vorschein. Emmi wird blass.

„Du Egon? Warum hast du mir das nur angetan?" Auf einmal ist Egon nicht mehr so selbstsicher. Voller Hass sieht er Emmi an. „Du hast es doch nicht anders verdient, du Nutte! Genauso wie dieses andere Flittchen, unten am See."

Emmi versteht nicht wie man so brutal sein kann, und das auch noch auf so eine abscheuliche Weise rechtfertigt. Sie ist total verängstigt und möchte so schnell wie möglich weg. Für die beiden Kriminalbeamten aus Kiel steht die Sache fest. Der Verbrecher ist überführt worden. Sein falscher Ausweis wird beschlagnahmt. Sie nehmen ihn mit nach Kiel, ins Untersuchungsgefängnis.

„Sie werden sicher noch vom Gericht als Zeugin geladen. Sie haben uns sehr unterstützt, Frau Koller. Vielen Dank." Gerhard Wendel bewundert ihren Mut und lächelt ihr aufmunternd zu.

Egon Meier kommt viele Jahre hinter Gitter. Lebenslänglich für Vergewaltigung, versuchtem Totschlag und Mord. Die Welt wird ein kleines bisschen sicherer.

16

Die große Liebe

Karo ist nervös. Bei der Arbeit passieren immer wieder Fehler, die zwar nicht schlimm sind, die sie aber sehr ärgern. Ab und an kommen ihr sogar ein paar Tränen. Erna und Frieda machen schon ihre Späße mit ihr; „Wenn du man nicht verliebt bist. Wer ist es denn? Kennen wir ihn?" „ Ich weiß auch nicht was mit mir los ist. Sonntag fahre ich nach Schleswig zu meiner Mutter. Jochen fährt mit mir dahin." Sie wird ein bisschen rot, und die beiden Mädchen gucken sich wissend an und grinsen.

Noch zwei Tage bis dorthin und Karoline weiß nicht was sie machen soll. Am liebsten würde sie vor lauter Schiss die Fahrt nach Schleswig absagen, aber wie sollte sie es begründen? Eine fadenscheinige Ausrede würde Jochen nie akzeptieren. Außerdem möchte sie ihre Mutter, an die sie in letzter Zeit in großer Sorge gedacht hat, unbedingt besuchen.

Pünktlich zu der verabredeten Zeit fährt Jochen auf den kleinen Hof. „Hallo Karo, ich hoffe du bist bereit zu einer kleinen Spritztour nach Schleswig." Lächelnd öffnet er die Tür seines Dreiradlasters. Er möchte seiner kleinen Freundin etwas Aufmunterndes sagen, aber bei dem bedrückenden Anlass ihres Ausflugs, fällt ihm auch nichts ein. Er wundert sich über sich selbst. - Wieso bin ich eigentlich so nervös? Ich bin doch nur der Fahrer. - Karo tritt durch die Klöntür; „Guten Morgen Jochen, meinetwegen können wir losfahren. Meine Oma möchte nicht mit. Ich habe sie noch mal gefragt." Frau Ulldahl schaut aus der Tür. „Nein, nein Kinder fahrt ihr mal schön allein. Ich bin für solche langen Touren schon zu alt und Sophia wird es sowieso nichts nützen." „Tschüß Omi, ich werde Mama von dir grüßen."

Karo steigt ein, und sie knattern davon.

Lange sitzen sie schweigend nebeneinander. Jochen lenkt das Fahrzeug langsam über holprige Wege, bis sie zur Bundesstraße kommen. Danach geht es nur noch über Teerstraßen zügig voran. Von Lütjenburg nach Kiel, von dort über Eckernförde nach Schleswig an der Schlei. Irgendwo zwischen Lütjenburg und Kiel bricht Karo das Schweigen.

„Du Jochen, ich weiß nicht was ich machen soll, wenn Mama mich wieder nicht erkennt. Ich habe so ein schlechtes Gewissen, weil ich mich nicht genug um sie gekümmert habe, wo sie doch immer so traurig war." „Nein, nein, rede dir das bloß nicht ein. Deine Mutter ist krank und dagegen kann wahrscheinlich nicht mal ein Arzt etwas machen. Deshalb ist sie auch in Schleswig gut aufgehoben. Es gibt Situationen im Leben, die man einfach hinnehmen muss, weil man sie nicht ändern kann." „Ach ich weiß nicht ob ich mich jemals damit abfinden kann, dass mein Vater gefallen ist und ich jetzt auch noch meine Mutter verloren habe. Aber vielleicht hast du recht, denn obwohl es sehr schmerzhaft war die alte Heimat zu verlassen habe ich mich ja auch erstaunlich schnell an diese Gegend hier gewöhnt. Sie ist so wunderschön, dass ich sie gar nicht mehr verlassen möchte." Jochen nickt; „Ja, das verstehe ich sehr gut, denn das ist ja meine Heimat. Ich habe sie vor Jahren verleugnet, weil ich mich im Zorn von meinem Vater losgesagt hatte. Ich wollte nie wieder hierher zurück kommen." „Aber nun du bist wieder hier." „Hm, der Krieg hat vieles verändert. Mein Vater ist vor Jahren gestorben und von meiner Mutter habe ich nie mehr was gehört, seit sie mit dem Viehhändler durchgebrannt ist."

„Es tut mit leid mit deinen Eltern." „Siehst du Karo, das ist so eine Sache mit der ich mich abgefunden habe." Sie seufzt; "Ich habe ja trotzdem noch Glück gehabt, weil die Leute an denen mir was liegt auch hier sind." Sie schaut zu Jochen herüber, der vor sich hin lächelt. Er fragt; „Gehöre ich auch zu den Leuten an denen dir was liegt, Karo?" Sie kann nur nicken, während ihr die Röte ins Gesicht steigt. „Ich bin ja so froh mien Lütten, dass du hier gelandet bist und ich dich wiedergefunden habe." Auf einmal wird ihm schlagartig klar warum er immer an sie denken muss und er so nervös ist sobald er in ihrer Nähe ist. Er fährt von der Hauptstraße ab in einen Nebenweg, der in einem kleinen Wäldchen endet. Als er anhält wendet er sich ihr zu und schaut ihr tief in die Augen. Seine Stimme ist ganz rau; „Karo, ich denke jeden Tag und jede Nacht an dich. Ich sehe immer dein schönes Gesicht vor mir, ich möchte deine Haare streicheln, deinen Mund und deine Augen küssen. Ich weiß ich bin viel zu alt für dich, doch auf einmal ist mir klar geworden, dass ich dich liebe! Ich möchte immer mit dir zusammen sein." Er nimmt ihre Hände und streichelt sie. Ihr Herz klopft wild und es kribbelt im Bauch, sie kann gar nicht glauben was sie hört, zu lange hat sie darauf gewartet. „Warum weinst du? Ist es so furchtbar von mir geliebt zu werden?" Sie schüttelt heftig den Kopf und lächelt unter Tränen; „Jochen, Jochen, hast du denn nie etwas gemerkt? Ich liebe dich seit wir uns bei Emmis Hochzeit wiedergesehen haben. Nein was rede ich, ich liebe dich schon so lange wie ich dich kenne, aber du hast ja immer nur das kleine Mädchen in mir gesehen." Er nimmt ihr Gesicht behutsam in seine Hände und küsst sie lange und innig. Dann sieht er sie lächelnd an. „Wunderschöne Karo möchtest du meine Frau werden? Willst du einen Tischlerhaushalt führen und viele rothaarige Kinder mit mir großziehen?" Nun muss sie lachen; „Oh ja, das möchte ich. Ich kann mir nichts Schöneres vorstellen." Glücklich schmiegt sie sich an ihn.

Sie fahren weiter nach Eckerförde. Hier haben sie während der Fahrt einen herrlichen Blick auf den Strand und die Bucht. Das Laub der Bäume ist herbstlich gefärbt und der blaue Himmel hat sich mit ein paar weißen Wolken geschmückt. Karo geniest diese Fahrt an der Seite ihres Liebsten. Sie ist glücklich und muss ihn immer wieder anschauen. - Kann man eigentlich glücklich und traurig zugleich sein? - Je näher sie dem Ziel kommen, um so sorgenvoller muss Karo an ihre arme Mutter denken. Nach längerem Suchen findet Jochen die Straße in der sich die Anstalt befindet. „Jochen, ich habe solche Angst! Bleibst du bitte bei mir? Ich glaube sonst schaffe ich das nicht." Er drückt ihre Hand und sie fühlt sich etwas besser.

Es ist um die Mittagszeit. Der Pförtner verständigt per Telefon den diensthabenden Arzt. Bevor dieser sie dann in Empfang nimmt, hat der kleine, hinkende Pförtner mit seinem großen Schlüsselbund mehrere verschlossene Türen auf und wieder abgeschlossen. Der Anstaltsarzt erwartet sie schon in seinem Behandlungszimmer. „Fräulein Ulldahl?" Sie nickt; „Guten Tag Herr Doktor." Er reicht Karo die Hand und schaut fragend zu Jochen. „Das ist Herr Bender, ein Freund unserer Familie." „Ich bin Dr. Andresen" und er gibt auch Jochen die Hand. „Ich möchte mich nach meiner Mutter erkundigen. Wie geht es ihr? Ist schon eine Besserung eingetreten?"

Er legt die Stirn in Falten. „Leider muss ich ihnen sagen, dass ihre Mutter nicht geheilt werden kann. Wir haben nur die Möglichkeit sie weiter mit Medikamenten ruhig zu stellen, da sonst die Gefahr der Eigenverletzung zu groß wäre. Das heißt, dass ihre Mutter sich ohne Behandlung selbst gefährdet. Doch die starken Mittel haben Nebenwirkungen, die sie sehr müde machen." „Ich möchte sie sehen!" Karo ist sehr aufgeregt. Jochen legt beruhigend den Arm auf ihre Schulter. Dr. Andresen ist bemüht sie auf die Situation vorzubereiten. „Ihre Mutter ist sehr hinfällig, sie wird sie nicht erkennen." Noch einmal sagt sie; "Ich möchte sie sehen." Er nickt und drückt auf einen Klingelknopf. Kurz darauf erscheint eine ältere Krankenschwester, die ihr graues Haar zu einem Knoten im Nacken frisiert hat. Ihre Schwesternhaube verstärkt noch den strengen Ausdruck ihrer Erscheinung. „Schwester Herta, führen sie die Herrschaften bitte zu Frau Ulldahl." Sie nickt und zu Jochen und Karoline gewandt; „Würden sie mir bitte folgen?" Sie führt sie durch einen langen Flur von dem links und rechts Türen abgehen. Der Geruch von Essen hängt in den Gängen und was sind das für eigenartige Geräusche. Sie hören leises Wispern, Lallen, Raunen, Jammern und Rufen. Je weiter sie den Gang entlang gehen um so lauter wird es. Schließlich kommen sie zu einem größeren Raum in dem sich mehrere Personen in Anstaltskleidung befinden. Einige sitzen auf Stühlen und glotzen apathisch vor sich hin, andere sind in ständiger Bewegung und gehen gebeugt im Kreis. Aus ihrem Mund kommen die unterschiedlichsten Geräusche, die zu einem schrecklichen Musikstück zusammenfinden, das den ungeübten Besuchern Schauer über den Rücken laufen lässt. Karo ist entsetzt, sie hat Mitleid mit den verwirrten Gestalten, deren kahlgeschorene Köpfe und irre Blicke sie noch lange verfolgen werden. Doch wo ist Sophia? Bis jetzt hat sie sie nicht entdecken können. Schwester Herta deutet auf einen Rollstuhl in der Ecke; „Hier ist Frau Ulldahl." Dieses Häufchen Elend soll ihre Mutter sein? Karo wird noch blasser, wenn das überhaupt noch möglich ist. Sie beugt sich zu Sophia nieder und versucht krampfhaft ihren kahlen Kopf zu übersehen. „Mama, Mama ich bin es. Erkennst du mich?" Sophia regt sich nicht, sie schaut mit glasigen Augen ins Nichts. Karo sinkt auf die Knie und umfasst die Hände, die wie mit Pergament überzogen wirken. Die Hände ihrer Mutter, die nie geruht, die immer angepackt, die Haus, Stall und Garten in Ordnung gehalten, die sie gewärmt und gestreichelt haben, wenn sie als Kind mit Kummer und Sorgen zu ihr gekommen ist. Hände die stark waren solange Sophia das Leben mit ihrem geliebten Max geteilt hat. Nach der Flucht in Sehlendorf strickt sie wie eine Süchtige, nur um nicht denken zu müssen.

Karo weint und streichelt ihre Mutter. Sie weiß in diesem Moment, es ist ein Abschied. Sie wird sie nie wieder sehen.

Sie richtet sich wieder auf und schaut ein letztes Mal zu ihrer Mutter. „Komm Jochen wir wollen nun gehen. Wir können nichts mehr für Mama tun." Jochen legt seinen Arm um sie und flüstert; „Mein tapferes Mädchen."

Auf der Heimfahrt nach Sehlendorf ist die Stimmung erst mal gedrückt, denn sie müssen den Eindruck von der Einrichtung, das Gesehene und Gehörte verdauen.

Doch bald reden sie über alles und nichts, über vergangene Zeiten und die Zukunft. Der Stoff geht nicht aus.

Sie wollen so schnell wie möglich heiraten, denn sie haben sowieso schon viel zu lange gewartet.

Als sie auf den kleinen Hofplatz fahren, streckt Minna Ulldahl schon ihren grauen Kopf aus der Klöntür. „Na Karo, wie war es denn? Sicher bist du traurig, nicht?" „Ach Omi, du kannst dir nicht vorstellen wie schrecklich es dort ist. Der Arzt sagt, dass Mama nicht mehr gesund wird und das konnten wir auch sehen. Sie hat mich nicht erkannt." Karo weint leise. „Ich bin froh, das Jochen bei mir war, sonst hätte ich das nicht durchgestanden. Ich wünschte ich könnte sie so in Erinnerung behalten wie sie mal war, eine schöne Frau und so eine liebe Mutter." „Ja das war sie wirklich;" bestätigt ihre Großmutter, wobei sie sich die Tränen aus den Augen wischt.

„Willst du noch eine Tasse Kaffee mit uns trinken, Jochen? Dann komm, rein." „Gerne, Frau Ulldahl."

In dem winzigen Wohnzimmer sitzen Jochen und Karo auf dem Sofa und drucksen ein wenig herum, bis Minna stutzig wird. „Was ist denn mit euch los? Hat es was mit der Fahrt zu tun?" Karo bemerkt, das Jochen nervös ist. Das hat sie bei ihm ja noch nie erlebt. Er räuspert sich. „Tja, Frau Ulldahl, nun sind sie ja das Oberhaupt der Familie. Ich glaube dann muss ich sie wohl fragen ob ich ihre Enkelin zur Frau nehmen darf? Ich liebe Karoline und verspreche ihnen sie immer gut zu behandeln. Ich würde mich glücklich schätzen, wenn sie zustimmen würden."

„Meine Güte Jochen, das war aber mal eine vornehme Ansprache. Es hat ziemlich lange gedauert, bis du erkannt hast dass du zu Karo gehörst, sie liebt dich ja schon lange. Ich kann nur sagen, wenn sie damit einverstanden ist, bin ich es auch. Sie soll in Gottes Namen glücklich werden. Sie hat es verdient."

„Was war das? Ich kann es nicht glauben, du hast es gewusst, Omi?" „Was ist nun Karo, sagst du ja?" Ihre Großmutter lächelt sie an. „Ja, ich möchte Jochen heiraten!" Sie küssen sich als Minna aufspringt und aus der Küche drei kleine Gläser und ihren selbst angesetzten Schlehenlikör holt. Sie stoßen auf die Verlobung an. „Herzlich willkommen in unserer Familie, Jochen. Ab jetzt bin ich auch deine Omi." „Es ist mir eine Ehre."

So schnell wird es dann aber doch nichts mit der Hochzeit, und das hat folgende Gründe. Jochen möchte für seine Liebste alles aufs Beste vorbereiten. Die ersten Jahre in Döhnsdorf hat er seine Werkstatt mit dem neuesten Werkzeugen ausgestattet und nur wenig ins Wohnhaus stecken können. Dies will er jetzt unbedingt nachholen. Die gründliche Renovierung kostet Zeit und Geld. Letzteres ist vorhanden, weil seine Tischlerei mit den Aufträgen gar nicht so schnell nachkommen kann, wie sie eingehen. Zentralheizung, Badezimmer und Einbauküche sind in Auftrag. Die Fenster und Türen sind Sache seiner

Tischlerei. Seine Hausdame, Paula Lammert, Jahrgang 1905, hat im Moment einen schwierigen Job, denn sie muss trotz der Umbauten die Leute, die in Jochens Werkstatt arbeiten, weiter mit Mahlzeiten versorgen, was bei diesem Rummel nicht so einfach ist. Doch sie ist sehr patent und tüchtig. Manchmal bestellt sie das Essen einfach in der Gaststätte, weil sie nicht in ihre Küche kommt. Sie lässt sich nicht so schnell unterkriegen, ist sie doch eine Person, die zwei Weltkriege erlebt und überlebt hat. Sie ist unverheiratet und für Jochen tut sie alles. Außerdem ist sie der Meinung, dass Jochen schon viel zu lange allein ist, und unbedingt eine nette Frau ins Haus gehört.

Der Brief ist an Fräulein Karoline Ulldahl gerichtet, und trifft am Montag den10. Dezember ein. Es ist Karos freier Tag und sie ist gerade dabei mit ihrer Großmutter Weihnachtsplätzchen zu backen, als der Postbote den Brief durch die Klöntür reicht.

Karo hat gleich so ein mulmiges Gefühl als sie den Absender liest. Sie wäscht sich die Hände und öffnet das Kuvert.

Schleswiger Anstalten, 6. Dezember 1951

Sehr geehrtes Fräulein Ulldahl!

Wir sprechen ihnen unser aufrichtiges Beileid zum Tode ihrer Frau Mutter, Sophia Ulldahl, aus. Sie ist am 6. Dezember ruhig eingeschlafen. Es wäre von großem Vorteil, wenn wir die Formalitäten anlässlich ihrer Beerdigung schnell regeln könnten.

Die Buchstaben verschwimmen vor ihren Augen. Sie reicht den Brief ohne Worte an ihre Großmutter weiter. Auch Minna kommen die Tränen und sie umarmt ihre Enkelin, die schon so lange ihre Mutter vermisst. „Nun hat Sophia ausgelitten, und sie ist bei ihrem und meinem geliebten Max. Weine nur mein Kind, denn die Tränen heilen den Kummer. Wir werden dafür sorgen, dass deine Mutter in Blekendorf beerdigt wird, dann kannst du sie jederzeit besuchen." Karo kann nur unter Tränen nicken.

So zögert sich die Hochzeit weiter hinaus.

17

Emmi und die Kleinstadt

Als Emmi nach langer Suche endlich ein kleines Ladengeschäft „Am Markt" in Lütjenburg gefunden hat, beginnt für sie ein neuer beruflicher Abschnitt, bei dem sie tatkräftig von ihrem Mann unterstützt wird. Bevor sie die Räume zu einem schmucken Modesalon herrichten können, wobei sich ein Herzenswunsch Emmis erfüllt, eigene Mode zu entwerfen und zu schneidern, ist sie durch eine harte Schule gegangen, denn dafür muss sie Meisterin sein. Sie hat gebüffelt, genäht, entworfen, Arbeiten geschrieben und am Ende die Meisterprüfung bestanden.

Gemeinsam mit ihrer Freundin und ihrer Mutter bringen sie das Geschäft auf Vordermann. Walli streicht Decken und Wände in kräftigen Farben und die Frauen putzen hinter ihm her. Es bringt ihnen Spaß zusammen etwas auf die Beine zu stellen und Walli macht so viel Unsinn, dass Anna, Emmi und Karo Tränen lachen.

Emmi geht völlig darin auf Stoffe und Puppen zu ordern, den hinteren Raum in eine Schneiderwerkstatt umzugestalten, während sie vorne ihre Kreationen im Schaufenster zur Geltung bringt. Ihre Kostüme, deren schmale Röcke schon teilweise nach der neuesten Minimode übers Knie gerutscht sind, werden mit einem kecken Hut zum Modeereignis in der Kleinstadt. Sie kennt eine junge Hutmacherin, die ihre Entwürfe umsetzt, so dass sie immer zu ihren Kleidern und Kostümen passende Hüte anbieten kann. Sie nennt ihr Geschäft „Emmis Modesalon". Die drei Frauen sind aufgeregt und denken beim Putzen, Nähen und Dekorieren an die Neueröffnung, während Walli sich immer mehr als Charmeur entpuppt.

Im Frühjahr 1952 ist es so weit. An dem großen Tag werden die Besucher, Kundinnen, Geschäftsleute und Freunde mit Sekt und Häppchen empfangen. Die Eröffnung wird ein großer Erfolg. Der Tag ist aufregend und vergeht wie im Fluge. Nachdem alle Leute ihre

Neugier befriedigt und den Heimweg angetreten haben, bleiben nur noch Anna, Heinrich, Karo, Jochen, Minna Ulldahl, Emmi und Walli übrig. „Ich glaube wir sollten jetzt auch nach Hause fahren. Ich biete meinen vorzüglichen Dreiradlaster zur Heimfahrt an." Jochen grinst und hält die Tür auf. „Emmi, ich wünsche dir alles Gute, für dich und dein Geschäft." Nachdem Karo ihre Freundin herzlich umarmt und ihre Großmutter sich verabschiedet hat, steigen sie ein. Jochen startet und sie knattern nach Sehlendorf, wo er die beiden Frauen am Kloster absetzt.

Die Zurückgebliebenen räumen ein wenig auf, waschen das schmutzige Geschirr ab, trinken noch einen Schluck auf den gelungenen Tag, wobei Walli sich an Brause hält, und brechen dann auch auf. Emmi ist todmüde, jedoch überaus zufrieden und glücklich. Sie strahlt und ihr Ehemann schaut sie bewundernd an. Sie sieht aber auch zauberhaft aus in ihrem selbst kreierten Kleid, den glänzenden, dunklen, hochgesteckten Haaren und den leicht geröteten Wangen. „Ich bin ja so stolz auf dich, Liebling." Er küsst sie liebevoll auf den Mund.

Nach dem Überfall auf Emmi und den Mord an Wanda hat sich vieles verändert. Lange haben sich die Leute in der Gegend nicht mehr sicher gefühlt. Noch nie ist hier so ein schreckliches Verbrechen geschehen, und obwohl der Mörder gefasst ist, trauen sich die Frauen im Dunkeln nicht mehr vor die Tür. Es muss noch viel Zeit vergehen.

Den Handarbeitsunterricht an der Schule hat Emmi zwar schweren Herzens aufgeben müssen, aber dafür hat sie ihren Modesalon bekommen. Viele Kundinnen sind ihr, trotz des Geredes über sie, treu geblieben. Körperlich ist sie wieder ganz hergestellt, doch die furchtbare Gewissheit niemals ein Baby zu bekommen, ist schwer zu verkraften.

Erstaunlicherweise hat Walli sich am meisten verändert. Es ist als wäre er auf einmal aus einem dunklen Traum erwacht. Er hat mit dem Trinken aufgehört und seine ehemaligen Saufkumpane ignoriert er dauerhaft. Als er seine Frau so zerschlagen und schrecklich zugerichtet erblickt, schwört er sie nie wieder zu vernachlässigen. Wie oft hat er sich für die furchtbaren Geschehnisse verantwortlich gefühlt, obwohl er es doch nicht hätte verhindern können. Häufig genug ist er in der ersten Zeit gefordert ihr Trost und Halt zu geben, wenn er sie weinend wie ein Häufchen Elend vorfindet. Doch die Zeit lässt auch die schlimmsten Schrecken verblassen.

Emmi hat ja nun genug Ablenkung mit ihrem Geschäft. Ihre treuesten Kundinnen betreiben kräftig Mundpropaganda, so dass ihr Modesalon der Treffpunkt aller modebewussten Damen der Umgebung wird. Sie ist die bekannte Modemacherin. So dauert es auch nicht lange und sie muss eine Gesellin und einen Lehrling einstellen, denn sie kann den Nachfragen nicht mehr alleine nach kommen.

Walli will noch etwas aus seinem Leben machen, und nicht ewig als Ungelernter arbeiten. Er besinnt sich seiner Tugenden, und da er schon immer gut rechnen konnte, und es ihm Spaß macht mit Zahlen umzugehen, entscheidet er sich für eine Buchhaltungslehre. Zum Unterricht fährt er immer nach Feierabend, denn seine Arbeit in der Tischlerei macht er solange weiter. Jochen ist hochzufrieden mit ihm, und er freut sich mit Walli, als der ihm stolz seine Urkunde zeigt. Er hat die Lehre mit Auszeichnung bestanden.

„Dann kannst du jo uuk bi mi de Bookföörung mooken. Ick kenn dor noch een poor Handwerksbetriebe, de uuk een ordentlichen Bookholder gebruuken köönt." Jetzt redet er lächelnd auf hochdeutsch weiter. „Und wenn das nicht reicht kannst du jederzeit bei mir weitermachen." „Danke Jochen, du bist doch ein wahrer Freund. Hast auch zu mir gehalten, als ich mich ziemlich daneben benommen habe, dafür kann ich dir nicht genug danken." Jochen winkt ab. „Du warst immer ein guter Arbeiter. Wir haben alle unserer Fehler." Er zeigt auf sein Anwesen. „Was hätte ich wohl ohne dich gemacht? Kannst du dich noch erinnern, wie verkommen das hier alles war?" Walli grinst; „Hm, das sah alles ziemlich schlimm aus." Walli Koller hat sich lange nicht so gut gefühlt.

Nach dem Überfall ist Walli auf der Suche nach einer anderen Unterkunft, denn er weiß, dass Emmi hier in Kaköhl nicht mehr wohnen kann. Natürlich herrscht immer noch Wohnungsknappheit, wenn auch in den fünfziger Jahren viel gebaut wird und die arbeitsfähigen Flüchtlinge dorthin ziehen, wo es Arbeit für sie gibt. Einige wandern auch aus. Man hört von Amerika, Neuseeland und Australien. Sie werden nicht selten für ihren Mut bewundert.

Walli hat Glück, er findet in Lütjenburg eine Neubauwohnung, die zwar einfach, aber mit Heizung und Badezimmer ausgestattet ist. Welch ein Komfort. Sie vermissen ihren Kohleherd und den Kachelofen nicht. Nun hat Emmi nur fünf Minuten zu gehen, um ihren Modesalon zu öffnen, während ihr Mann stolz mit dem neuen Volkswagen herumkutschiert, damit er seine Kunden, die sich in allen näheren Orten befinden, aufsuchen kann.

Lütjenburg ist eine alte Kleinstadt in der Nähe zur Ostsee. Mit dem Auto ist man in zehn Minuten in Hohwacht und in fünfzehn Minuten in Sehlendorf am Strand. Rund um den „Alten Markt" und in den kleinen Nebenstraßen ist hier alles am Ort. Bäcker, Schuster, Schlachter, Textil- und Haushaltsgeschäfte, Apotheke und Drogerie, ein Kino, eine Brauerei und sogar eine Eisdiele. Zu erwähnen wären auch das Krankenhaus und die verschiedenen Ärzte und Zahnärzte, Autohandel, Tankstellen und am Ortsausgang eine alte Schmiede. Sonnabends auf dem Wochenmarkt bekommt man Produkte aus der Region, wie frischen Fisch, Obst und Gemüse, Eier und Geflügel. Emmi liebt das Geschäftsleben in der Stadt, den Trubel, die Menschen, die schnell noch ihren Wochenendeinkauf erledigen, den Klönschnack mit Bekannten. Von ihrem Salon kann sie direkt zum Markt schauen, die bunten Marktstände locken sie regelmäßig zum Einkaufen. Oft schaut noch mal eine Kundin bei ihr ein, oder Karo steckt atemlos ihren roten Lockenkopf durch die Tür und ruft; „Hallo, große Schwester, wie wäre es mit einem Kaffee? Ich möchte dich einladen! Ich muss mich von meinem schweren Einkauf erholen." Sie umarmt Emmi, die wie immer sehr elegant aussieht. „Gerne, kleine Schwester, bin schon fertig." Sie lacht. „Sabine, kommen sie für eine halbe Stunde allein zurecht?"

Ihre Gesellin nickt und lächelt ihr zu; „Klar, sie können ruhig gehen, Frau Koller. Wenn die Komtess erscheint, werde ich schon mit dem Anpassen beginnen."

Eingehakt gehen die Freundinnen zum Cafe am Markt. „Eine Komtess hast du als Kundin? Alle Achtung, vielleicht bin ich bald nicht mehr gut genug für dich, wenn du mit solchen Herrschaften zu tun hast." „Ach, spinn doch nicht, die ist ganz in Ordnung. Ich mache für sie ein Abendkleid aus roter Seide, mit einer Korsage, traumhaft sag ich dir." „Ist das auch ein Entwurf von dir?" „Hm." „Ich muss mir das nachher mal ansehen. Vielleicht kannst du mir ja auch so ein schönes Kleid nähen, aber in weiß." Emmi tut überrascht. „Was? Willst du etwa heiraten? Vielleicht noch diesen großen Blonden, mit der Tischlerei?" Karo muss laut lachen; „Was denkst du denn, meinst du ich will zehn Jahre verlobt sein? Nein, wir heiraten im Spätsommer!" „Ach, das ist aber mal eine schöne Nachricht, das muss ich sofort Walli erzählen. Der wird sich genauso für euch freuen. Weißt du was? Das Brautkleid schenke ich dir. Ich werde es extra für dich entwerfen." Nun kommen Karo die Tränen; „Du bist doch meine beste Freundin." „Ach, ich denke ich bin deine große Schwester, und als solche auch als Mutterersatz für dich zuständig. Komm doch nächste Woche zu mir, dann kann ich schon mal Maß nehmen." „Ja prima. Passt es dir am Mittwoch? Dann hab ich meinen freien Tag." „Für dich hab ich immer Zeit."

Langsam brechen sie auf und begeben sich wieder in Emmis Salon. Dort ist die Gesellin mit dem Anpassen des roten Abendkleides beschäftigt. Eine schlanke, wunderschöne, blonde Person dreht sich vor dem großen Spiegel langsam im Kreis. Der lange Rock ist etwas ausgestellt, damit man auch darin tanzen kann. Die trägerlose, geraffte Korsage unterstreicht die schlanke Linie. „Guten Tag, ach schön, dass sie schon zurück sind, Frau Koller. Diese Kreation wird mich zum Star machen." Sie scheint ehrlich begeistert. Emmi lächelt. „Komtess, rot steht ihnen aber auch besonders gut."

So ein schönes Kleid hat Karo noch nie zu Gesicht bekommen. Sie ist stolz auf Emmi.

18

Hochzeit

Es fällt Karo nicht leicht ihrem Chef, Herrmann Hansen, zu gestehen, das sie in absehbarer Zeit heiraten wird, zumal sie sich hier immer sehr wohl gefühlt hat. Sie schiebt es immer wieder auf, doch heute muss sie es tun, denn sie kann nicht von heute auf morgen aufhören.

Er kommt gerade mit schweren Schuhen und Jagdbekleidung in die Küche. „Herr Hansen, wollen sie auf die Jagd gehen? Kann ich vorher kurz mit ihnen sprechen?" Er merkt sofort, dass Karoline nervös ist. „Na, was ist denn passiert?" Sie räuspert sich; „Es kann auch ein bisschen länger dauern. Sie wissen ja sicher, dass ich mit Jochen Bender verlobt bin. Wir haben die Hochzeit immer wieder aufschieben müssen, aber jetzt steht der Termin fest und ich muss leider kündigen." Ihr kommen fast die Tränen. Obwohl er schon seit längerem damit gerechnet hat, ist er überrascht über seine Enttäuschung, dennoch sagt er; „Ach wie schön Fräulein Ulldahl, ich freue mich für sie. Aber ich glaube nicht, das ich wieder jemanden finde, der so hübsch und dabei so tüchtig ist." Jetzt müssen sie beide herzhaft lachen und ihr fällt ein Stein vom Herzen. „Es tut mir ja auch leid, Herr Hansen. Vor allem weil ich nicht weiß ob ich bei Jochen auch so selbständig arbeiten kann." Und wieder lachen sie.

„Ich bin froh, dass dieser Mann, den sie heiraten wollen, Jochen Bender ist. Er ist ein feiner und sehr tüchtiger Mensch, ganz anders als sein Vater, den ich früher gekannt habe. Es macht die Sache trotzdem nicht einfacher, denn sie wissen ja ich brauche eine Frau, die mir den großen Haushalt führen kann."

Karo überlegt; „Ich habe eine Idee. Es ist ja noch etwas Zeit bis dahin und die nette Hausdame Paula Lammert hat das Zepter bei Jochen noch in der Hand. Ich könnte Erna doch anleiten meine Aufgaben zu übernehmen. Sie ist durchaus geschickt und hat schon oft gekocht, wenn ich frei hatte. Alles andere werde ich ihr zeigen, damit es auch ohne mich klappt. Ich verspreche ihnen so oft wie möglich vorbei zu kommen, um Erna mit Rat und Tat zur Seite zu stehen." Damit ist er einverstanden. „Ich verlasse mich auf sie." Er legt sein gütiges Gesicht in Falten. „Karoline ich vermisse sie jetzt schon. Ihren schönen Anblick und ihr herzliches Lachen." Er geht zu ihr hin und macht etwas, was er zuvor noch nie getan hat. Er nimmt sie in seine väterlichen Arme. „Viel, viel Glück!"

Es ist ein schweres Stück Arbeit Erna Möller aus Sechendorf davon zu überzeugen Karos Aufgaben zu übernehmen. „Ich habe doch gar keine Hauswirtschaftsausbildung! Ich traue mir das einfach nicht zu. Ich kann das nicht!" „Erna, du hast doch schon so oft für mich Vertretung gemacht. Ich weiß du bist dazu imstande. Ich helfe dir wo ich nur kann. Noch bin ich ein viertel Jahr hier und ich werde dich gründlich einweisen und auch wenn ich verheiratet bin, werde ich so oft wie möglich herkommen. Herr Hansen ist froh wenn du den Haushalt führst."

Nach langem hin und her ist sie bereit sich der Herausforderung zu stellen.

Karo, die bei ihrer Großmutter durch eine harte Schule gehen musste, wendet eine ganz andere Methode an. Bei ihr geht alles locker und ruhig vonstatten, Fehler sind dazu da aus ihnen zu lernen. Es darf vor allem gelacht werden. Erna ist eine gute Schülerin, sie wird immer sicherer und Karo lässt nach und nach den ganzen Haushalt von ihr gestalten. So entstehen Mittagspläne und Einkaufslisten, Haushaltsbücher werden geführt, sie kocht, und das gar nicht mal so schlecht. Wenn Karo ihr auch noch oft zur Hand geht, ist sie doch erstaunt mit welchem Eifer Erna bei der Sache ist. Es macht ihr offensichtlich Freude Verantwortung zu übernehmen.

Frieda, Ernas Schwester, sorgt weiterhin für Sauberkeit und Ordnung, wobei sie von einem jungen Mädchen aus der Nachbarschaft unerstützt wird. Es geht also alles seinen Gang und Karo kann sich um ihre eigenen Sachen kümmern, schließlich gibt es noch eine Menge vorzubereiten.

So bleibt sie hin und wieder mal ein paar Tage zu Hause, um zu testen ob es auch ohne sie geht.

Sie hat sich in Lütjenburg in der Fahrschule angemeldet, um einen Führerschein zu machen. Denn sie möchte selber Auto fahren können, um nicht immer auf Jochen angewiesen zu sein und ihn womöglich von seiner Arbeit abzuhalten.

Sie hat die Nacht kaum geschlafen und ist ziemlich nervös, als die erste Fahrstunde ansteht. Doch nachdem der Fahrlehrer sie in aller Ruhe eingewiesen hat und der Motor nach mehreren Anläufen endlich brummt, stellt sie sich ganz geschickt an. Mit jeder folgenden Stunde wird sie sicherer und bald lässt er sie alle Dörfer der Umgebung abklappern. Es dauert nicht lange bis nach der theoretischen die praktische Prüfung folgt, und Karoline Ulldahl wird stolze Führerscheininhaberin.

„Omi, Omi, ich hab's geschafft!" Sie stürmt in die kleine Wohnung im Kloster und wedelt mit dem Führerschein. Minna Ulldahl lacht über so viel Ungestüm. „Na endlich, da bin ich aber froh. Herzlichen Glückwunsch und fahr bloß immer vorsichtig. Es passiert ja heutzutage so viel." Karo erwidert scherzhaft; „Ich werde mich bemühen Gnädige Frau." Dabei umarmt sie herzlich ihre alte, grauhaarige Großmutter.

Am Abend kommt Jochen zu Besuch. Nach liebevoller Begrüßung zeigt sie auch ihm überschwänglich den neuen blitzsauberen Führerschein. Und jetzt muss sie ihrem Verlobten natürlich unbedingt ihre Fahrkünste zeigen. Nur mit dem Dreiradlaster ist es für eine Anfängerin etwas schwieriger zu fahren, als mit dem Fahrschulwagen.

Jochen schweigt und grinst, als es ihr erst nach mehreren Versuchen gelingt vom Hof zu fahren, denn auf den Gedanken aufzugeben kommt sie gar nicht erst. Er schaut ihr bewundernd von der Seite zu, wie sie zwar erst etwas verkrampft, doch dann immer sicherer das alte Vehikel bewegt. Ihre üppigen roten Haare fallen ein wenig zerzaust über die schmalen Schultern, während die geröteten Wangen und der eingezogene Mund ihre Anstrengung verraten. - Sie ist so zauberhaft! -

„Für einen Führerscheinneuling machst du deine Sache gar nicht so schlecht. Du kannst mal nach Döhnsdorf fahren. Ich habe noch eine kleine Überraschung für dich." „Da bin ich aber neugierig." Sie fährt den mit Knicks begrenzten schmalen Weg nach Döhnsdorf, ohne auf die schöne Landschaft zu schauen. Sie hat heute weder einen Blick für die glühende Abendsonne, die sich im Meer spiegelt, noch für die wogenden Kornfelder oder die Blumen am Wegesrand, die im lauen Wind unentwegt mit ihren Blütenköpfchen nicken.

Nachdem sie an einigen Gehöften, an der Schmiede und an der Fahrradwerkstatt vorbei gefahren sind, lenkt sie den Dreiradlaster auf den Hofplatz der Tischlerei. Sie macht große Augen, denn vor seiner Werkstatt steht ein roter VW Käfer.

„Hast du noch Besuch?" „Ne, dat is mien Ööverraschung föör di. Dat is nun dien eegen Auto." Und jetzt spricht er in Hochdeutsch weiter. „Du kannst nun überall alleine hinfahren. Der Volkswagen ist zwar ein paar Jahre alt, aber er ist bestens gepflegt und in Ordnung. Was meinst du Liebste, kannst du damit umgehen? Und magst du ihn überhaupt leiden?"

Karo ist sprachlos und ihr schießen ein paar Freudentränen in die Augen.

Er wedelt mit den Papieren und dem Autoschlüssel herum. Als sie endlich wieder reden kann, sagt sie; „Jochen du musst verrückt sein, das ist doch viel zu teuer für mich." „Für dich ist mir nichts zu teuer, mein geliebtes Mädchen, und außerdem habe ich den VW günstig von einem Freund erworben. So, und nun lass uns endlich eine Probefahrt damit machen."

Noch immer ganz benommen von der großen Überraschung greift sie nach dem Schlüssel und steigt ein. Jochen nimmt auf der Beifahrerseite Platz und sie startet, nachdem sie den Sitz und die Spiegel richtig für sich eingestellt hat. Auf diesem Autotyp hat sie ihren Führerschein gemacht, dem entsprechend routiniert fährt sie vom Hof auf die Bundesstraße in Richtung Lütjenburg. Denn ihr fällt nur Eine ein, der sie unbedingt das Auto vorführen muss.

In dem kleinen Städtchen biegt sie mit Schwung in die Wohnstrasse ab und hält genau vor dem Mehrfamilienhaus, in dem Emmi und Walli wohnen. Sie klingeln sie raus, damit sie die neue Errungenschaft bewundern können. Jetzt endlich kann Karo ihre Freude rauslassen.

Jochen hat die Beiden schon vorab informiert und so überrascht wie tun sind sie gar nicht. „Guckt mal, den hab ich von Jochen bekommen! Ist das nicht verrückt?" Sie tanzt um das rote Auto und singt; „Das ist mein Auto, mein kleines rotes Auto, ist das nicht wunderschön?" Sie dreht sich um sich selbst, dass ihre Haare wehen, um dann abrupt vor Jochen stehen zu bleiben und ihm einen dicken Kuss zu geben. „Danke, danke, danke!" Sie fangen alle an zu lachen. Emmi ist begeistert; „Ach Karo, wie schön, jetzt bist du total unabhängig. Du kannst mich jederzeit besuchen." Und Walli sagt;" Wir wünschen dir immer gute Fahrt! Darauf müssen wir unbedingt anstoßen."

Die Vorbereitungen zur Hochzeit gehen langsam dem Höhepunkt entgegen. Das Aufgebot ist bestellt, die Einladungen rausgeschickt, mit dem Pastor ein Gespräch geführt worden. Nun noch das Hochzeitsmenü mit dem Koch im Gasthaus „Zur alten Schmiede" besprechen und die Sitzordnung durchgehen. Sind die Blumen für die Kirche bestellt? Was ist mit den Eltern der Blumenstreuer, wissen sie Bescheid? Wer sollen die Trauzeugen sein? Natürlich Walli und Heinrich! Hat Jochen seinen schwarzen Anzug schon ändern lassen? Wie sieht es mit der Schleife und dem weißen Hemd aus? Und braucht er neue Schuhe? Darum kann Paula Lammert sich kümmern. Karo muss unbedingt noch einen Termin mit ihrem Friseur vereinbaren. Obwohl, was soll er eigentlich mit solchen Haaren anfangen? Ach, es gibt noch so viel zu bedenken.

Einige Male muss sie noch nach Lütjenburg zur Anprobe, mit dem neuen Auto kein Problem. Emmi hat ihr wie versprochen ein phantastisches Kleid entworfen, das mit jedem Mal perfekter wird. Karo ist begeistert. „Emmi, mit deinem Talent könntest du doch jede Menge Geld verdienen." Ihre Freundin muss lachen; „Oh ja, meine Liebe, aber das tue ich doch schon."

Und das ist nicht mal eine Übertreibung, denn sie hat viel zu tun und ist weit über Lütjenburg hinaus bekannt. Alte und neue Kundinnen rennen ihren kleinen Modesalon ein. Sie überlegt, ob sie noch eine Nähhilfe einstellt. Die vielen Bestellungen sind kaum zu schaffen.

Endlich ist der Hochzeitstag da. Der 22. August 1952 ist spätsommerlich schön. Der Regen, der die letzten Tage fast ohne Unterbrechung vom Himmel gefallen ist, ist wie abgeschnitten. Das Laub der Bäume, das Gras, die Blumen, die ganze Natur zeigt sich sauber gewaschen in leuchtenden Farben. Der Himmel ist strahlend blau, wie von Geisterhand blankgeputzt, mit einer Sonne, die schon morgens warm und hell von ihm herunterlacht.

Die Nachbarn haben am Abend vorher einen bunten Hochzeitskranz über der Klöntür im Kloster aufgehängt und jede Menge altes Porzellan zerschlagen. Scherben bringen Glück!

Jochen und Karoline sind darauf vorbereitet und bedanken sich mit Schnaps und kleinen Häppchen. Nachdem das Brautpaar die Scherben zusammengefegt hat, zerstreuen sich die Nachbarn wieder.

Und Jochen fährt nach der kleinen Feier wieder nach Hause, denn er verbringt die letzte Nacht, wie der Anstand es erfordert, als Junggeselle allein in Döhnsdorf. Er kann es kaum erwarten die schönste aller Frauen über die Schwelle zu tragen.

Die Nacht vor ihrem großen Tag ist kurz, und Karo kann vor Aufregung nicht mehr ruhig schlafen. Die standesamtliche Trauung ist schon um neun Uhr. Um sieben Uhr springt sie aus dem Bett und weckt ihre Großmutter. „Omi, Omi, es ist so weit, heute werde ich Frau Bender." Minna seufzt und stöhnt leise, als sie sich ein wenig mühsam aufrichtet und die Beine über die Bettkante schiebt. Sie lächelt; „Ach Kind, es ist dein Recht glücklich zu sein. Ich freue mich mit dir. Du bekommst wirklich den nettesten Mann, den ich kenne." Sie wälzt sich aus dem Bett und schlüpft in ihre Hausschuhe. „Wir sollten jetzt ein kleines Frühstück einnehmen, denn der Tag wird noch sehr lang." „Ich bekomme keinen Bissen hinunter, Omi." Doch ihre Großmutter lässt sich nicht abhalten eine Kanne Kaffee zu kochen und Brot und Butter auf den kleinen Tisch in der Küche zu stellen. „Nun komm` man her. Eine Tasse Kaffee tut immer gut."

Rechtzeitig erscheint Heinrich Haller mit dem Taxi, einem schwarzen auf Hochglanz poliertem Mercedes, in dessen Fond Jochen schon auf seine Verlobte wartet. Karo trägt ein leichtes, grünes Kostüm, das die Farbe ihrer Augen noch mehr leuchten lässt und einen passenden kecken Hut. Natürlich alles von Emmi entworfen. Sie sieht ganz zauberhaft aus.

„Guten Morgen." Sie steigt zu Jochen nach hinten. Er drückt sie an sich und flüstert ihr ins Ohr; „Du siehst so toll aus. Ich bin der stolzeste Mann auf der Welt, dass ich dich endlich bekomme. Ich liebe dich!" „Ich liebe dich auch. Ich bin total aufgeregt. Schließlich heiratet man ja nicht jeden Tag."

In Lütjenburg warten Heinrich und Walli schon vor dem Standesamt. Nach einer halben Stunde ist der Bürokratie Genüge getan. Nachdem der Standesbeamte eine kleine Rede gehalten hat, legt er den beiden Heiratswilligen, und danach den Trauzeugen die Urkunden vor, die sie alle erleichtert unterschreiben. Karoline und Jochen sind ab jetzt ein Ehepaar, Herr und Frau Bender. Vor dem Standesamt werden sie von Emmi und Anna mit Sekt empfangen.

Kaum ist das Paar zur Ruhe gekommen, sind die Vorbereitungen für die kirchliche Trauung im vollen Gange.

Am frühen Nachmittag kommt der Friseur zu Karo nach Hause um ihre Haare in einer Hochsteckfrisur zu bändigen. Was ihm auch bis auf ein paar übermütige Löckchen, die sich ins Gesicht kräuseln, gut gelingt. Nun noch die Blumen ins Haar gesteckt und dann ist Emmi an der Reihe, die ihr beim Ankleiden hilft. Ein cremefarbenes, trägerloses Traumkleid verwandelt Karo zu einer zarten Schönheit. Die nackten Schulten werden mit Tüll umschmeichelt, während das schmale Kleid vorne in Kniehöhe die schlanken Beine freigibt und hinten zu einer kleinen Schleppe ausläuft, die später zum Tanzen abgeknöpft werden kann. Emmi raunt atemlos; „Kleine Schwester du siehst umwerfend aus." „Ach liebste Emmi, das habe ich doch alles nur dir zu verdanken. Du hast dieses schöne Kleid für mich entworfen. Ich bin so glücklich. Ich wünschte nur das meine Eltern mich so sehen könnten." „Deine Mutter und dein Vater sind immer bei dir, egal was du tust und denkst. Sie schauen von oben herab und freuen sich mit dir, da bin ich mir ganz sicher." Die Freundinnen wischen sich ein paar Tränen aus den Augen.

Inzwischen ist draußen die geschmückte Hochzeitskutsche vorgefahren. Stolz sitzt Herrmann Hansen auf dem Bock. Festlich gekleidet mit einem Zylinder auf dem Kopf und der Peitsche in der behandschuhten Hand, hat er es sich nicht nehmen lassen, Jochen und Karo zur Kirche zu kutschieren. Die zwei gestriegelten Prachtpferde glänzen dunkel in der Augustsonne.

Karo tritt aus dem Haus und Jochen bleibt augenblicklich die Luft weg, als er sie erblickt. Emmi hilft ihrer Freundin in die Kutsche, in der ihr Bräutigam schon unruhig wartet. „Hü, hü!" Herrmann Hansen treibt die Pferde an und schon geht es los. Jochen hält Karos Hand ganz fest und ihre Herzen klopfen laut im Takt.

In Blekendorf, vor der im Mittelalter gebauten Felsenkirche, warten schon die Hochzeitsgäste und die Eltern mit den kleinen Blumenstreuern. Die Kleinen sind schon ganz aufgeregt. Die Kutsche fährt vor und es geht ein Raunen durch die Gesellschaft. Schnell werden ein paar Fotos geschossen und Emmi steht wieder parat um ihrer Freundin beim Aussteigen zu helfen. Nachdem die Leute sich in der Kirche einen Platz gesucht haben, erklingt endlich die Orgel und die Blumenstreuer, hin und wieder ein Blümchen auf den Boden werfend, gehen voraus. Das Brautpaar schreitet glücklich lächelnd hinterher. Sie sind wirklich ein schönes Paar und alle Anwesenden sind von ihnen angetan.

Die schlichte alte Kirche ist wie Karolines Brautstrauß mit bunten Sommerblumen geschmückt. Sie gehen langsam zum Altar, wo schon der Pastor auf sie wartet. Die Zeremonie ist mit dem Tauschen der Ringe nach einer guten halben Stunde beendet.

Alle finden sich bei der Feier im Gasthaus „Zur alten Schmiede", vor den Toren Lütjenburgs wieder. Es ist ein Gewimmel von festlich gekleideten Leuten, die, die schön gedeckte, lange Tafel erst bewundern und dann in Beschlag nehmen. Als väterlicher Freund, hält Heinrich eine schöne Ansprache, bei der er bemüht ist Hochdeutsch zu sprechen, was ihm jedoch zur Freude aller nicht ganz gelingt. Bis spät in die Nacht wird, getrunken, geredet, getanzt und vor allem gelacht. Die Braut wird von einem Tänzer zum nächsten gereicht, bis ihr die Füße wehtun und sie einfach bar fuß weiter tanzt. Sogar Karos Großmutter lässt es sich nicht nehmen, mit Jochen ein paar Runden zu tanzen. Emmi und Walli haben sich etwas Nettes ausgedacht und tragen ein selbstgemachtes Gedicht vor.

„Liebes Brautpaar, liebe Gäste,
wir sind hier auf diesem Feste,
können essen und auch trinken,
sollen tanzen, lachen, singen,
denn dies schöne Liebespaar kannte

sich schon viele Jahr`, schmachtete
sich von Ferne an, dass man es
nicht mit ansehen kann.
Bis Jochen endlich Mut gefasst
um seiner Karo
die Liebe zu gestehen, mussten
unendlich viele Jahre vergehen.
Darum nun zum guten Schluss,
werdet glücklich und gebt euch
einen dicken Kuss."

„ Küssen, Küssen, Küssen, Küssen." skandieren die Gäste, bis Jochen
und Karo sich von den Stühlen erheben und sich einen langen Kuss
geben.

Nach dem Schleiertanz um Mitternacht, bei dem der von Emmi
schnell dekorierte Tüll zerrissen wird, verschwindet das Brautpaar
heimlich. Für die Gäste ist die Feier noch lange nicht zu Ende.

19

Besuch in Berlin

Es sind ein paar Jahre ins Land gegangen, die für einige Vertriebene
nach anfänglichen Schwierigkeiten nicht die schlechtesten waren.
Haben sie direkt nach der Flucht noch nicht gewusst wie es weitergehen soll, hat jetzt so mancher seine Schäfchen ins Trockene gebracht
und sich etwas aufgebaut. Wenn die Trauer über die verlorene Heimat auch anhält und die Landsmannschaften die Bräuche, wie die
Sprache, Lieder und Tänze wach halten, haben sich doch die meisten
hier eingelebt. Manchmal denkt man noch an die beschauliche Zeit
und die verschlafenen Orte, wo jeder seiner Arbeit nach gehen konnte

und die Familien nicht auseinandergerissen, sondern die Welt noch in Ordnung war, zurück. Der Lastenausgleich bewirkt, dass einige sich bescheidene Häuschen bauen können, und so heimisch werden.

Arbeit gibt es genug, dass sogar die ersten Ausländer als Gastarbeiter ins Land geholt werden. In den Städten wachsen in Windeseile einfache Mietshäuser hoch, denn Wohnraum ist immer noch knapp. Der soziale Wohnungsbau läuft auf Hochtouren, so dass viele ausgebombte Familien ein neues Heim beziehen können. Die Ruinen und Trümmerfelder, die noch jahrelang die Großstädte prägten sind inzwischen beseitigt, während Neubauten nach und nach die Lücken füllen. Es werden noch viele Jahre vergehen bis die Wunden des Krieges ganz verschwunden sind.

Ein trauriges Kapitel deutscher Nachkriegsgeschichte ist die entgültige Teilung in Ost und West. Dies wird am 13. August 1961 allen, die bis dahin noch geglaubt haben, dass es sich normalisieren könnte, klar vor Augen geführt. Menschen, die täglich vom Osten in den Westen oder umgekehrt gependelt sind, um hier oder dort zu arbeiten, sind entsetzt. Es geschieht so plötzlich, das manche nicht einmal wieder nach Hause zu ihren Familien können. Eine Mauer wird von heut auf morgen quer durch Berlin gebaut. Die Fenster und Türen der Häuser in der Bernauer Straße werden unter Aufsicht der Volkspolizei von Bauarbeitern zugemauert. Herzzerreißende Szenen spielen sich vor den Augen der Westberliner ab. Flüchtlinge aus den oberen Stockwerken seilen sich unter Lebensbedrohung ab, sie springen einfach nach unten in ein Fangtuch, oder in den Tod.

Die Grenze durch Deutschland trennt Städte, Gemeinden, Dörfer und Familien. Sie ist Menschen verachtend und schrecklich, aber die sicherste und bestbewachteste Grenze der Welt. Es gilt der Schießbefehl. Deutsche schießen auf Deutsche!

Die übermächtige Sehnsucht nach Freiheit hat viele Ostdeutsche in Versuchung geführt die Grenze zu überwinden. Nur wenige haben es geschafft.

Die Medien verbreiten die Nachricht vom Mauerbau in Berlin in Windeseile, und für einen Moment ist man in ganz Deutschland sprachlos und entsetzt.

Minna Ulldahl, inzwischen neunundsiebzig, wohnt nach wie vor in der kleinen Wohnung im Kloster. Seit Karos Heirat lebt sie hier allein und es gibt für sie keinen Grund auszuziehen. Sie hat nie etwas anderes kennen gelernt als Wasser aus der Pumpe im Hof zu holen, bei einem menschlichen Bedürfnis auf das Plumpsklo zu gehen oder Holz und Kohle für ihren alten Herd zu besorgen. Einiges fällt ihr zwar schon etwas schwer, doch sie nimmt sich die Zeit, die sie gebraucht, die Nachbarn sind hilfsbereit und ihre Enkelin kommt so oft wie sie es einrichten kann.

Minna ist gerade dabei eine leichte Mahlzeit in ihrer winzigen Küche zu kochen, als sie im Radio von den Ereignissen erfährt. Sie muss sich für einen Augenblick auf den Hocker setzen, so einen Schreck bekommt sie. - Hört das denn niemals auf? Haben die Menschen denn nicht schon genug Leid erfahren, dass die Grenze nun unüberwindbar wird, und Familien für immer getrennt werden? - Sie versteht die Welt nicht mehr.

Vor ein paar Jahren hat sie noch die Gelegenheit gehabt in Berlin ihre zwei Jahre ältere Schwester zu treffen. Sie haben sich schon vor vielen Jahren aus den Augen verloren, doch Minna hat sich an das Rote Kreuz gewandt, um zu erfahren ob Erna die schweren Luftangriffe in Berlin, und noch wichtiger die Hungerjahre danach überlebt hat. Es hat lange gedauert bis sie einen Brief von ihrer Schwester in den Händen hält. Die Tränen laufen ihr immer wieder die runzligen Wangen hinunter, während sie die dichtbeschriebenen Seiten liest. Ein langes Leben in Kurzfassung.

Bis zum Wiedersehen in Berlin vergeht für Minna eine aufregende Zeit. Wenn man es so betrachten will dann war die einzige weite Reise, die sie unternommen hat, die Flucht nach Schleswig- Holstein. Mit dem Bus nach Lütjenburg oder nach Oldenburg sind für sie schon lange Fahrten. Nun muss sie sogar noch durch die russische Zone. Sie ist niemals in ihrem Leben so kopflos gewesen. Darum hat Karoline alles für sie erledigt. Sie braucht nur noch in den Zug zu steigen.

„Hast du deinen Reisepass dabei, Omi? Gib mir man lieber die Tageszeitung, an der Grenze wirst du ganz bestimmt durchsucht und Westzeitungen sind nicht erlaubt. Grüße meine unbekannte Tante herzlich von mir, ich hätte sie gerne kennen gelernt. Vielleicht kann sie uns mal besuchen. Du weißt ja, im Moment kann ich hier nicht weg." Sie denkt dabei an ihre Kinder, der Kleinste gerade ein Jahr alt. Minna nickt mit vor Aufregung geröteten Wangen. Karo nimmt ihre Großmutter noch einmal in den Arm. „Gute Reise, Omi. Komm gesund zurück!"

Natürlich werden die Zugreisenden an der Grenze auf das Genaueste überprüft, die Grenzsoldaten gehen zu zweit durch die Abteile. Sie verlangen die Pässe, schauen jedem genau ins Gesicht. Vielleicht ist ja jemand mit falschen Papieren dabei? Ist hier eine westliche Zeitung oder sogar eine Waffe zu beschlagnahmen? Fast hat man den Eindruck, die Leute halten die Luft an. Ein mulmiges Gefühl stellt sich ein und hält so lange an, bis der Zug in Westberlin das Ziel erreicht.

In der Menschenmenge hält Minna nach ihrer Schwester Ausschau, und in dem Moment wo sie frustriert aufgeben will, ruft jemand laut ihren Namen. Zwei alte Frauen fallen sich weinend in die Arme. Sie wollen gar nicht überlegen wie viele Jahre sie sich nicht gesehen haben. Es sind auf jeden Fall viel zu viele!

Sie verleben ein paar intensive Tage, wobei der Gesprächsstoff nicht ausgeht. Sie reden über die schrecklichen Zeiten und wie sie das Beste daraus gemacht haben. Minna erzählt von ihrer tüchtigen Enkelin und wie gut sie es trotz allem in Sehlendorf getroffen haben. Von Max, der in Russland gefallen ist, von Erwin, der todkrank aus der Gefangenschaft in Sibirien zurück gekommen ist und wenigstens in ihren Armen sterben durfte. Auch ihre arme Schwiegertochter Sophia bleibt nicht unerwähnt. Alles in allem ein schweres Kriegsschicksal, doch Minna ist eine starke Frau, die sich nicht unterkriegen lässt. Obwohl sie mit Gott gehadert hat als sie ihren ehemals stattlichen Sohn in diesem elenden Zustand, verdreckt, abgemagert und todkrank im Dezember1955 an ihre Brust drückt. Zu der ersten Freude, Erwin wiederzusehen kommt nun die Sorge um ihn. Sie pflegt ihn noch ein halbes Jahr, wobei ihr Ältester nicht ein Wort über seine russische Gefangenschaft verlauten lässt. Er nimmt seine grausamen Erinnerungen mit in den Tod.

Trotzdem ist sie Bundeskanzler Adenauer dankbar, dass er mit den Sowjets aushandelt, dass die letzten 10000 Spätheimkehrer Russland 1955 verlassen können, wo sie alle zu langen Jahren Zwangsarbeit verurteilt waren. Es kehren an Geist und Körper schwer geschädigte Menschen zurück.

Minna und Erna, die zu der Generation gehören, die zwei Weltkriege überlebt haben, sind von einem robusten Schlag, wobei sie keine großen Ansprüche an das Leben stellen und zufrieden sind, dass sie genug zu essen und ein Dach über dem Kopf haben.

Seit ihrer Heirat lebt Erna in Berlin und das Schicksal verschont auch sie nicht. Ihr geliebtes Kind, das mit einem halben Jahr gestorben ist, der Ehemann ein Säufer, volltrunken von einem Auto überfahren, der Krieg, die grausamen Luftangriffe der Alliierten, Zerstörung und Tod, und nicht zu vergessen der Hunger, ein jahrelanger nicht abzuschüttelnder Begleiter. All diese Dinge muss sie ohne Hilfe allein verkraften, dabei nützt es nichts, dass unglaublich viele Menschen in dieser Zeit ein ähnliches Schicksal tragen. Sie wird den Hungerwinter 1945/46 nicht mehr vergessen, als man sich glücklich schätzen konnte ein paar Lebensmittel zu ergattern und in einer alten Turnhalle, mit hundert anderen Obdachlosen, übernachten zu dürfen.

Ende der fünfziger Jahre ist in Westberlin nicht mehr viel von Zerstörungen zu erblicken. Trümmerfrauen haben ganze Arbeit geleistet und Backsteine gesäubert und gestapelt, welche von Bauarbeitern in Massen verbaut werden, denn hier wird immer noch auf Hochtouren gearbeitet. Viele wohnungslose Familien sind in schnell hochgezogenen Neubauten unter gekommen. Auch Erna kann eine kleine Einzimmerneubauwohnung mit Küche und Bad beziehen. Hierher kehren die alten Schwestern nach ihrer Stadtbesichtigung müde zurück. Die Sehenswürdigkeiten sind für Minna zwar sehr interessant, doch die ständige Betriebsamkeit und die vielen Leute in der Großstadt gehen ihr doch mit der Zeit ziemlich auf die Nerven. So ist sie froh nach einer Woche die Heimreise antreten zu können, jedoch mit der traurigen Gewissheit ihre Schwester nicht noch einmal wieder zu sehen, denn Erna und sie gehen auf die Achtzig zu.

20

Strandleben

Das Wirtschaftswunder beschert den Menschen Arbeit im Übermaß. Mancher Handwerker hat so viel zu tun, dass er in der Woche in der Firma auf der Liege schläft, um keine Zeit mit Hin- und Herfahrten zu vergeuden.

Es wird wieder Geld verdient, das für Autos, Möbel, Theater- und Kinobesuche und nicht zuletzt für Ferienreisen ausgegeben wird. Man fährt im VW Bus oder im Käfer mit Faltdach über die Alpen nach Italien, und wer nicht so eine weite Reise machen möchte landet an der Ostsee, am Deich an der Nordsee, oder vielleicht auf den Nordseeinseln. Die Unterkünfte sind noch bescheiden. Glücklich ist wer im sauber gekalkten Kuhstall auf Stroh, auf dem Heuboden oder auf dem Zeltplatz in Zelten campieren kann. Dort ist vom winzigen Einmannzelt bis zum großen Hauszelt und neuerdings auch Campingwagen alles vertreten. Man genießt das freie Leben.

Mit Beginn der Sommerferien knattert ein nicht abreißender Strom von Fahrzeugen durch die kleinen Orte zum Strand. Angefangen beim

Motorrad mit Beiwagen, über Kleinwagen, wie dem Lleud, dem sogenannte Leukoplastbomber, der Isetta oder dem Messerschmitt, ein Kabinenroller, VW Käfer und VW Busse bis zu Fahrrädern, die mit Zelten und Essgeschirr bepackt das letzte Stück nur noch rollen müssen. Hauptsächlich Hamburger, aber auch immer mehr Rheinländer, Berliner und Braunschweiger, selbst Holländer sind dabei. Sie alle haben ein Ziel: sie wollen Strandurlaub machen. In Sehlendorf bietet sich der Zeltplatz hinter der großen Scheune, der von Bauer Brodersen betrieben wird, inzwischen mit Toiletten und fließend Wasser ausgestattet, an. Ein kleiner Kiosk sorgt für frische Bötchen und Getränke. In Buden am Strand auf den festen Dünen haben sich ein paar Geschäfte etabliert, wo man eine kleine Mahlzeit, frisches Obst und Getränke bekommen kann. Auch Eis ist sehr beliebt, und wer sich den Weg machen möchte kann durch den flachen Broeck waten und bei den Fischern in Althohwacht frischen oder geräucherten Fisch kaufen.

Es ist unvorstellbar wie viele Menschen an schönen Tagen den Strand bevölkern. Zu den Urlaubern gesellen sich noch die Einheimischen, überwiegend Kinder, und so ist dort ein lustiges, lautes Gewimmel. Ein immer während er Lärmpegel von spielenden, tobenden, lachenden Kindern und Erwachsenen.

An einem herrlichen Sonnabend in den letzten Tagen der Sommerferien treffen Jochen und Karoline mit den drei Kindern, das kleinste noch in der Karre, Emmi und Walli am Sehlendorfer Strand. Die Begrüßung fällt herzlich aus, denn inzwischen sind sie alle eng befreundet. „Kommen Anna und Heinrich auch noch?" „Ja, sie haben es versprochen. Sie lassen es sich doch nicht nehmen, als Ersatzgroßeltern zu glänzen." Emmi lacht. „Es kann nur etwas später werden." Sie suchen sich einen geschützten Platz an einer mit Strandhafer bewachsen Sanddüne. Es dauert natürlich bis sie sich mit Sack und Pack dort eingerichtet haben. Sie haben alles dabei um nachher ein ordentliches Picknick am Strand zu machen. Die großen Kinder, Max und Marie, können es einfach nicht abwarten ins Wasser zu kommen. Der Älteste stürmt sofort los, so dass seine Schwester Mühe hat mitzukommen. „Max, Max, warte auf mich, ich will mit!" Die sechsjährige Marie fuchtelt wild mit den Armen. „Na, denn komm doch endlich. Ich kann doch nicht ewig auf dich warten." Mit Indianergeheul stürzen sie sich in die Fluten. Beide schwimmen wie die Fische, eine Fähigkeit, die ihr Vater ihnen beigebracht hat. Jochen hat als Kind auch sehr früh schwimmen gelernt, und findet es wichtig, das seine eigenen Kinder sich sicher im Wasser verhalten. So kann sich jetzt der Rest der Familie entspannt auf andere Sachen konzentrieren. Auf den kleinen Jan zum Beispiel, der mit seinen zwei Jahren ein goldiges Bürschchen ist. Er ist der Liebling aller, und seine Patentante Emmi ist besonders vernarrt in ihn. Sie genießt es mit ihm im Sand zu buddeln und Sandkuchen zu backen, die Jan sofort fröhlich glucksend zerstört. "Mehr, mehr Tammi! Tuchen backen!" Die beiden können nicht genug davon bekommen. Walli, Jochen und Karo haben es sich auf Decken gemütlich gemacht und schauen dem regen Treiben am Strand zu. Nach einer Weile wird Karo unruhig. „Ich sehe mal nach den beiden Großen, vielleicht nehme ich auch noch ein Bad." Damit lässt sie die beiden Männer allein. Jochen schaut seiner Frau bewundernd hinterher. Und nicht nur Jochen, auch Walli lässt seine Blicke über ihren schlanken Körper gleiten. - Meine Güte, sie hat trotz ihrer drei Kinder eine blendende Figur behalten. - Mit den roten Haaren, die sie mit einem Tuch zurückgebunden hat, den Sommersprossen auf der Nase, die sich in der Sonne massenhaft vermehren, dem flotten Badeanzug sieht sie sehr attraktiv aus.

Sie rennt zum Wasser; „Max, Marie, kommt raus, es reicht. Wie lange wollt ihr denn noch drin bleiben?" „Ach Mama, das ist so schön hier, lass uns noch ein bisschen schwimmen. Komm doch auch ins Wasser." Das lässt sich Karo nicht zweimal sagen und macht sich vorsichtig nass. Sie tut so als ob sie schwimmen könnte, mit den Armen immer schön weit ausholen und mit den Füßen noch auf dem Grund, denn zu ihrem Kummer hat sie nie Schwimmen gelernt. Deshalb ist sie auch froh, das Jochen ihren Kindern es so schnell wie möglich beigebracht hat. Max und Marie toben und tauchen, machen Handstand unter Wasser, dass ihrer Mutter angst und bange wird. Langsam fangen die Kinder an zu zittern und Karo treibt sie energisch aus dem Wasser. Sie rennen frierend und tropfend mit Geschrei an dem kleinen Jan und Emmi vorbei zu ihrem Platz. Jetzt schnell abrubbeln und in einer Decke wieder warm werden. „Gibt es bald etwas zu essen? Wir haben Hunger." „Ja, baden macht hungrig. Ich will mal schauen, was in dem großen Korb alles drin ist. Was ist mit euch Männern, könnt ihr auch schon was vertragen?" Karo verteilt Butterbrote und Saft. Davon lassen sich auch Emmi und der kleine Blondschopf anlocken.

Am späten Vormittag nach ihrer Arbeit im Stall schnallen Anna und Heinrich ihre Badesachen auf die Gepäckträger ihrer Fahrräder und radeln vorbei an Wiesen und goldenen Kornfeldern ins nahe gelegene Nachbardorf, während die Sonne warm von einem blauen, fast wolkenlosen Himmel strahlt. Zwischen den Knicks schauen sie auf das tiefblaue Wasser der Ostsee und der laue Fahrtwind haucht ihnen Kühle zu. Sie freuen sich auf einen Strandtag mit den Kindern, die sie wie ihre eigenen Enkel lieben. Die Temperaturen nehmen um die Mittagszeit zu, weshalb sie auch schnell ans Wasser kommen wollen. Schon ist Sehlendorf erreicht, und es geht nur noch hinunter am Binnensee vorbei, der in der Mittagssonne wie ein Spiegel glänzt. Schnell die Räder auf den Dünen abgestellt und ab an den Strand.

„Juhu, Tante Anna und Onkel Heinrich kommen!" Mit lautem Geschrei rennen Max und Marie ihnen entgegen. Jan versucht mit seinen kurzen Beinchen mitzuhalten, purzelt aber der Länge nach hin. Ein paar Tränen fließen, die aber sofort versiegen als Anna ihn auf den Arm nimmt. „Hallo, mein kleiner Liebling, hast du schon gebadet?" Er nickt ganz ernst. Die großen Kinder wollen unbedingt noch mal ins Wasser. „Kommt ihr mit, Tante Anna und Onkel Heinrich? Es ist ganz warm. Mama und Papa, Tante Emmi und Onkel Walli, ihr auch?" Alle stürzen sich mit Karacho in die Fluten, nur Anna und der kleine Jan bleiben vorne im flachen Wasser und haben ihren Spaß. Danach schmecken die mitgebrachten Frikadellen und der Kartoffelsalat einfach köstlich, wenn auch das eine oder andere Sandkorn mit vertilgt wird.

Am späten Nachmittag sind alle vom Baden und Toben müde und erschöpft, aber selig. Je nach Hauttyp braun oder rotgebrannt, das Meersalz noch auf der Haut kribbelnd, ist es ein Gefühl wie Urlaub. Jetzt werden schnell die Sachen zusammengepackt, denn für abends ist noch ein Termin bei Jochen und Karo vereinbart, um einen netten Abschluss für einen wunderbaren Tag zu finden.

21

Freude und Trauer

Es gibt aber noch einen anderen Grund um ein wenig zu feiern. Am letzten Mittwoch, dem 22. August hatten Jochen und Karoline zehnten Hochzeitstag und noch keine Zeit diesen Tag angemessen zu würdigen. Alle sind geschäftlich sehr angebunden, weshalb sie das kleine Fest auf Sonnabend verschoben haben. Karo hat natürlich schon am Vortag viele Vorbereitungen getroffen, und ihre Haushaltshilfe Thea macht heute den Rest. Sie haben ein schönes Büfett angerichtet mit all den leckeren Sachen, die man schon lange wieder bekommt. Die mageren Jahre sind vorbei und es wird geschlemmt was das Zeug hält. Der männliche Wohlstandsbauch wird mit Stolz vorgeführt und auch die vollschlanken Damen fühlen sich gut. - Gehungert haben wir lange genug. -

Als Familie Bender vom Strand heim kommt, bleiben sie wie angewurzelt vor der Haustür stehen, denn eine riesige Holzgirlande, aufgetakelt mit hölzernen Haushaltsutensilien und einer großen 10 oben in der

Mitte, schmückt den Eingang. Karo findet als erste ihre Sprache wieder. „Meine Güte, wer hat das denn bloß gemacht? Das sieht ja toll aus. Was sagt ihr denn Kinder?" Die fangen an zu lachen, denn sie haben natürlich mitbekommen, wie die Nachbarn in der Werkstatt die Holzlocken gesammelt, und daraus eine lange Girlande gebunden haben. Jochen nimmt Karo in die Arme und flüstert ihr ins Ohr. „Du hast mich zu einem glücklichen Mann gemacht. Vielen Dank für die schönsten zehn Jahre meines Lebens und für diese Prachtexemplare." Mit diesen Worten schaut er seine Kinder an, die ihn froh anlachen.

Die Nachbarn, die nur darauf gewartet haben, dass die Familie vom Strand zurückkehrt, stürmen mit viel Trara um die Ecke und wünschen ihnen Glück und Segen. Jochen gießt den Klaren, den Thea auf einem Tablett heraus gereicht hat, in Gläser. Nach ein paar Schnäpsen und ein paar lustigen Reden löst sich die Gesellschaft auf und jeder geht wieder seiner Wege.

Max, Marie und der kleine Jan sind gut bei Thea aufgehoben und Jochen ist noch mal in die Werkstatt gegangen, um nach dem Rechten zu sehen.

Ein wenig Zeit für Karo Luft zu holen. Sie steht gedankenverloren in ihrem Badezimmer, das Jochen vor ihrer Hochzeit mit den neuesten sanitären Anlagen ausgestattet hat.

Sie kann sich kaum an ihre Hochzeitsnacht vor zehn Jahren erinnern. Sie sitzen bei Heinrich Haller hinten im Taxi. Jochen kann seine Hände nicht bei sich behalten, aber sie ist todmüde, und als sie bei der Tischlerei, ihrem neuen Zuhause sind, ist sie fest eingeschlafen. Sie bekommt nicht einmal mit, dass Jochen sie auf Händen durch die Eingangstür trägt. Als sie am nächsten Morgen erwacht, liegt sie in ihrem Ehebett und Jochen, den Kopf auf seinen Arm gestützt, schaut sie liebevoll an. Sie lächelt in sich hinein als sie daran denkt wie peinlich ihr das war, ihre eigene Hochzeitsnacht verschlafen zu haben. Die vielen Nächte, die sie sich danach geliebt haben und immer noch lieben, entschädigen sie allemal für diese eine ungenutzte Nacht. Sie können immer noch darüber lachen, wenn Jochen sie bei Gelegenheit damit aufzieht.

Plötzlich sieht sie ihren Vater vor sich, der sich mit einer gespreizten Hand die schwarzen Locken aus dem markanten Gesicht streift. Diese Geste hat sie als Kind oft bei ihm gesehen. Was würde er wohl zu seinem Enkel sagen, den sie wie ihn Max genannt haben und der ihm wie aus dem Gesicht geschnitten ist. Und Mama, denkt sie traurig, vielleicht hätte sie ein wenig Freude an den Enkelkindern gehabt. Wenigstens Oma Minna hat ihre Urenkel noch in die Arme schließen können, bis Karo sie im letzten Jahr an einem stürmischen Herbstag in ihrer kleinen Wohnung leblos auf dem Sessel sitzend gefunden hat. Der friedliche Ausdruck auf ihrem alten faltendurchfurchten Gesicht hat Karoline mit dem Schicksal versöhnt, dennoch ist sie unendlich traurig. Keiner mehr in ihrer Familie, der noch am Leben ist. - Ach Omi, du konntest immer so gut zuhören und hattest immer einen guten Rat parat. Du warst alles für mich, Vater, Mutter, Freundin und auch strenge Meisterin, und immer so tüchtig. Nie hast du dich unterkriegen lassen, obwohl du allen Grund dazu gehabt hättest. Hast deinen Mann früh verloren, musstest Hals über Kopf deine Heimat verlassen und deine Söhne haben den schrecklichen Krieg nicht überlebt. - Sie vermisst ihre Großmutter unendlich.

Ihre Lieben haben in Blekendorf auf dem Friedhof ihre letzte Ruhe gefunden. Karo besucht sie dort häufig.

Sie schaut in den Spiegel und wischt sich energisch die Tränen aus den Augen. Heute ist ein fröhlicher Tag und keine Zeit traurigen Gedanken nachzuhängen.

Karo macht sich frisch und zieht das neue grüne ärmellose Kleid an, das Emmi entworfen und genäht hat, und das perfekt zu ihren grünen Augen passt. Es besticht durch raffinierte Schlichtheit. Der schmal geschnittene Rock ist gewickelt und reicht gerade bis zum Knie, das Oberteil schließt mit einem viereckigen Ausschnitt ab. Eine goldene Kette macht das Bild vollkommen. Die leuchtend roten Haare kämmt sie zu einer Seite und steckt sie fest. Schon kringeln sich wie immer an der Stirn ein paar ungebändigte Locken. Sie schüttelt resigniert den Kopf, wodurch noch mehr Haar in ihr schönes Gesicht fällt. Schnell noch die hochhackigen Schuhe angezogen und rein ins Vergnügen.

Als sie Max und Marie unten in der Diele bemerkt, schreitet sie langsam wie ein Filmstar die Treppe hinunter zu ihrem Publikum. „Mama, du siehst toll aus!" Karo lacht und dreht sich um ihre eigene Achse. Ihre Kinder sind begeistert und Marie haucht; „So schön möchte ich auch mal werden." „Darf ich mich in den Kreis der Bewunderer einreihen?" Die beiden Kinder haben gar nicht bemerkt wie Jochen herein gekommen ist. „Papa, Papa, sieht Mama nicht wunderschön aus?" Er nickt; „Mir fehlen glatt die Worte." Dabei sieht er seine Frau auf eine Weise an, dass ihr ganz anders wird.

„Wo ist denn unser kleiner Wonneproppen?" „Thea bringt ihn gerade ins Bett und ich glaube wir sollten ihm noch eine gute Nacht wünschen." Sie gehen zusammen aus dem Zimmer und kaum dass die Tür geschlossen ist reißt er sie in seine Arme, und küsst sie, dass es fast schmerzt. „Oh, meine schöne, wilde Karo. Ich kann mein Glück gar nicht fassen. Ich liebe dich immer mehr." Sie drängt ihren Körper gegen seinen und ihre grünen Augen glitzern. „Ich freue mich schon auf heute Nacht." Hand in Hand gehen sie ins Kinderzimmer. Sie können ja nicht ahnen, was an diesem Abend noch passieren wird.

Nicht viel später trudeln Freunde und Verwandte ein.

Das Büfett, das überreichlich mit leckeren Sachen aufwartet, ist in der Diele aufgebaut. Mit Roastbeef, Schweinefilet, Fischplatte, diversen Salaten, Butter zu Rosen dekoriert und Eiern in allen Variationen, ist der Renner.

Es wird viel gelacht, viel gegessen und auch der Bowle wird eifrig zugesprochen. Nach der flotten Musik von Platten legt man eine heiße Sohle aufs Parkett. Zwischen den Schnulzen hört man auch schon mal Elvis und die Beatles, und den neuesten Tanz, nämlich Twist. Die

Verrenkungen sehen schon recht lustig aus und bald darauf tanzen fast alle mit.

Erhitzt vom Tanzen gehen Karo und Emmi vor die Tür. Es hat sich ein wenig abgekühlt und sie setzen sich auf die Bank, die vor dem Haus inmitten der Sommerblumen, die einen herrlichen Duft verbreiten, steht. Da alle Fenster und Türen geöffnet sind schallt der fröhliche Lärm ungehindert nach draußen.

Emmi sieht wie immer umwerfend aus. Die dunklen Haare zu einem schlichten Knoten frisiert, in einem schwarzen Kleid, das durch schmale paillettenbesetzte Träger gehalten wird. Elegant, und dennoch verletzlich.

„Weißt du was? Wir müssen unbedingt wieder regelmäßig unseren Strandspaziergang machen. Aber alleine, weil wir sonst nicht ungestört reden können. Was meinst du Karo, ob wir das hinkriegen?" „Ja klar, bei mir lässt sich das ohne weiteres einrichten, denn ich habe ja eine tüchtige Hilfe. Aber bei dir sehe ich schwarz, wie willst du dich bei deiner ganzen Arbeit freimachen?" „Ich habe schon darüber nachgedacht, ich will mir jetzt jede Woche einen Tag frei nehmen. Das Leben kann ja nicht nur aus Arbeit bestehen. Außerdem habe ich fähige Gesellinnen, die mich durchaus vertreten können." Auf einmal sieht sie ganz traurig aus.

„Ich habe das Gefühl, das Walli und ich uns von einander entfernt haben. Wir haben kaum Zeit für uns und der Gesprächsstoff wird immer dünner. Vielleicht wäre es etwas anderes, wenn wir Kinder hätten." „Ach Emmi, das tut mir aber leid."

Jetzt werden sie gestört. „Hallo, ihr zwei Hübschen, wollt ihr nicht wieder reinkommen? Ihr seid wirklich die schönsten Frauen, die ich kenne! Ihr werdet schon vermisst."

Heinrichs ältester Sohn Gustav wird ein bisschen rot bei seinen Komplimenten für die Damen, doch die Bowle hat seine Zunge etwas gelockert. Er ist ein zurückhaltender Mensch, der nicht unbedingt auf die Gesellschaft anderer angewiesen ist, was aber nicht heißt, dass er nicht charmant sein kann. Er kennt Emmi und Karo schon so lange.

Seit sie hier nach dem Krieg angekommen sind. Er denkt keiner weiß wie es in ihm aussieht, doch Karo hat seinen gequälten Blick wahrgenommen, mit dem er Emmi verfolgt. So sieht hoffnungslose Liebe aus.

Sie sagt:„Beruhige die Leute Gustav, wir sind gleich wieder da."

Wieder mitten im Trubel schaut Karo auf Walli, der ein Glas in der Hand hält, dass eindeutig Bowle enthält. Es durchfährt sie heiß. - Seit wann trinkt Walli wieder? Jahrelang hat er keinen Tropfen angerührt, was ist nur los mit ihm? Es wird wirklich Zeit, dass sie sich wieder regelmäßig mit Emmi trifft. -

Sie will sich abwenden, doch in dem Moment spricht Walli sie an. „Komm schöne Karo, lass uns tanzen." Sie nickt, und er wirbelt sie herum, denn er ist ein guter Tänzer. Sie hat nicht das Gefühl das er betrunken ist, dennoch macht sie sich Sorgen. Seine schwarzen Augen blitzen sie an, als er sagt; „Na Hexe, wie heiß ist es in der Hölle? Weißt du noch wie ich dich damit aufgezogen habe?" Sie nickt und lacht; „Ja, das waren noch Zeiten in Waldhausen." Er zieht sie fest an sich, so dass sie ihn spürt. Er flüstert an ihrem Ohr; „Du bist eine Schönheit und keine kann dir das Wasser reichen. Du musst wissen ich möchte dich haben. Ich begehre dich." Karo glaubt nicht richtig zu hören und zu fühlen. „Was sagst du da? Ich kann es nicht glauben. Du weißt aber schon noch, dass ich verheiratet bin und drei Kinder habe? Walli, ich mag dich wirklich sehr gerne, aber diesen Unsinn musst du dir unbedingt aus dem Kopf schlagen!" Mit diesen Worten dreht sie sich aus seinen Armen und lässt sie ihn stehen.

Sie geht ins Bad, um sich erst mal zu beruhigen. Sie kann sich nicht vorstellen, dass Walli es ernst gemeint hat. Sie redet sich ein, dass er nur einen Scherz gemacht hat, doch dafür war er zu ernst und sie hat seinen Penis gespürt. Sie weiß nicht was sie denken soll. Auf keinen Fall kann sie es Jochen erzählen.

Walli ist zwar ein labiler Mensch, aber in Notsituationen kann er über sich hinaus wachsen. Das hat sich auch gezeigt als Emmi von diesem

Verrückten fast totgeschlagen wird. Er erkennt in jenem Augenblick, dass er seine Frau über alles liebt und sie nicht verlieren möchte. Sie ist der einzige Mensch für den er sich ändern will. Sein schlechtes Gewissen bringt ihn dazu sein Leben in den Griff zu bekommen, was ihm sogar über Jahre gelingt. Als Erstes schwört er dem Alkohol ab, lernt einen Beruf der ihm Spaß macht und hilft Emmi wo es nur geht. Als Buchhalter ist er überall gern gesehen, und dennoch ist er nie ganz zufrieden. Emmi ist eine erfolgreiche Modemacherin, bekannt über die Landesgrenzen hinweg. Er gönnt ihr von Herzen den verdienten Erfolg. Aber braucht sie ihn wirklich noch? Diese Frage quält ihn, und insgeheim wünscht er sich Kinder. Jedes Mal, wenn er das Familienglück bei Jochen und Karo erlebt, hat er das Gefühl um dieses Glück betrogen worden zu sein. Das hat er Egon Meier zu verdanken. - Verreck im Knast, du Verbrecher!! –

Es ist ihm auch nicht möglich dieses Thema bei Emmi anzuschneiden, denn die wenige Zeit die sie noch miteinander verbringen, will er sie nicht mit seinen schwarzen Gedanken quälen. So reden sie nur noch über banale Dinge, sie haben sich nicht mehr viel zu sagen. Die große Liebe, wann hat sie sich davon gestohlen? Sie haben es nicht einmal bemerkt.

Er denkt, dass sie seine Seitensprünge noch nicht mit bekommen hat, sie ist ja auch so arglos und immer mit ihrer Mode beschäftigt. Er trifft auf Frauen, die bereitwillig ein Techtelmechtel mit ihm eingehen. Er sieht ja auch umwerfend aus und hat Charme. Groß und schlank, kohlenschwarze Augen und volles, schwarzes Haar, das mit einigen weißen Strähnen durchzogen ist.

Alles nichts Ernstes, er will, wie die gelangweilten Damen auch, nur seinen Spaß. Man trifft sich, wenn der Mann arbeitet und die Bude sturmfrei ist zum Sex, und trennt sich danach als hätte man eine Tasse Kaffee mit einander getrunken.

Doch bei Karo ist es etwas anderes, in die hat er sich richtig verknallt. Sie ist eine unerreichbare, verheiratete Superfrau! Er grinst bei dem Gedanken, wie sie ihn mit ihren grünen Augen angeblitzt hat. Ein netter Abend. Er nimmt sich noch ein Glas Bowle, der Alkohol tut langsam seine Wirkung.

An die Wand gelehnt lässt er seine Blicke durch den Raum schweifen. Die Gesellschaft ist schon ziemlich angeheitert und seine Frau tanzt eng mit Gustav, sie scheinen sich alle gut zu amüsieren. Er wird also nicht mehr gebraucht. Langsam schlendert er nach draußen, ohne das es von jemanden bemerkt wird. Er spürt den Alkohol im Blut und setzt sich hinter das Steuer seines Autos. Er legt den Kopf auf das kühle Lenkrad und seine Gedanken drehen sich in einem immerwährenden dunklen Kreis.

- Was bin ich doch für ein Idiot, habe die schönste und erfolgreichste Frau der Welt und fange mit jeder, die einen Rock trägt, etwas an. Die Frauengeschichten, die meine geliebte Emmi so verletzen, und das mit Karo eben, ist ja wohl das Letzte. Neuerdings fälsche ich auch noch Bilanzen. Und immer und immer wieder der verdammte Schnaps. Nein, ich bin es nicht wert geliebt zu werden. -

Immer tiefer fällt er in das schwarze Loch und keiner, hilft ihm wieder heraus zu kommen. Mit einer Hand wischt er sich die Tränen vom Gesicht, während die andere den Wagen startet. Mit quietschenden Reifen jagt er vom Hof, eine Staubwolke zurücklassend. Er rast über die Straßen in Richtung Lütjenburg. Vor der großen Kurve bei Futterkamp beschleunigt er noch mehr, so dass er die Gewalt über sein Fahrzeug verliert. Das Auto überschlägt sich mehrfach. Walli wird herausgeschleudert und kracht mit unvorstellbarer Wucht auf den Boden. Hier endet das Leben des Waldemar Kollers, mit gerade mal achtunddreißig Jahren.

Nachdem Karo sich ein bisschen beruhigt hat, kehrt sie zurück zu ihren Gästen und erblickt Gustav und Emmi, die noch immer eng umschlungen tanzen, aber Walli kann sie nicht mehr entdecken. Plötzlich ist sie von einer dunklen Ahnung durchdrungen.

Sie sucht Jochen. Er ist dabei Anna und Heinrich und ein paar andere Gäste zu verabschieden und Karo leistet ihm dabei Gesellschaft. Es ist spät geworden. So nach und nach verlassen sie alle das fröhliche Fest.

„Weißt du wo Walli abgeblieben ist?" Karo schaut Emmi besorgt an und schüttelt den Kopf. „Jochen, hast du ihn gesehen?" Aber auch Jochen weiß nicht wo er ist. Auf einmal hat dieses schöne Fest einen dunklen Nebenklang bekommen.

Sie gehen auf den Hof und stellen fest, dass auch das Auto verschwunden ist. „Mach dir keine Sorgen Emmi, ich werde dich nach Hause bringen." Doch insgeheim flucht er auf ihn. - Was hast du nun schon wieder angestellt? Du blöder Hund! - „Kommst du auch mit, Karo?" „Natürlich, einen kleinen Moment, ich hole mir nur noch schnell eine Strickjacke, es ist jetzt doch etwas kühler geworden. Emmi soll ich dir auch eine mitbringen?" Sie nickt bejahend.

Jochen holt den neuen Ford aus der Garage und die beiden Frauen steigen in den Fond. Sie sind alle beunruhigt und schweigend fahren sie in die dunkle Nacht hinaus. Bei Futterkamp in der Kurve sehen sie schon die Blinklichter von Polizeiautos und Rettungswagen der Feuerwehr. Momentan wird Karos dunkle Ahnung bestätigt. - Mein Gott! - Langsam lässt Jochen den Wagen ausrollen. Sie steigen aus.

Sie werden von Helfern zurückgedrängt, doch die können nicht verhindern, dass die starken Scheinwerfer das grausame Szenario freigeben.

Was einmal Wallis Auto war, ist nun nur noch ein Haufen Schrott. Eine abgedeckte Person wird gerade in einen Zinksarg gelegt. „Mein Gott, das ist unser Auto!" Schreit Emmi auf. „Walli, was ist mit Walli?!" Sie will zum Zinksarg laufen, doch Jochens starke Arme halten sie zurück. „Schau dir das nicht an, behalte ihn so in Erinnerung!" Er weiß wovon er redet, er hat zu viele verunstaltete und zerfetzte Tote im Krieg sehen müssen, sie verfolgen ihn manchmal noch heute. Er führt sie behutsam zu seinem Auto zurück, wo Karo wie versteinert den Geschehnissen folgt.

„Sind sie der Unfallarzt? Das ist die Frau des Verunglückten." Jochen zeigt in Emmis Richtung.

Dr. Albert, der gerade auf dem Weg zu seinem Wagen ist, versteht sofort und eilt mit seinem Arztkoffer zu der Patientin. Als Notarzt hat er schon so manches Schreckliche mit ansehen müssen. Für ihn sind die tödlichen Verkehrsunfälle sehr schlimm. Sie werden nur noch von den Selbstmördern übertroffen. Und dieser Unfall gleicht verdammt einem Selbstmord. Wo sind die Bremsspuren? Der zertrümmerte Körper, der geplatzte Schädel, sieht alles genauso aus, als wenn sie aus großer Höhe in den Tod springen. Es geht ihm noch immer an die Nieren. Fast immer suchen die nächsten Angehörigen die Schuld bei sich, denn die wenigsten Lebensmüden hinterlassen einen Abschiedsbrief.

Emmi ist außer sich vor Schmerz. Sie umfasst mit beiden Armen ihren Bauch und krümmt sich, dabei schreit sie unmenschlich nach Walli. Immer und immer wieder. Der Arzt gibt ihr eine Beruhigungsspritze, danach wird sie langsam ruhiger. „Kann sich jemand um die junge Frau kümmern? Sie darf auf keinen Fall allein bleiben. Morgen müsste der Hausarzt sich um sie kümmern. Können sie dafür sorgen?"

Karo nickt; „Ich bin ihre Schwester, ich bleibe bei ihr." Jochen schaut auf. „Ich erklär dir das später."

Sie hat noch nie mit Jochen über ihr Versprechen mit Emmi gesprochen. Das ist im Augenblick auch ganz nebensächlich. Es geht nur darum ihrer geliebten Freundin eine Stütze und Hilfe zu sein bei ihrem schrecklichen Verlust.

Karo ist entsetzt und traurig.

Sie müssen noch eine Weile warten bis der Weg wieder für den Verkehr freigegeben wird. Der Unfallort muss fotografiert und dann geräumt werden. Nachdem der Abschleppwagen abgefahren ist, können sie endlich den Ort des Schreckens verlassen. Die Morgendämmerung hat schon eingesetzt, als Jochen die Frauen, die eng zusammen im Fond sitzen, zu Emmis Wohnung in Lütjenburg fährt. Er bringt sie noch nach oben und fragt; „Kann ich euch allein lassen?" Karo nickt und gibt ihm einen flüchtigen Kuss. „Ja, es ist gut wenn du dich um die Kinder kümmerst. Ich bleibe erst mal hier."

In der Wohnung bringt sie Emmi sofort ins Bett, denn die Beruhigungsspritze hat sie sehr müde gemacht. Sie schläft augenblicklich ein. Karo ist ratlos wie sie ihr helfen soll, wenn der Schmerz wieder einsetzt. Ruhelos läuft sie in der Wohnung hin und her. An Schlaf ist sowieso nicht mehr zu denken. Offiziell ist Emmi noch nicht über das Ableben ihres Mannes informiert worden.

Karo muss gleich Emmis Hausarzt anrufen.

Dann die ganzen Behördengänge. Der Pastor wird kommen, die Beerdigung muss geregelt, die Grabstelle ausgesucht, die Anzeige bestellt, die Totenscheine ausgestellt werden. Es wird die ersten Tage kaum Zeit zum Luftholen geben.

Karo kann ein Lied davon singen. Sie hat ihre Mutter, ihren Onkel und noch gar nicht so lange her, ihre Großmutter bei ihrem letzten Gang begleiten müssen.

Sie ist unendlich traurig, denn trotz allem hat sie Walli sehr gern gehabt. Dieser gutaussehende Kerl, so charmant und voller Unsinn, sie haben zusammen so manchen Spaß gehabt, und so möchte sie ihn in Erinnerung behalten. Kein Gedanke mehr an die letzte Nacht mit seinem unsinnigen Anliegen an sie.

–Walli ich habe dich auch geliebt, nur auf eine andere Weise. Ich habe dich dafür bewundert wie du dich selbst aus dem Dreck gezogen hast, als Emmi dich so dringend brauchte. Wie du vom Alkohol gelassen hast, einen Beruf unter schwierigsten Bedingungen erlernt hast, Emmi in allem unterstützt hast und später unseren Kindern ein grandioser, lustiger Onkel warst. Warum in Gottes Namen habe ich dir das nur nie gesagt? –

Wie ein Häufchen Unglück sitzt sie auf dem Sofa und weint.

- Warum konnte das bloß passieren? Wieso rast Walli halb betrunken in den Tod? Und warum haben wir die Probleme nicht wahrgenommen, die es doch bestimmt gegeben hat? –

Sie kann nicht ahnen, dass sie fast die gleichen Gedanken hat wie Jochen. Nur hat er sich schon länger den Kopf darüber zerbrochen, denn im Gegensatz zu den Frauen, hat er in den letzten Jahren eine gewisse Veränderung bei Walli festgestellt. Die Gerüchte über seine Frauengeschichten sind bis in seine Werkstatt gedrungen. Lange hat er sich zurückgehalten, doch eines Tages hat er ihn bei passender Gelegenheit darauf angesprochen.

„Walli, sech mi doch blot mol wat du di dorbi denkst, wenn du dien Fruu betrüüchst. Mann, du hast die beste Frau der Welt. Erkläre es mir, ich kann das einfach nicht verstehen."

Der schaut bedrüppelt aus der Wäsche, denn damit, dass sein Freund ihn so direkt anspricht, hat er nicht gerechnet. „Ja, ja, Jochen du hast ja Recht, Emmi hat bestimmt einen besseren Mann verdient. Die anderen Frauen bedeuten mir nichts, das kannst du mir glauben.

Aber ich habe schon lange das Gefühl, dass sie mich gar nicht mehr braucht und wir mehr oder weniger neben einander her leben. In der Tat, wir haben uns nicht mehr viel zu sagen." „Wenn ihr euch noch liebt, lohnt es sich doch zu kämpfen. Ich weiß ja, dass ihr keine Kinder bekommen könnt, aber es gibt Waisen, oder Babys, die nicht erwünscht sind. Vielleicht könnt ihr eins adoptieren." Jetzt schaut Walli ganz traurig aus. „Ich würde es wirklich gerne tun, doch wie soll das funktionieren mit einer Frau, die mehr als voll beschäftigt ist?"

Jochen ist ratlos und sauer. Ich finde deine Weibergeschichten trotzdem zum Kotzen!"

„Bitte, erzähl Emmi nichts davon. Ich möchte ihr nicht wehtun."
„Vielleicht hättest du vorher mal darüber nachdenken sollen."

Anna Paulsen und der Doktor treffen fast gleichzeitig mit zwei Polizeibeamten ein. Karo bittet sie herein. Sie umarmt Anna und führt den Arzt ins Schlafzimmer, wo Emmi in ihrer Verzweiflung laut weint. Er gibt ihr noch etwas zur Beruhigung. „Sie wird jetzt noch ein wenig schlafen, aber wenn sie wieder wach ist, müssen sie mit ihr über die

Geschehnisse reden. Das hilft am Besten. Ich schaue heute Nachmittag noch mal zu ihnen rein." „Danke, Herr Doktor."

Die Polizisten geben die Papiere heraus, die sie an der Unfallstelle an sich genommen haben, und nach einigen Fragen zu Wallis Person verlassen sie die Wohnung wieder.

Anna, Karo und Emmi sind allein. Auch wenn sie sich nicht vorstellen kann, wie sie einen Bissen hinunterbringen sollen, bereitet Karo ein leichtes Frühstück in der Küche vor. Sie kocht frischen Kaffe und schenkt zwei Tassen ein. Vom Duft angezogen kommt Emmi in die Küche. Sie sieht schrecklich aus. Sie fällt ihrer Mutter in die Arme; „Mama, es ist alles so furchtbar. Walli ist tot. Das ist alles meine Schuld." „Ach, was redest du denn da. Wenn einer etwas dafür kann, dann ist es Walli selbst. So wie Jochen mir das Unglück geschildert hat, muss er mit wahnsinniger Geschwindigkeit in die Kurve gerast sein. Es gibt keine Bremsspuren und Alkohol ist auch im Spiel." „Aber er hat es sicher getan, weil ich mit Gustav getanzt habe, und mich nicht um ihn gekümmert habe." „Ach nein, so ist es bestimmt nicht gewesen. Er ist mit sich selbst nicht fertig geworden. Du weißt, dass er wieder getrunken hat?" Emmi nickt schluchzend. Anna hält ihre Tochter weiter im Arm und streichelt sie. „Weine nur, mein Kind."

Und als sie sich an den Küchentisch setzen und irgendwann die Tränen versiegt sind, reden sie über alles und nichts, aber hauptsächlich über Walli. Sie reden und reden und reden. Ab und zu müssen sie gemeinsam weinen.

Karo schenkt ihnen Kaffe ein und bietet auch etwas zu essen an, doch sie bekommen kaum ein Häppchen hinunter. Als am Nachmittag der Hausarzt noch mal erscheint, ist er sehr zufrieden mit den Frauen. „Ich lasse noch etwas zum Schlafen hier. Sie machen das toll mit ihrer Freundin, Frau Bender." Er schaut fragend zu Anna. Sie zeigt in Richtung Emmi; „Ich bin ihre Mutter." „Aha, dann ist die junge Frau ja bestens aufgehoben. Sie können mich gerne anrufen, falls es sein muss."

Jochen und Heinrich treffen am Abend ein. Sie umarmen ihre Frauen herzlich und auch sie schämen sich ihrer Tränen nicht.

„Jochen, was machen die Kinder? Hast du es ihnen schon erzählt?"

„Eigentlich wollte ich dir das ja überlassen, doch als sie nach dir gefragt haben, da konnte ich sie nicht belügen. Sie haben wohl auch an mir gemerkt, dass etwas Schreckliches passiert ist. Max und Marie sind sehr traurig, dass sie ihren lieben, lustigen Onkel verloren haben. Unser Kleiner gluckst wie immer, der kann das noch nicht verstehen."

„Das hast du richtig gemacht. Ich habe jetzt schon Sehnsucht nach meiner kleinen Bande. Aber ich glaube ich komme noch nicht weg. Ich muss mich abwechselnd mit Anna um Emmi kümmern." Jochen drückt seine Frau an sich. „Lass dir Zeit. Dies geht jetzt erst mal vor. Und das mit deiner Schwester, das musst du mir später mal ausführlich erzählen." Sie muss trotz allem lächeln.

„Fahr du ruhig mit Heinrich wieder nach Hause, Anna. Ich bleibe heute über nacht hier." Sie ahnt schon was am nächsten Tag alles auf sie zukommt. „Es wäre allerdings gut, wenn du morgen Nachmittag Zeit hast, denn der Pastor möchte die Beerdigung besprechen. Vielleicht kannst du das eine oder andere dazu beitragen."

Ein paar Tage später nach der Beerdigung auf dem Friedhof in Lütjenburg, kommen noch mal alle Verwandten und Bekannten zu einer Kaffeetafel zusammen. Emmi sieht in ihrem schwarzen Kostüm blass und noch zerbrechlicher aus als sonst.

Doch sie ist stark und sie wird diesen Tag überstehen, so wie sie die Trauerfeier und den Gang zum Grab, unter Beobachtung vieler Augenpaare, überstanden hat. So wie sie alle schrecklichen Geschehnisse in ihrem Leben gemeistert hat. Die Flucht, den Überfall, der sie dazu verdammt hat kinderlos zu bleiben. Danach die Redereien über sie. Wallis Trinkerei und zum Schluss noch seine Weibergeschichten. Emmis Gemütszustand schwankt zwischen Trauer, Verzweiflung und Wut.

Vorher lässt der Pastor Wallis Leben vor der Trauergemeinde Revue passieren. Die vielen Menschen finden kaum Platz in der Kirche. Der mit Sommerblumen geschmückte Sarg ist vor dem Altar, inmitten der vielen Trauerkränze aufgebahrt.

Man erfährt, wie er in seiner Heimat Pommern in Waldhausen, in einer großen Familie aufgewachsen ist, wie er wie abertausend andere junge Männer in die Armee eingetreten ist. Die Gemeinde hört, wie er den schrecklichen Krieg überlebt, geheiratet und in Ostholstein eine neue Heimat gefunden hat und wie er spät, aber nicht zu spät, einen neuen Beruf erlernt hat. Schließlich schildert der Pastor auch, wie dieser schreckliche Unfall Wallis hoffnungsvolles Leben ausgelöscht hat.

Nach einigen Gebeten und Liedern begleiten sie ihn auf seinem letzten Weg. Bei strahlendem Sonnenschein lässt Emmi eine rote Rose und eine Schaufel Erde auf seinen Sarg fallen. Seine engsten Freunde, Anna, Heinrich, Karo und Jochen und danach alle, die ihn gut gekannt haben, werfen Blumen und Erde in die Gruft und drücken Emmi ihr Beileid aus.

Im Hintergrund kann man einige attraktive Damen erblicken, die sich verstohlen ein paar Tränen wegwischen.

22

Das Leben geht weiter

Endlich geht der Nachmittag zu Ende. Anna und Heinrich bringen Emmi nach Hause.

„Wenn du möchtest bleibe ich heute noch bei dir, Emmi." Ihre Mutter sieht sie besorgt an.

„Nein, nein, Mama, das ist lieb von dir, aber ich will mit mir ins Reine kommen, und dafür muss ich allein sein. Sei mir bitte nicht böse, du hast mir schon so viel geholfen, ich bin dir sehr dankbar." Sie umarmt ihre Mutter und drückt Heinrich einen Kuss auf die Wange.

Im Auto fragt Heinrich; „Glöövst du dat se torecht kümmt? Ick mook mi Sorgen."

„Sie ist immer gut klar gekommen, und ich bin davon überzeugt, sie wird es auch diesmal schaffen. Um ihren Unterhalt braucht sie sich keine Sorgen zu machen, schließlich ist sie seit ihrem 21. Lebensjahr autark. Ihre Geschäfte laufen auf Hochtouren, für sie war es immer das Beste sich in die Arbeit zu stürzen."

Nachdem ihre Mutter und Heinrich die Wohnung verlassen haben, tigert Emmi ruhelos von einem Zimmer ins nächste. Immer hin und her. Dabei steht eine tiefe Falte auf ihrer Stirn, denn sie ist wütend, sogar sehr wütend. Eine Eigenschaft, die ihrem Wesen üblicherweise unbekannt ist, denn meistens hat sie für alles eine Erklärung oder Entschuldigung parat. Doch dieses Mal ist es anders, diesmal ist es unumkehrbar. Der Tod ist endgültig, und dass Walli ihn gewählt hat, ohne auch nur einmal mit ihr über seine Probleme zu sprechen, meint sie ihm nicht verzeihen können. Sie schreit ihren Frust und ihre Wut heraus und sie rennt, von der Küche ins Wohnzimmer, in den Schlafraum, ins Badezimmer, auf den Flur und wieder zurück. Dabei versucht sie ihre Gedanken unter Kontrolle zu bringen.

Ja, natürlich hat sie es mitbekommen, dass sie sich nicht mehr viel zu sagen haben. Sie hat sich schon oft gefragt, wo die große Liebe hin ist, wo das Bedürfnis sich anzufassen und mit einander zu schlafen geblieben ist.

Wie oft ist sie todmüde neben Walli ins Bett gefallen, um noch ein wenig Ruhe zu finden, bevor der Trubel am nächsten Morgen wieder losging. Sie hat es zu spät gemerkt, dass ihnen die Zeit abhanden gekommen ist. Keine Zeit für Gespräche, keine Zeit für die Liebe. Walli hat sich bald seine Vergnügungen anderweitig gesucht. Und typisch Mann, er denkt seine Frau kriegt es nicht mit. Der fremde Geruch, der an ihm hängt, wenn er von einer seiner Damen kommt, und die Alkoholfahne, die auch Pfefferminz nicht ganz unterdrücken kann. Zuerst ist sie enttäuscht, dann verdrängt sie es, denn ihre Arbeit ist ihr wichtiger als alles andere.

Auch in ihrer Wut erkennt sie, wie viel Schuld sie an der Misere hat. Ihr ist ganz klar, jeder hat das seine dazu beigetragen. Aber man hätte sich trennen und befreundet sein können. Doch dieser Idiot muss sich ja gleich umbringen.

Langsam, ganz langsam verraucht der Zorn und sie kann wieder normal atmen. Der übergroße Druck in der Brust hat sich aufgelöst. Sie weiß sie wird Walli, die Liebe ihres Lebens immer vermissen, egal wie er gewesen ist.

Die Wut hat sich in Luft aufgelöst. Der Schock, den sie erlitten hat, wandelt sich langsam in echte Trauer um. Endlich, endlich kann sie um ihn weinen, ohne wütend auf ihn zu sein.

Als Walli in der Nacht vom 25. auf den 26.August sein Leben brutal ausgelöscht hat, sind die Leute, auch solche, die ihn gut gekannt haben, davon überrascht worden. Keiner, nicht mal seine besten Freunde, konnten seine Qual erkennen. Er hat sie alle mit einem freundlichen Lächeln und seinem Charme getäuscht.

Dieser Unfall ist erst mal in der Gegend das Dorf- und Stadtgespräch. Alle fragen sich warum er das getan hat.

Natürlich wird auch seine Frau aufs Korn genommen. Und wieder, wie vor elf Jahren, ziehen sich einige Kundinnen von ihr zurück.

- Sie kommt ja auch gar nicht von hier. Sie ist doch nur ein Flüchtling. Da war ja auch vor Jahren mal diese Vergewaltigung. Sie wurde überfallen und dann ist da noch die kleine Polin ermordet worden.-
Mit dem Mord an Wanda hat Emmi nun wirklich nichts zu tun.

Sie schenkt dem Gerede wie immer keine Beachtung.

Sie hat sich nur in der ersten Zeit in qualvoller Enge im übervollen

Lager als Flüchtling gefühlt, als die große Hoffnungslosigkeit der unfassbar vielen heimatlosen Menschen mit Händen nahezu greifbar ist. Wo Hunger und Durst jeden anderen Gedanken ausgelöscht und Verwandte und Freunde, die die Flucht auch überlebt haben, der einzige Trost sind.

Emmi macht weiterhin ihre tolle Mode, und ist nicht unbedingt auf die Frauen dieser Gegend angewiesen, auch wenn diese das glauben wollen.

Sie muss sogar ein größeres Atelier mieten, weil die kleine Nähstube aus allen Nähten platzt. Inzwischen hat sie neben ihren zwei tüchtigen Gesellinnen zwei Lehrlinge und drei Näherinnen angestellt. Ein kleines, gutgehendes Unternehmen.

Sie entwirft die Modelle und macht die Schnittmuster, alles Unikate. Die Gesellinnen unterstützen sie tatkräftig. Die Entwürfe sind schlicht und elegant, Hosenanzüge, Kostüme und schmale Kleider sind meistens kräftig in der Farbe und je nach Jahreszeit aus Wolle, Seide, Baumwolle, Leinen oder auch aus synthetischen Stoffen.

Sie trifft auf jeden Fall den Geschmack der Prominenz und kann sich über Mangel an Kundinnen nicht beklagen. Emmi stürzt sich voll in die Arbeit. Für sie ist das Medizin. Als nächstes hat sie eine Modenschau geplant.

Karoline, die sich zuerst große Sorgen um ihre Freundin gemacht hat, ist inzwischen überzeugt, dass Emmi sehr gut allein zurecht kommt. Sie besucht sie häufig, denn mit dem Auto ist es ein Klacks nach Lütjenburg zu fahren und im Atelier vorbei zu schauen. Für einen Kaffee ist immer Zeit. Außerdem haben sie es tatsächlich geschafft einen Nachmittag in der Woche ihren Strandspaziergang zu machen. Da können sie sich am besten ausquatschen.

23

Gustav und Klaus

Gustav und Klaus verhalten sich für Kinder untypisch still. Die geliebte Mutter liegt krank im Bett, und der Arzt spricht leise mit ihrem Vater. Sie sind noch so klein. Die düstere, trübselige Stimmung im Haus ist mit Händen zu greifen.

Wie sein Vater immer wieder kreidebleich zu den Worten des Mediziners genickt hat und wenige Tage später mit Tränen überströmtem Gesicht aus dem Elternschlafzimmer gekommen ist, wird Gustav so schnell nicht vergessen. Wie er ihn und seinen Bruder zur Seite genommen und versucht hat, ihnen zu erklären, was er selber nicht begreifen kann, dass das Liebste für sie, seine Frau, ihre Mutter, nun nicht mehr auf dieser Welt weilt.

Er ist ein Junge im ersten Schuljahr, gerade sieben Jahre alt, und sein Bruder Klaus ist fünf.

Mit dem Vater, der alleine nicht zurecht kommt, und einem Bruder der noch zu klein ist, als das man mit ihm über Probleme sprechen könnte, geht es eine Zeit lang bei ihnen im Haus drunter und drüber und die traurige Atmosphäre ist für Kinder, die trotz allem auch mal lachen möchten, kaum zu ertragen. Jeden Abend weinen die Brüder sich engumschlungen in den Schlaf.

Bis zu dem Tag als bei ihnen, in einer kräftigen Gestalt und dem mächtigsten Busen, den sie jemals gesehen haben, ein Engel erscheint. Und das ist Tante Alma, eine jüngere Schwester ihres Vaters. Sie schaut die Jungs liebevoll lächelnd an, in ihren Händen die größte Tüte Bonbons, die man sich vorstellen kann.

„Gustav und Klaus, könnt ihr euch denken weshalb ich hier bin?" Sie schütteln verneinend den Kopf. „Willst du uns besuchen?" „Ja, das natürlich auch, aber euer Vater und ich haben uns überlegt, dass es für euch gut wäre bei uns in Harmsdorf zu leben. Mit Onkel August und mir und natürlich euren Vettern. Ihr wart doch schon öfter mal ein paar Tage bei uns. Hat es euch nicht gut gefallen?" „Doch, aber das war ja nie so lange."

Nach kurzem hin und her werden einige Sachen zusammen gepackt, und schon sitzen sie im Pferdefuhrwerk und fahren in Richtung neues Zuhause. Irgendwie sind sie erleichtert, der düsteren Stimmung entkommen zu sein und es dauert gar nicht lange, dass sie bei einer lustigen Geschichte, die Alma zum Besten gibt, kichern müssen.

Und was für ein Glück, sie hätten es niemals besser treffen können. Sie gehören jetzt zu einer großen Familie, in der es regelmäßige gemeinsame Mahlzeiten gibt, in der jeder seinen Senf abgeben kann, ohne dafür gerügt zu werden. In der selten geschimpft, aber dafür öfter gelobt wird. In dieser wunderbaren Familie kann man unbeschwert aufwachsen. Gustav ist seiner inzwischen alten Tante immer noch sehr dankbar und in Liebe zugetan.

Er ist nach einer landwirtschaftlichen Lehre zu seinem Vater zurückgekehrt, um ihn bei seiner schweren Arbeit zu unterstützen. Er fühlt sich heute auch sehr wohl dort, mit einer Frau im Haus, die attraktiv und tüchtig ist, und die seinen Vater glücklich macht.

Gustav ist mit Leib und Seele Landwirt. Er wird diesen Bauernhof eines Tages übernehmen.

Er ist von kräftiger Gestalt. Seine blonden Haare sind kraus, sehr kraus. Sie sind immer kurz geschnitten und daher sehr pflegeleicht. Seine hellen Augen blicken meist verschmitzt aus einem durch die Arbeit im Freien gebräunten Gesicht. Er ist ein gutaussehender Mann, der mit vierunddreißig Jahren erstaunlicherweise immer noch ledig ist. Nun, er braucht ja auch nicht unbedingt eine Frau für den Haushalt, denn noch versorgt Anna perfekt die zwei Männer und den Haushalt.

Doch manchmal denkt er an die Zeit, wenn Anna und Heinrich ihm nicht mehr helfen können.

Natürlich hat er schon Frauen gehabt. Und wer sich mit ihm eingelassen hat, hat es nicht bereut, denn er ist ein guter Liebhaber. Ein Techtelmechtel hier und da reicht für seine sexuellen Bedürfnisse, aber für ein Leben zu zweit hat er gewisse Vorstellungen. Es soll keine Zweckgemeinschaft sein, dann könnte er ja auch eine Wirtschafterin einstellen.

Er ist tatsächlich so romantisch auf die Liebe seines Lebens zu warten. Vielleicht dauert es ja so lange wie bei seinem Vater, der auch viele Jahre allein war.

Aber er muss zugeben, dass er sich gegenüber nicht ganz ehrlich ist, denn er hat seine große Liebe längst gefunden.

Nur, es ist aussichtslos, selbst wenn sie ihn erhören würde, könnte er mit ihr als Bäuerin nichts anfangen. Sie ist die zweite Ausgabe von Anna, etwas jünger, zierlich, dunkelhaarig, braunäugig und ausgesprochen chic, und sie ist verheiratet.

Da gibt es für ihn kein Pardon, doch seine unerfüllte Sehnsucht, die er meint vor anderen verstecken zu können, ist dann eine Farce, sobald er ihr begegnet. Das kommt natürlich nicht so selten vor, denn schließlich ist die Frau seiner Träume Annas Tochter Emmi.

Wenn Emmi ihn freundlich anlacht und aus Spaß mit ihm herumalbert, zerreißt es ihm das Herz und er versucht so schnell wie möglich zu entkommen. Er meint keiner weiß wie es um ihn bestellt ist, doch Anna hat seinen traurigen Blick längst richtig gedeutet. Doch die lebenserfahrene Frau behält es für sich.

Und Gustav geht in den Kuhstall, stellt dort sein Radio an und kämpft verzweifelt gegen seine Gefühle an. Er arbeitet. Arbeit und Musik von Mozart haben ihm immer geholfen mit schwierigen Situationen fertig zu werden. Bloß gegen die unglückliche Liebe hilft es nicht wirklich. Er kann machen was er will, er bekommt Emmi nicht aus dem Kopf.

Auch wenn sein Verstand ihm immer wieder sagt, sie ist vergeben, kann er nicht vergessen, wie es sich angefühlt hat, sie in seinen Armen zu halten. Wie er ihren zarten Körper gespürt hat, als sie versunken eng umschlungen getanzt haben. Er hätte immer so weiter tanzen können. Aber plötzlich hört die Musik auf zu spielen und sie werden in die Wirklichkeit zurückgeholt. Alle Gäste sind in Aufbruchstimmung, und Walli wird vermisst.

Doch Gustav wird diese Augenblicke totaler Glückseligkeit in sein Herz einschließen.

Er geht die wenigen Minuten nach Hause, und versucht gar nicht erst zu schlafen. Er setzt sich in den Garten, atmet den Duft der Sommerblumen ein und schaut in den verblassenden Sternenhimmel. Im Osten kündigt sich rotgolden der neue Morgen an. Bald wird es Zeit die Kühe zum Melken in den Stall zu holen.

Erst um die Mittagszeit erfährt er von dem schrecklichen Unglück. Walli ist tot.

Sein erster Gedanke gilt Emmi. Wie wird sie damit fertig? Nun ist sie also frei. Doch sofort verbietet er sich diesen Gedanken, so vermessen zu sein, sich Hoffnungen zu machen.

24

Annas Gummistiefel

Die ersten wilden Herbststürme ziehen über das Land. Die Blätter wirbeln durch die Luft und sammeln sich zu bunten Laubhaufen. Zwischen zwei Regenschauern blitzt die Sonne durch die dunklen Wolken und lässt die Pfützen regenbogenfarben glänzen. Der Sturm hat zwar etwas nachgelassen, trotzdem peitscht er immer noch kräftig aus Nordost.

Das Hochwasser der Sturmflut ist noch nicht wieder abgeflossen. Die braune Brühe überspült fast den Strandweg. Die Salzwiesen sind überflutet, und bevor die Kühe im Wasser stehen, hat man sie rasch in die Ställe getrieben. Dort überwintern sie ja sowieso.

Nur die Hartgesottenen wagen sich heraus und machen jetzt einen einsamen Strandspaziergang.

Vor einigen Jahren ist aus dem mit Knicks begrenzten Weg eine großzügige Teerstraße geworden, die von Kaköhl bis zum Strand, und von Sehlendorf durch Sechendorf bis zur Bundesstraße reicht. Auch wenn traurigerweise die Knicks und die Heckenrosen weichen mussten, ist das Ganze eine saubere Sache geworden. Jetzt hat man einen weiten Blick über den Binnensee, der momentan mit der Ostsee eine Einheit bildet. Die letzten Heckenrosen haben neben Schlehen und dunklem Gestrüpp auf den Dünen einen festen Platz. Auf dem Strandweg spürt man den Sturm ungebremst, so dass die Mütze festgehalten werden muss, damit sie nicht mit Karacho davon segelt.

Nur zu den höher gelegenen Dünen hin ist noch ein schmales Stück vom Strand begehbar. Die aufgewühlten, braunen Wellen schlagen ungebremst an das Ufer. Von der Steilküste ist wieder ein großer Brocken abgebrochen. Das Meer frisst sich unersättlich immer weiter ins Land.

Eine zierliche Person kämpft gegen die Elemente an. Sie wird fast vom Strandweg gefegt. Doch sie ist eine Kämpferin, die es liebt an ihre Grenzen zu gehen. Dazu gehört auch ein Spaziergang im Sturm. Sie bleibt auf den Dünen stehen und schaut auf das aufgewühlte Meer. Sie atmet tief durch, nimmt den Geruch von Tang und die laute, schaumgepeitschte See mit allen ihren Sinnen wahr, während der Sturm an ihrem Kopftuch zerrt und ihr Tränen in die Augen treibt.

Sie bleibt noch eine Weile so stehen, lässt sämtliche schwere Gedanken aus ihren Kopf mit dem Wind davonfliegen, um so erleichtert den Heimweg anzutreten. Noch einmal schaut sie sich um, weil sie meint ihren Namen vernommen zu haben. Wahrscheinlich hat sie sich das eingebildet. Doch schon wieder; „Emmi, Emmi! Warte doch mal!" Es ist eine männliche Stimme, verzerrt durch den Sturm. Jetzt sieht sie aus den Dünen eine kräftige Gestalt auftauchen. „Gustav? Bist du es?" Er hat seine Wollmütze tief ins Gesicht gezogen und stapft durch den Sand, den starken Wind im Rücken, auf sie zu.

„Du bist es ja tatsächlich, Emmi. Ich glaub ich trau meinen Augen nicht. Du hast ja anscheinend die gleichen Vorlieben wie ich." „Hallo Gustav, weißt du auch nicht was du am Sonntag anfangen sollst?" Sie lacht und er stimmt ein. „Aber im Ernst, ich liebe so einen Spaziergang im Sturm. Wenn man das Gefühl hat weggepustet zu werden. Die dummen Gedanken werden einfach weggeblasen und man fühlt sich hinterher wie neu geboren." „Mir geht es genau so. Bei diesem Wetter zieht es mich förmlich an den Strand." „Bist du mit dem Auto hier?" Er schüttelt verneinend den Kopf. „Ich bin zu Fuß." „Dann kann ich dich ja gleich mitnehmen nach Döhnsdorf . Ich bin dort nämlich von netten Leuten zum Kaffee eingeladen." Gustav grinst; „Lass mich mal überlegen, das können ja wohl nur Anna und Heinrich sein."

Sie gehen gemeinsam zu Emmis grünem VW, den sie bei Brodersen auf dem Hofplatz abgestellt hat. Jetzt haben sie den Wind von hinten und kommen schnell voran. Emmi fühlt sich gut in Gustavs Nähe. Das war schon immer so, so lange wie sie sich kennen. Früher hat sie in ihm den kleinen Bruder gesehen, weil er vier Jahre jünger ist. Inzwischen spielt das Alter keine Rolle mehr. Sie sind beide erwachsen und selbständig.

Obwohl Emmi nicht ahnt wie es um Gustav bestellt ist, denkt sie manchmal daran wie schön es war mit ihm zu tanzen, und wie sie sich an dem Abend gewünscht hat es möge niemals aufhören.

Die nächsten Gedanken sind dann so viel schwerer, denn es ist die Nacht, die sie auch darum nie vergessen wird, weil das schreckliche Unglück ihre Ehe jäh beendet hat. Es ist die Nacht, in der Walli sich selbst zerstört hat. Diese Nacht, die sie dazu gezwungen hat neu über ihr Leben nachzudenken. Die Nacht, die ein Ende und ein Neuanfang für sie gewesen ist.

Auch wenn Walli sie nach Strich und Faden betrogen hat und ihre Ehe eigentlich am Ende war, so vermisst sie ihn doch unendlich. In der ersten Zeit wird sie fast erdrückt von der Einsamkeit, die sie umfängt wenn sie abends in ihre Wohnung kommt, die so aufgeräumt ist, dass sie auch unbewohnt sein könnte. Gegen Einsamkeit hilft Arbeit, und davon hat Emmi genug. Ein Skizzenblock und Zeichenkohle reizen sie zu immer neuen Modellen. Dabei verfliegen die Stunden im Nu. Inzwischen ist seit dieser Nacht ein Jahr vergangen, und die schrecklichen Ereignisse verblassen ein wenig. Es ist an der Zeit etwas Neues zu beginnen.

Emmi und Gustav treffen in wenigen Minuten bei Heinrich und Anna ein. Sie werden schon erwartet. Der Kaffeeduft zieht angenehm durch die Räume und der Sonntagskuchen muss nur noch verzehrt werden. „Wieso kommt ihr denn zusammen? Habt ihr euch irgendwo getroffen?" fragt Anna neugierig. „Mama, stell dir mal vor, ich bin am Sehlendorfer Strand, und ich denke keine Menschenseele außer mir ist bei dem Sauwetter unterwegs. Doch als ich gerade wieder zurückgehen will, spricht mich einer von hinten an. Rate mal wer das war." „Gustav?" „Genau." Jetzt müssen sie alle lachen. „Na, dann wird euch der Kaffe bestimmt schmecken." „Aber vor allem dein leckerer Kuchen, Anna, " seufzt Gustav.

Er setzt sich erwartungsvoll an den hübsch gedeckten Tisch. In angenehmer Runde plaudern sie über allgemeine Themen und lassen sich Kaffee und Kuchen schmecken. Emmi ist gerne bei ihnen, denn sie fühlt sich hier wie zu Hause.

„Schall ik di glieks bi de Kööh helpen, Gustav?" „Ne Vadder, hüt hesst du free." Emmi sagt; „Dann komme ich mit dir in den Stall. Habe ich schon lange nicht mehr gemacht. Kann ich deine Gummistiefel haben Mama?" Anna nickt zustimmend. Emmi schiebt den Stuhl zurück und geht in die Waschküche. „Warte mal, du bist doch gar nicht dafür angezogen." Gustav folgt ihr und zieht seine Arbeitsklamotten an. „Gustav ich habe alte Sachen an, die man waschen kann. Ich trage heute sogar eine lange Hose." Es hat ihr schon immer Spaß gemacht, körperlich zu arbeiten. Als sie noch bei Heinrich wohnte, hat sie von Zeit zu Zeit mit ihm die Tiere versorgt. Sie kann sogar mit der Hand melken, schließlich ist sie auf dem Land groß geworden.

Sie verknotet ein Kopftuch im Nacken, zieht eine alte Arbeitsjacke über, die ein wenig zu groß ist für sie, schlüpft schnell in Annas Gummistiefel und geht zielstrebig in den Kuhstall. Er folgt ihr Kopf schüttelnd aber selig.

Gemeinsam füttern sie die Kühe und misten den Stall aus. Bei klassischer Musik bekommen die Tiere frisches, sauberes Stroh.

Gustav summt die Melodie mit und das Vieh muht ausgiebig und zufrieden. Die Rübenschnitzel werden geräuschvoll zermalmt und aus der Tränke wird das Wasser geschlürft. Vorne fressen und saufen die Viecher und hinten kommen der grüne Strahl, der als Fladen auf dem Mistgang landet und die Urindusche ungebremst heraus.

Mit der vor einigen Jahren angeschafften Melkmaschine werden die Kühe gemolken. Ohne viel Aufwand kann jetzt einer alleine die dreißig Kühe von ihrer Milch befreien. Die Zitzen müssen gesäubert werden, bevor die übergestülpten Glocken die Milch mechanisch absaugen. Über Schläuche gelangt das weiße Lebensmittel in einen gekühlten Tank, der mehrmals in der Woche von den großen Tanklastwagen der Molkerei entleert wird. Die alten Kannen haben längst ausgedient.

Gustav und Emmi arbeiten schweigsam und harmonisch Hand in Hand. Ab und zu schaut Gustav bewundernd zu ihr herüber. Wie sie mit Schubkarre und Mistgabel hantiert sieht wirklich routiniert aus, als hätte sie noch nie im Leben etwas anderes gemacht. Sein Herz pocht wie verrückt und am liebsten würde er sie in den Arm nehmen und ihr die Schweißperlen von der Stirn küssen.

Emmi ist erstaunt wie sehr sie es genießt mit Gustav zusammen zu arbeiten. Es hat nur einen Moment gedauert bis sie sich an die klassische Musik im Stall gewöhnt hat und sie kann nicht so recht einordnen, warum sie ihn immer wieder heimlich beobachtet. Seine blonden, krausen Haare sind unter einer nicht mehr ganz sauberen

Mütze verschwunden. Seine ruhige Art mit dem Vieh umzugehen, die hellen Augen, die so verschmitzt aus seinem gebräunten Gesicht blicken können, sein Spleen mit der Musik im Stall, all diese Dinge beeindrucken Emmi sehr. Sie hat auf einmal das Gefühl, als machten sie diese Arbeit schon ewig zusammen. Den Geruch findet sie nicht unangenehm, der begleitet sie ja schon ein Leben lang.

„Schade Emmi, wir sind fertig." „Wieso schade?" Er lacht; „Weil es mir mit dir so viel Spaß gemacht hat." Sie stellen Schubkarre, Forken und Mistgabeln zur Seite. „Ich muss nur noch die Melkmaschine säubern, dann ist Feierabend." „Kann ich dir dabei helfen?" „Wenn du möchtest kannst du mir dabei zusehen. Das geht nämlich alles vollautomatisch." Sie nickt.

Er schaut sie auf einmal so intensiv an, dass ihr ganz anders wird. Ihr Herz fängt an zu klopfen.

- Du meine Güte ich bin doch keine achtzehn mehr. Und Gustav, ausgerechnet Gustav. Das kann doch gar nicht gut gehen. Aber er ist so ein netter, attraktiver und kluger Mann. Das hört sich ja an, als ob ich verliebt bin. Jetzt werde ich auch noch rot. -

„Emmi, woran denkst du?" Sie druckst herum. „Du, ich kann es dir im Moment nicht sagen. Vielleicht mal bei Gelegenheit." Er sieht sie nachdenklich an und fasst allen Mut zusammen. „Hättest du Lust und Zeit nachher mit mir ins Kino zu gehen? Dann kannst du mir ja auch erzählen, worüber du eben so angestrengt nachgedacht hast." „Ja, ins Kino, gerne. Ich weiß gar nicht mehr wann ich das letzte Mal einen Film gesehen habe." Sie lächelt ihn an und er bekommt weiche Knie.

„Dann müssen wir uns jetzt aber beeilen. Ich gehe schon mal zu Anna und Heinrich und sage Tschüs. Holst du mich von zu Hause ab?" Er nickt nur, denn zu mehr ist er jetzt nicht in der Lage.

Eine Stunde später klingelt es bei Emmi an der Haustür. Sie öffnet und ihr Herz macht einen Satz, als sie ihn geschniegelt vor ihrer Haustür erblickt. Er sieht mit Sakko und Krawatte toll aus und wie peinlich, sie wird schon wieder rot. „Hallo Gustav, ich bin schon fertig. Wir können sofort los."

Die paar Minuten zum Kino gehen sie zu Fuß. „Was wird denn eigentlich gespielt?" „Keine Ahnung, ich weiß es nicht." Darüber lachen sie so, dass sie stehen bleiben müssen. „Na ja, wir schauen erst mal was es gibt. Wenn es uns nicht gefällt können wir immer noch in die Eisdiele gehen." Emmi muss schon wieder lachen. Sie hat sich lange nicht mehr so wohl gefühlt.

Sie sitzen in der letzten Reihe. Es gibt einen Western in dem geliebt, geritten, geschossen, gesoffen und geprügelt wird. Von der Handlung bekommen sie nicht viel mit, denn sie sind damit beschäftigt, sich immer wieder anzusehen und sich wie alberne Teenager zu benehmen. Er drückt ihre Hand und er ist glücklich einen Gegendruck zu spüren. Sie denkt, ich bin bald vierzig und er ist fünfunddreißig, ob ihn das stört? Hoffentlich nicht, denn ich bin total verliebt. Sie genießt den Augenblick. Vielleicht ist morgen schon alles wieder vorbei. Dieser Gedanke erfüllt sie mit Traurigkeit, deswegen verdrängt sie ihn ganz schnell wieder.

Der Film ist aus und die Leute stürmen heraus. Emmi und Gustav sind die letzten, die den Vorführraum verlassen. Vor dem Kino verläuft sich die Menge schnell und sie gehen Hand in Hand zu Emmis nahe gelegener Wohnung. Kaum ist die Wohnungstür hinter ihnen geschlossen, da reißt er sie schon in seine Arme und küsst sie leidenschaftlich. Er murmelt Liebesworte in ihr Ohr und sie drängt sich ihm entgegen und spürt seine Erregung. Es ist schon eine Zeit her, dass sie so begehrt wurde. Sie lässt sich auf diesen starken Mann ein, den sie schon eine Ewigkeit kennt.

Sie sind tatsächlich keine Teenager mehr und darüber ist sie sehr froh. Während er ihre Bluse aufknöpft, streichelt und knetet er ihre kleinen festen Brüste bis ihre Brustwarzen hart hervortreten. Als er endlich den BH öffnet, nimmt er sie in den Mund und saugt daran, dass ihr ganz anders wird. Emmi will nur noch eines, sie möchte ihn in sich spüren. Sie flüstert; „Komm Liebster." Und zieht ihn ins Schlafzimmer. In Windeseile reißen sie ihre Sachen vom Körper und sinken aufs Bett. „Emmi, geliebte Emmi, du bist so wunderschön. Ich habe mich schon so lange nach dir gesehnt. Ich liebe dich." „Ich liebe dich auch Gustav, und ich bin verrückt nach dir, nun komm schon, nimm mich endlich." Sie hebt sich ihm entgegen und er gleitet in ihre heiße Feuchtigkeit hinein. Gleichmäßig bewegt er sich auf und nieder und stößt tief in sie hinein. Sie stöhnen beide vor Lust. Sie genießen es langsam zum Höhepunkt zu kommen. Als er in ihr explodiert, und sie ihren Orgasmus spürt, kommen ihr Tränen vor Glück. Sie kann es nicht glauben, es ist das erste Mal nach diesem furchtbaren Überfall, dass sie ihren Höhepunkt erreicht.

Er küsst ihr die Tränen fort und murmelt; „Mein Liebling, es war noch nie so schön wie mit dir. Ich weiß gar nicht wie ich es so lange ohne dich aushalten konnte."

Diese Nacht können sie nicht voneinander lassen und sie erforschen immer wieder ihre Körper, die sich in allen möglichen Stellungen befriedigend zusammen finden.

Im Morgengrauen schreckt Gustav hoch. Er ist tatsächlich kurz eingeschlafen und dabei müsste er schon längst im Stall sein. Er springt in seine Sachen, haucht der zauberhaften Frau einen zarten Kuss auf die Stirn und verlässt im Eilschritt ihre Wohnung.

Zu Hause in Döhnsdorf zieht er schnell seine guten Sachen aus und das Arbeitszeug an, noch fix die alte Mütze auf den Kopf, und rein in den Kuhstall. Eigentlich müsste er todmüde sein, aber die letzte Nacht hat ihn so aufgewühlt, dass er jetzt sowieso nicht schlafen könnte. Er spürt immer noch ihren schönen, festen Körper, und ihr Geruch hat sich wie kostbares Parfüm in seiner Nase eingenistet.

„Moin, Gustav." Heinrich ist schon dabei, die Kühe zu melken. Er hat sogar die klassische Musik eingeschaltet, die sein Sohn immer für sich und die Kühe anmacht.

„Entschuldige Vadder, ich hab verschlafen." Doch sein Vater grient in sich rein. „Ik heff mol in dien Zimmer rinkeeken, ober dor heff ik di ni funn. Dien Auto stünn ook ni oppn Hoff. Ich hoffe du hattest eine angenehme Nacht." Gustav brummelt wortkarg in seinen Bart; „Die hab ich gehabt." Jetzt geht er eilig an die Arbeit, denn seine Gedanken will er für sich allein haben. Seinen Vater kann er noch nicht einweihen, dazu ist alles noch zu neu.

Emmi wird ziemlich spät wach. Sie rekelt sich und bequemt sich endlich auf die Uhr zu schauen. Mein Gott, es ist schon zehn Minuten nach zehn. Sie springt aus dem Bett und geht zum Telefon. Im Modestübchen meldet sich ihre tüchtige Gesellin Sabine. „Hallo Sabine, hier ist Emmi. Wie sieht es bei euch aus? Kommt ihr heute ohne mich zurecht? Ich habe total verschlafen." „Bleib doch einfach mal zu Hause, und erhol dich. Du hast in der letzten Zeit so viel um die Ohren gehabt. Wir kommen schon klar." Ihrer Gesellin kann sie voll vertrauen, sie sind im Laufe der Jahre richtige Freundinnen geworden. Und so nimmt sie den Vorschlag dankend an.

Sie lässt warmes Wasser in die Wanne einlaufen, kocht sich einen starken Kaffe und streicht sich ein Butterbrot. Sie steigt in das duftende Schaumbad und lässt sich nebenbei Kaffe und Brot schmecken. Sie denkt an die letzte Nacht und lächelt glücklich. Sie kann sich nicht erinnern schon mal so guten Sex gehabt zu haben. Dennoch es ist alles so neu und sie zweifelt ein wenig. Wird es gut gehen mit ihnen? Er als selbständiger Bauer, sie als bekannte Modeschöpferin. Sie möchte unbedingt an eine Zukunft mit Gustav glauben. Sie ist sehr verliebt.

„Karo, hast du heut Nachmittag Zeit mit mir an den Strand zu gehen? Letzten Mittwoch hat es ja wegen meiner vielen Arbeit nicht geklappt." „Ist was Schlimmes passiert? Du hörst dich so merkwürdig an und es ist Montag." „Nein, nein. Sabine meinte nur ich könnte mal blau machen." Karoline wundert sich, das hört sich gar nicht nach

Emmi an. „Gut, ich werde alles regeln, damit wir uns heute sehen können. Holst du mich hier ab?" „Klar, dann bis um drei."

Pünktlich fährt Emmi zur verabredeten Zeit mit ihrem grünen VW auf den Hofplatz. Montags wird natürlich in der Tischlerei Bender gearbeitet. Jochen bringt gerade ein Fenster zu seinem
Lieferwagen. „Nanu, Emmi, was führt dich an so einem Tag nach Döhnsdorf? Er grinst. „Hast du keine Arbeit mehr? Oder ist etwas passiert?" „Nein, nein ich habe mir heute frei genommen und will deine Frau zu einem Strandspaziergang entführen." Das kommt ihm doch sehr merkwürdig vor. Er kann sich nicht erinnern, dass Emmi jemals an einem Arbeitstag frei genommen hätte. Allerdings ist sie ihr eigener Chef und kann tun und lassen was sie will.
Karo kommt aus dem Haus und winkt ihm zu. „Na, denn viel Spaß ihr beiden, " ruft er ihnen nach.
Nach einer herzlichen Begrüßung steigen die Freundinnen in den Wagen und schweigen die paar Minuten bis sie bei Brodersen auf den Hofplatz fahren, um dort zu parken. Es ist noch immer sehr windig, und die braunen Wassermassen haben sich noch nicht ganz zurück ge-zogen. Der wolkige Himmel lässt ab und an ein paar Sonnenstrahlen durchblitzen. Sie haken sich unter und marschieren an den Strand. Karo bleibt auf einmal stehen und schaut Emmi aufmerksam an. „Was ist denn mit deinen schönen Augen passiert? Sie haben so einen seligen Glanz, wie ich es bei dir das letzte mal vor, ich weiß nicht wie langer Zeit gesehen habe. Emmi nun sag schon, was ist los, bist du verliebt? Einfach in der Woche blau zu machen, das sieht mir nicht nach meiner großen Schwester aus." „Karo, Karo ich könnte vor Glück die Welt umarmen. Ich habe einen Mann kennen gelernt. Wir waren gestern Abend im Kino und anschließend habe ich ihn mit in meine Wohnung genommen. Dort haben wir noch andere Sachen gemacht. Du weißt schon." „Was, mit einen wildfremden Menschen? Bist du von allen guten Geistern verlassen?" Karo ist ehrlich entsetzt und besorgt um ihre Freundin. Auf

einmal lacht Emmi lauthals los. „Es ist gemein was ich gerade mit dir mache, denn den Mann von dem ich rede kennen wir alle schon eine Ewigkeit. Nur bis gestern war er Heinrichs Sohn für mich, eher mein Bruder." „Es ist Gustav, stimmt`s?" Sie nickt lachend. „Er ist Bauer und ich bin Modemacherin und er ist auch noch ein paar Jahre jünger als ich. Ich weiß wirklich nicht ob das gut gehen kann. Aber eines ist gewiss, er macht mich für den Moment sehr glücklich und ich hoffe für uns, dass wir eine gemeinsame Zukunft haben." „Das wünsche ich euch auch von ganzem Herzen, zumal Gustav dich schon so lange liebt. Obwohl er versucht hat es zu verbergen haben alle die ihm nahe stehen gesehen wie er leidet, nur du nicht. Du hattest ja auch genug mit dir selbst zu tun. Er ist so ein feiner Mensch, der es nicht verdient verletzt zu werden." „Das wäre auch das Letzte, das ich ihm wünsche."

25

Tagespläne

Ein Tag im Hause Bender läuft immer nach einem bestimmten Zeit-plan ab. Um sechs deckt Karoline den Frühstückstisch, damit die Angestellten und ihre Kinder in Ruhe essen können. Jochen und seine Männer sind die Ersten, dann kommen Max und Marie, die beide mittlerweile in Lütjenburg zur Mittelschule gehen. „Mama, kann ich heute Leberwurst auf mein Schulbrot bekommen?" meldet sich Marie zu Wort. „Natürlich, mein Schatz, und was möchtest du mitnehmen, Max?" „Kann ich eine Scheibe mit Mettwurst und eine mit Käse?"

Max, inzwischen zwölf, ist in letzter Zeit in die Höhe geschossen und er ist immer hungrig. Seine Mutter lacht; „Du futterst uns noch die Haare vom Kopf."

Die Schultaschen sind schon gepackt und Karo fährt sie schnell zum Bus. Wieder zu Hause angekommen, sind die Männer in der Tischlerwerkstatt, und ihre Haushaltshilfe hat den kleinen Jan schon geweckt, der morgens gerne lange schläft. Karo denkt, meine Güte, sie sind alle so groß geworden. Auch Jan geht mit sechs Jahren schon in die Schule. Er muss als Erstklässler nach Kaköhl in die Dorfschule. Nachdem Jan sich gewaschen und angezogen hat, frühstücken Karo und Thea mit ihm. „Thea, fährst du mich heute in die Schule?" „Wenn deine Mama das auch möchte?" Sie schaut fragend zu Karo, die natürlich nichts dagegen hat. Von Döhnsdorf bis zur Schule in Kaköhl ist es nicht weit, doch es ist ein gefährlicher Weg an der Bundesstrasse entlang, die zum Schluss auch noch überquert werden muss.

Thea, die ihr schon seit Jahren bei der Hausarbeit und der Kinderbetreuung zur Hand geht, ist ihr eine große Hilfe. Sie ist mit achtzehn zu ihnen ins Haus gekommen, als die resolute Paula Lammert, die Jochen jahrelang den Haushalt geführt hat, plötzlich sehr krank geworden und nicht lange danach gestorben ist.

Karo und Thea ergänzen sich perfekt und Karo mag gar nicht daran denken, dass sie sich vielleicht mal verändern möchte. Als sie Thea darauf anspricht, lacht sie; „Das könnte ja wohl nur eine Heirat sein, aber bei dem Frauenüberschuss brauchen sie keine Angst zu haben, Frau Bender. Außerdem gibt es sowieso keinen Mann, der meinen Ansprüchen genügt." Hoffentlich hat sie recht, aber sofort hat Karo ein schlechtes Gewissen und findet sich ziemlich egoistisch. Dieses nette, tüchtige Mädchen hätte wirklich einen guten Mann verdient. Doch Thea sollte Recht behalten. Sie bleibt tatsächlich ledig und ist zum Glück bei ihnen geblieben.

Wenn man so eine tüchtige Unterstützung hat, gibt es Freiraum, den Karo auch mehr oder weniger nutzt. Zum Beispiel für ihre Strandspaziergänge, die sie meistens mit Emmi unternimmt. Aber sie ist dort auch gerne allein, denn nirgendwo kann sie so gut mit sich ins reine kommen.

Am Wasser entlang gehen, dem leisen Wellenschlag zuhören, aufs weite Meer schauen, den weichen Sand unter den Füßen und eine leichte Brise im Haar spüren, das Möwengekreisch wahrnehmen und den Gedanken nachhängen, das ist für Karo Lebenselixier. Sie ist zufrieden mit ihrem Leben.

Mein Gott, womit habe ich soviel Glück verdient? Sie denkt an Jochen und die Kinder.

Die Tischlerei, dieser wunderbare Holzgeruch, das Singen der Sägen, die Geräusche in der Werkstatt, all diese Dinge erinnern sie an ihre Kindheit. Ihre kleine heile Welt, die sich so plötzlich in ein Chaos verwandelt hat. Es beginnt damit, dass ihr Vater und Jochen vor dem Volksempfänger hocken und ernste Gesichter machen. Kurz darauf sind beide im Krieg und viele junge Männer aus dem Dorf mit ihnen. Die meisten sind gefallen. Die Flucht ist ein einschneidendes Erlebnis. Alles was sie besitzen müssen sie zurücklassen, doch ihre Großmutter lehrt sie, das zu lieben und zu achten was man hat. Um das Beste aus dem Leben zu machen und sich niemals unterkriegen zu lassen, muss man keine großen Güter haben. Vermisst sie ihre alte Heimat? Nein, vielleicht ihre unbesorgte Kindheit, die so abrupt endete. Sie hat eine neue Heimat bekommen, und die ist hier in Ostholstein bei ihrer eigenen Familie.

Manchmal muss sie an ihre Eltern denken, die durch den bitteren Krieg keine Zukunft hatten. Der Vater, der in Russland fällt und die unglückliche Mutter, die aus Kummer krank geworden ist. Sie weiß nicht, wie sie es ohne ihre Oma durchgestanden hätte. An ihre Großmutter Minna Ulldahl denkt sie immer in großer Liebe und Dankbarkeit. Sie erinnert sich wie sie die Wegränder, Wiesen und Knicks abgesucht haben und mit Nüssen, Beeren und Pilzen heimgegangen sind und ihre Mutter, schon von Krankheit gezeichnet, immer strickend an ihrem Platz vorgefunden haben. Minna, die nicht zerbrochen ist an ihrem schweren Schicksal, war ihr einziger großer Halt.

Jetzt hat Karo eine eigene Familie. Sie liebt ihren Mann und ihre Kinder über alles. Sie hat eine liebe Freundin, eine Schwester, mit der sie über alles reden kann. Sie ist glücklich und zufrieden. Doch manchmal verspürt sie Angst, etwas Schreckliches könnte sich ereignen und ihr Glück zerstören.

26

Gustav und Emmi

Es klingelt jemand Sturm an ihrer Haustür. Emmi schüttelt den Kopf – was kann denn so wichtig sein, dass man so einen Lärm veranstalten muss -. Sie öffnet die Tür, erblickt einen großen Blumenstrauß und dahinter einen aufgeregten Gustav. Er schiebt sie sofort zur Seite, tritt ein und schließt die Haustür.

Ohne sich die Zeit zu nehmen sich zu setzen hebt er sofort zu einer Rede an und wird, vor Anstrengung die richtigen Worte zu finden, rot.

„Geliebte Emmi, wir kennen uns eine Ewigkeit und genauso lange liebe ich dich schon. Erst waren wir wie Geschwister, aber seit einem Jahr sind wir ein Liebespaar. Mit dir bin ich glücklich und zufrieden. Ich denke mit jedem Herzschlag an dich, ich möchte jeden Morgen neben dir aufwachen, dich trösten wenn du traurig bist, aber vor allem möchte ich mit dir lachen bis wir ganz viele Falten davon kriegen. Kannst du dir vorstellen meine Frau zu werden?"

„Gustav, Gustav, du weißt wie sehr ich dich liebe, aber das mit uns kann doch gar nicht gut gehen." Ihre schönen braunen Augen werden vor Traurigkeit feucht. „Du bist durch und durch Bauer und ich kann nicht mal einen Haushalt führen, geschweige denn kochen. Vor allem kann ich keine Kinder bekommen, du weißt warum. Ich kann nur Kleider entwerfen und nähen."

„Emmi, darüber habe ich auch schon nachgedacht. Es ist natürlich traurig, dass wir keinen Nachwuchs haben werden, aber du hast so ein süßes Patenkind, das dann sogar nur um die Ecke wohnt. Wir nehmen uns eine Hauswirtschafterin, die unseren landwirtschaftlichen

Haushalt führt, damit du weiterhin deinen Beruf, für den ich dich sehr bewundere, ausüben kannst. Einzige Bedingung, du ziehst zu mir nach Döhnsdorf." Sie lächelt schon wieder. „Und ich kann genauso wie jetzt arbeiten? Keine Einschränkungen, auch wenn ich saisonbedingt nachts arbeiten muss, nach Hamburg oder Düsseldorf fahre, um meine neueste Kollektion vor zu führen?" Er nickt ernst. „Ich habe ja schon gesagt, einzige Bedingung ist wir wohnen zusammen." „Gustav, ich liebe dich. Du bist so großzügig und tolerant. Ich könnte keinen besseren Mann finden." „Heißt das, du heiratest mich?" „Ja, Liebling, ich möchte deine Frau werden."

Sie sitzen im Wohnzimmer und schmieden Zukunftspläne. Sie wollen so schnell wie möglich zusammen ziehen. „Gustav, hast du schon mal darüber nachgedacht, wo wir eigentlich wohnen sollen? Wir können deinen Vater und meine Mutter ja nicht einfach vor die Tür setzen." „Ne, natürlich nicht. Wir bauen uns ein neues Haus, so können die beiden in ihrer gewohnten Umgebung bleiben." „Solange könnten wir ja hier wohnen, dann können sich die Leute noch mehr das Maul zerreißen." „Stört dich das?" „Nein nicht mehr, zu oft haben sie es getan. Erst haben sie sich hinter der Hand zugeraunt, das ist ein Flüchtlingskind, die kommt aus dem Osten und haben mir missgönnt, dass ich durch meinen Beruf autark bin. Nach dem Überfall in Kaköhl hat man mir unterstellt selbst schuld zu sein an der Vergewaltigung, so aufreizend wie ich immer herumrenne. Nur den grausamen Mord an Wanda konnten sie mir nicht in die Schuhe schieben. Na ja, Wallis Lebenswandel, Alkohol, Frauengeschichten, sein tödlicher Unfall, da ist es noch mal sehr schlimm geworden. Die Beziehung zu dir ist den neugierigen Blicken auch nicht entgangen. Doch ich bin abgehärtet, die Leute können reden was sie wollen, es interessiert mich nicht. Es gibt ja auch die Netten, die immer zu mir gestanden haben."

Gustav nimmt sie in die Arme. "Meine geliebte Emmi, ich bin unglaublich stolz auf dich. Wie du die Schicksalsschläge gemeistert hast und trotzdem immer positiv geblieben bist ist geradezu bewunderns-wert." Sie muss lachen. „Na, na, ablassen kann man immer noch."

Langsam ist es an der Zeit Heinrich und Anna einzuweihen. Die wissen natürlich längst, dass Gustav und Emmi ein Paar sind. Sie haben sich auch schon Gedanken um die Zukunft des Hofes gemacht, weil keiner sich wirklich vorstellen kann, dass Emmi alles aufgibt, um Bäuerin zu werden. Trotzdem freuen sie sich für ihre Kinder, als die ihre Verlobung bekannt geben. Sie sitzen gemütlich in der Küche und hören sich die Zukunftspläne an. Heinrich nickt immer mal wieder zustimmend mit dem Kopf, als sein Sohn erklärt wie er sich alles vorstellt. „Jo, so kann dat wat warrn. Doormit bin ik inverstoon. Ik kann mi uuk vöörstellen, dat hier noch een niett Huus buut ward. Platz hefft wi jo to Genööge." „Das mit der Wirtschafterin ist eine tolle Idee. Heinrich und ich sind ja nicht mehr die Jüngsten, so dass man langsam mal über den Ruhestand nachdenken muss. Und Gustav, ich kann mir für meine Tochter keinen besseren Mann vorstellen. So einen Sohn wie dich habe ich mir schon immer gewünscht." Anna ist ein wenig gerührt.

Später fahren Gustav und Emmi nach Harmsdorf. Dort werden sie überschwänglich von Tante Alma empfangen. „Ach mein Junge, wie freu ich mich für euch. Es hat ja ziemlich lange gedauert bis du deine große Liebe gefunden hast, Gustav." „Ach Tante Alma, gefunden hab ich sie schon vor langen Jahren, nur leider war sie vergeben und ich habe ihr auch nie sagen können, dass ich sie liebe." Emmi lacht; „Aber dafür war ich ja so was wie deine große Schwester, oder?" Alma drückt sie beide an ihren großen Busen. Dort kann man sich sehr geborgen fühlen.

Gustav und Emmi heiraten 1965 an einem lauen, sonnigen Frühlings-tag standesamtlich in dem schönen alten Städtchen Lütjenburg. Jochen und Gustavs jüngerer Bruder Klaus, beide festlich in dunkle Anzüge gekleidet, fungieren als Trauzeugen. Nach der Zeremonie erscheint das Brautpaar glücklich strahlend an der Tür und wird von einem Blitzlichtgewitter der hiesigen Presseleute empfangen. Eine kleine Gesellschaft aus Verwandten, Freunden und Arbeitskollegen haben sich vor dem Standesamt versammelt. Emmi in einem cremefarbenen Seidenkostüm mit einem passenden Hut, den Biedermeierstrauß locker in der Hand und Gustav in seinem dunklen Anzug, durch die Arbeit an der frischen Luft braungebrannt, die unglaublich hellen Augen und die blonden, krausen Haare im Kontrast dazu, sind wirklich ein stattliches Paar.

Wenn eine örtlich ansässige Modedesignerin heiratet, ist das natürlich einen Artikel in der Lokalpresse wert. Ein umwerfendes Hochzeitsfoto auf Seite eins und ein kurzer Abriss der Erfolgsgeschichte ihres Werdeganges. Von einem Flüchtlingskind zu einer tüchtigen Geschäftsfrau, die einige Schicksalsschläge hinter sich hat und nun aus Liebe einen Bauern heiratet, findet in den nächsten Tagen die Aufmerksamkeit der Leser.

Eine Geschichte, die Frauen zu Tränen rührt und Männer fragen lässt, wie soll das denn gehen mit der Modetante und dem Bauern, die weiß doch gar nicht wie man eine Kuh melkt, geschweige denn eine Schaufel hält. Womit die Leute sich mal wieder gründlich irren. Ihre anderen Fähigkeiten stehen dem jedoch entgegen. Es ist eine Seltenheit in dieser Zeit, so einen klugen und toleranten Mann zu haben, der sie ihre Kreativität ausleben und ihr Geschäft weiterführen lässt wie bisher und ihr dazu sogar noch Mut macht.

Es ist auf dem Land ja auch nicht üblich, dass eine Frau nicht am Herd steht und einer Schar Kinder den Schnodder von der Nase wischt, dem Mann im Stall und auf dem Feld nicht zur Hand geht, sondern einen eigenen Beruf und sogar ein Geschäft hat. So gibt es wieder genug Stoff für Gerüchte und Schludereien.

Zudem hat Emmi ihren Nachnamen Koller aus geschäftlichen und die Wohnung in Lütjenburg aus praktischen Gründen behalten. Sie kann dort in Ruhe ihre Einfälle zu Papier bringen, und wenn es sein muss auch nachts arbeiten, ohne jemanden zu stören. Gustav lässt sie machen und tun, ohne ihr ein schlechtes Gewissen einzureden. Solange das neue Haus in Döhnsdorf nicht bezugsfertig ist, wohnen sie beide hier. Gustav hat zwar zweckmäßigerweise sein Zimmer im alten Haus behalten, denn er muss wegen seiner Tiere vor Ort sein, doch oft genug übernimmt sein Vater die Aufsicht.

Auf das ganze Gerede der Leute geben die Jungvermählten nichts. Sie sind gerade in ihr neues Haus gezogen. Sie sind unglaublich glücklich und tanzen wie Kinder durch die schönen, hellen Räume. Es ist praktisch eingerichtet, die Küche und das Bad sind mit der modernsten Technik ausgestattet und neue, schlichte Möbel in den übrigen Zimmern machen das Haus sehr wohnlich. Für die Wirtschafterin gibt es oben im Haus eine kleine separate Wohnung. Draußen vor der Tür ist allerdings noch eine Menge zu tun, denn aus den Sand- und Erdhaufen sollen noch eine Auffahrt und ein Garten entstehen.

Sie haben eine nette, junge Frau eingestellt, die trotz ihres Alters schon eine Menge Referenzen aufweisen kann. Sie ist mit Thea in die Hauswirtschaftsschule gegangen und ist seitdem mit ihr befreundet. Hanna soll in den nächsten Tagen eintreffen. Solange werden Emmi und Gustav von Anna unterstützt. Morgens frühstücken sie ausgiebig, denn das ist meistens die einzige Mahlzeit, die sie in Ruhe zusammen einnehmen können. Danach trennen sich ihre Wege. Gustav arbeitet auf den Feldern oder im Stall und sein Vater hilft ihm dabei, so gut er noch kann. Emmi ist dann schon in ihrer Schneiderwerkstatt in Lütjenburg. Doch immer wenn sie Zeit zusammen verbringen können genießen sie diese kostbaren Stunden besonders.

Tatsächlich, als Hanna in ihr Haus kommt und alle anfallenden Arbeiten übernimmt kehrt Ruhe und Gelassenheit in ihr Leben. Die junge selbstbewusste Frau hat sich schnell eingelebt und ihre kleine

Wohnung gemütlich eingerichtet. Nach verrichteter Arbeit verschwindet sie nach oben, oder trifft sich noch mit Thea, so das Emmi und Gustav ungestört sind in ihrer Zweisamkeit.

27

Jochen und Karoline

Karo und Jochen sind nach fünfzehn Jahren Ehe immer noch in einander verliebt. Sie mögen sich auch nach den ganzen Jahren noch gerne ansehen und berühren. Ihre liebevollen Blicke schließen auch ihre wohlgeratenen Kinder ein, die sich immer mehr in kleine Persönlichkeiten verwandeln. Max, inzwischen dreizehn Jahre alt, ist wann immer er die Zeit dazu findet, in der Werkstatt seines Vaters anzutreffen. Für ihn steht fest, dass er Tischler wird, es steckt ihm im Blut. Wie sein Großvater als großes Kind hat auch er viel Geschick. Alles was er in die Hand nimmt, nimmt Form an. Und es passt gut, denn sein Vater kann seine Hilfe gut gebrauchen.

Wie oft hat Karoline in trauter Runde von ihrem Leben in Pommern erzählt. Von ihrem Vater Max, bei dem Jochen als Geselle gearbeitet hat. Von ihrer Mutter Sophia, die unermüdlich im Haus, im Garten und im Stall gewirtschaftet hat. Sie schaut liebevoll ihre kleine Tochter an. Marie sieht mit ihren roten Haaren aus wie ihre Mutter und Karo erzählt, dass auch sie eine große Ähnlichkeit mit ihrer Mutter hatte. Es ist so schade, dass ihr sie nicht mehr kennen gelernt habt.

Wie lieben die Kinder diese Stunden der Vertrautheit, wenn sie sich so dicht wie möglich an ihre Mutter drängen, um ja nicht ein Wort von ihr zu verpassen. Auch Jochen mag es sehr wenn Karo die alten Geschichten erzählt. Er liebt es zu sehen wie ihre Wangen sich röten und sie wie eine Märchenerzählerin das Eine oder Andere ausschmückt, wobei diese Geschehnisse durchaus einen wahren Kern haben. Auch über ihren Onkel Erwin, den sie so oft in dem riesigen Kuhstall auf dem Gut Waldhausen besucht hat, spricht sie gerne. Da meldet sich der Kleinste zu Wort. „Ich bin auch gerne im Kuhstall bei Onkel Gustav. Der hat immer so schöne Musik an." „Ja, das weiß ich, mein Schatz."

Max, Marie und auch Jan hängen an ihren Lippen. Und wenn ihr Mund vom vielen Reden trocken wird und sie ein übers andere Mal versucht zum Schluss zu kommen, rufen sie wie aus einem Munde; „Mama, Mama, bitte, bitte noch eine Geschichte!"

Max, das ist ja von Anfang an klar, wird Tischler. Nach der mittleren Reife geht er bei seinem Vater in die Lehre.

Marie ist eine gute Schülerin und geht gern in die Schule. Sie hat es wie ihre Mutter nicht leicht mit ihrem Aussehen, kann aber gut damit umgehen, sie lässt sich einfach nicht ärgern. Ihre Mitschülerinnen mögen ihr freundliches, hilfsbereites Wesen und die Jungen beachtet sie einfach nicht. Sie ist gut in Deutsch und noch besser in Kunst. Sie malt phantastische Bilder. Ihre Lehrerin ist begeistert von ihren Werken und immer wenn sie mit den Eltern spricht, schaut sie schon in die Zukunft. Marie muss auf jeden Fall einen künstlerischen Beruf erlernen, man muss dieses Talent unbedingt fördern. Karoline und Jochen sind stolz auf ihre begabte Tochter und durchaus entschlossen ihr nicht im Weg zu stehen. Nun ein paar Jahre werden noch ins Land gehen bis die Kleine ihren eigenen Weg geht. Sie mögen noch gar nicht daran denken.

Auch über Jan machen sich die Eltern Gedanken. Der Kleinste im Bunde macht sich nichts aus Holz, sondern ist in jeder freien Minute bei Gustav. Sie haben nichts dagegen, denn Gustav kümmert sich wie ein Vater um Jan. Jochen und Karo wollen ihre Kinder auf keinen Fall in Berufe drängen, die sie nicht mögen. Wenn er Bauer werden will, weil das seine große Leidenschaft ist, dann werden sie nicht dagegen sein.

Die Jahre vergehen. Max ist fertig mit der Tischlerlehre und arbeitet jetzt als Geselle bei seinem Vater. Er ist sehr tüchtig und Jochen ist froh so kompetente Hilfe zu haben, besonders weil er in letzter Zeit immer öfter abgeschlagen ist.

Marie hat es geschafft auf der Kunsthochschule in Hamburg einen Platz zu bekommen. Es war nicht leicht für sie vom Dorf in die Groß-stadt zu wechseln, und dennoch hat sie sich schnell eingelebt. Auch ihre Eltern haben in der ersten Zeit Schwierigkeiten los zu lassen.

-Ach die kleine Marie, sie ist doch noch so jung. Und was alles passieren kann, gar nicht auszudenken-. Doch nachdem sie sie mehrere Male besucht und ihr kleines gemütliches Zimmer begutachtet haben und Marie ihnen die wunderschöne Stadt gezeigt hat, sind sie etwas beruhigter. Irgendwann sind die Kinder flügge und sie müssen ihre eigenen Entscheidungen treffen, selbst wenn Eltern diese nicht immer richtig finden.

28

Der Hoferbe

Jan ist inzwischen vierzehn Jahre alt und beschäftigt sich nach wie vor am liebsten bei seinem Onkel Gustav im Kuhstall oder auf dem Feld. Gustav und Jan sind verwandte Seelen. Sie verstehen sich ohne viele Worte. Jan springt, nachdem er schnell seine Hausaufgaben er-ledigt hat, in die Arbeitsklamotten, schwingt sich auf sein Fahrrad und saust zu Schlünz auf den Hof. Nach den Holzgerüchen der väter-lichen Tischlerei, die er durchaus liebt, atmet er nun landwirtschaft-liche Düfte ein und fühlt sich augenblicklich zu Hause. Egal ob im Stall oder auf dem Feld, es fühlt sich für ihn richtig an. Diese Arbeit macht ihm Spaß.

Und Gustav ertappt sich immer öfter bei dem Gedanken, den hoch-geschossenen, fleißigen Jungen zu seinem Erben zu bestimmen, denn er ist für ihn ein Glücksfall. Er könnte mit seinen blonden kurz geschnittenen Haaren und den hellen Augen sogar als sein Sohn durchgehen. Er muss unbedingt mit Emmi, Jochen und Karo darüber sprechen.

Eine gute Gelegenheit ergibt sich bei einem gemeinsamen Strandspaziergang im Frühjahr. Gustav druckst ein wenig herum, um zu seinem Thema zu kommen. „Hm, Jochen und Karo, habt ihr euch eigentlich schon mal Gedanken über die Zukunft eures Jüngsten gemacht? Wo er sich in seiner Freizeit immer rumtreibt, das wisst ihr ja wohl. Jan und ich verstehen uns prima und Emmi, " jetzt schaut er verschmitzt zu seiner Frau, " hat ihn ja schon lange in ihr Herz geschlossen." Jochen und Karo sehen ihn an. „Soll er etwa Landwirtschaft studieren?" Er nickt heftig. „Das wäre wohl das Beste für uns alle, denn ich kann mir ihn nicht irgendwo im Büro vorstellen." „Ne, das können wir allerdings auch nicht." „Seht ihr, und darum habe ich mir gedacht, Jan als meinen Erben einzusetzen. Natürlich nur, wenn ihr einverstanden seid." Jochen und Karo bleiben wie angewurzelt stehen. „Ist das dein Ernst? Da kenne ich aber einen, der überglücklich wäre. Und Gustav, auch uns als Eltern machst du sehr froh und stolz." Gerührt umarmen sich die Vier.

Ein paar Tage später sitzen sie abends alle bei Gustav und Emmi in dem schönen Haus gemütlich im Wohnzimmer, Anna und Heinrich und sogar Marie sind dabei. Sie ist extra aus Hamburg gekommen, um an dem Familientreffen teilzunehmen. Alle sind eingeweiht, nur einer hat keine Ahnung was hier vorgeht.

Jan freut sich darüber, dass sie mal wieder alle beisammen sind. Er ist ein absoluter Familienmensch und seine Schwester fehlt ihm sehr seit sie in Hamburg ist. Mit der Begrüßung „Mann, Jan, du wirst ja immer größer. Wo willst du denn noch hin wachsen?" kommt sie ihm entgegengerannt. Und er fängt sie mit seinen kräftigen Armen auf und wirbelt sie herum, dass ihr ganz schwindlig wird. „Ich hab dich ja so vermisst, Schwesterlein. Lass dich mal ansehen, du wirst ja immer schöner! Ich glaube ich muss unbedingt deine Unschuld verteidigen." „Ach du alberner Kerl, ich kann schon selber auf mich aufpassen." Sie müssen lachen und er ergreift ihre Hand. „Komm, Mama, Papa und Max warten schon auf dich."

Hanna hat den Tisch schön gedeckt und einige Leckerbissen zubereitet. Bei angeregter Unterhaltung lassen sie sich es gut schmecken. „Na Marie, hässt du di all gut inleevt in de Grootstadt?" Heinrich kann es mal wieder nicht lassen Platt zu schnacken. Sie lacht. „Zuerst war es ja alles ein bisschen ungewohnt. Ihr könnt euch nicht vorstellen wie viele Straßen es in Hamburg gibt. Und ich hab mich dauernd verlaufen, aber mit der Zeit komm ich schon klar. Man kann es eben nicht mit Döhnsdorf vergleichen." Anna meint; „Da gibt es doch bestimmt jede Menge gutaussehende, junge Männer, die mit dir ausgehen wollen, so hübsch wie du bist." Jetzt muss Marie laut lachen; „Na klar, sie stehen an jeder Ecke und warten nur auf mich. Ach Tante Anna, auch dort muss man sich erst mal kennen lernen." Es ist ein fröhliches hin und her Geplänkel bei dem jeder auf seine Kosten kommt.

Nach dem Essen klopft Gustav kurz an sein Glas und räuspert sich und schaut einmal langsam in die Runde. „Erst einmal freuen Emmi und ich mich euch alle bei uns zu haben. Und Marie, es ist schön auch dich hier zu sehen. Er grient; „So, und nun zu dir mein lieber Jan. Du bist hier heute die Hauptperson." Jan zieht die Augenbrauen hoch und Gustav macht eine Pause. „Ich habe mir lange überlegt wie ich es dir sage, doch bevor ich jetzt eine lange Rede halte, versuche ich mich so kurz wie möglich zu halten. Erstmal bin ich froh dass du mein Freund bist, und ohne deine fleißige Hilfe fast jeden Tag könnte ich gar nicht mehr fertig werden. Ich habe dich so gern, dass ich mir sogar vorstellen könnte dein Vater zu sein. Natürlich will ich keinem zu nahe treten, besonders nicht deinen Eltern. Du weißt ja wir haben keine eigenen Kinder. Das bedauern wir, können es aber leider nicht ändern. Darum möchte ich dir meinen Betrieb, in der Gewissheit den geborenen Landwirt in dir gefunden zu haben, vererben!" Jan, ein bisschen blass um die Nase, sitzt wie angewurzelt da und bekommt den Mund nicht mehr zu. Er hat die ganze Zeit aufmerksam zugehört und glaubt seinen Ohren nicht zu trauen. Gustav hat wie die ganze Familie mit Rührung zu kämpfen. Langsam dringt bei Jan durch was er zu ihm gesagt hat. „Du willst mir den Hof schenken? Einfach so?" Gustav nickt. „Natürlich nur, wenn du es auch möchtest. Alle lieben Leute hier in diesem Raum sind damit einverstanden, sogar Onkel Klaus, der heute leider nicht dabei sein kann. Du brauchst nur ja zu sagen." Jan springt so heftig auf, dass der Stuhl umkippt, rennt um den Tisch zu Gustav und Emmi, umarmt sie beide und sagt laut und deutlich mit Tränen in den Augen; „Ja, ja, ja, ich möchte euer Erbe sein. Hoffentlich werde ich euch nie enttäuschen." Zu den anderen gewandt; „Vielen Dank, dass ihr so viel Vertrauen in mich setzt. Ihr habt mich zwar überrumpelt, aber ich bin froh, denn ich habe mir immer gewünscht Bauer zu sein." „Na, dann wollen wir mal alle auf unseren zukünftigen Jungbauern anstoßen." Alle erheben ergriffen ihr Glas.

Mit diesen Aussichten geht Jan noch lieber in die Schule, um seinen Realabschluss zu machen, denn ein dummer Bauer will er auf keinen Fall sein. Er ist sechzehn, als er bei Gustav die landwirtschaftliche Lehre antritt.

29

Die Wahrheit

Die dunkle Vorahnung, die sich manchmal in Karos Gedankenwelt einschleicht, erfüllt sich in schrecklicher Konsequenz.

Jochen, sonst immer fröhlich und zu Späßen aufgelegt, dem kaum mal etwas zuviel wird, sitzt jetzt häufig erschöpft auf dem Sofa, den

Kopf in die Hände gelegt. Er sieht grau und müde aus. Seine Sachen schlottern um seinen mageren Körper. Die vielen Arztbesuche haben nichts ergeben, doch Jochen fühlt sich todkrank. Karo tritt besorgt ins Wohnzimmer, und als sie ihn dort wie ein Häufchen Unglück sitzen sieht kommen ihr die Tränen. „Ach Jochen, was ist nur mit dir, ich habe solche Angst um dich." Sie setzt sich zu ihm und legt den Arm um seine einst kräftigen Schultern. „Ich liebe dich so sehr! Du darfst mich nicht allein lassen." Er schaut sie traurig aus matten Augen an. „Du weißt wie sehr ich dich liebe Karo, wie gerne ich bei dir sein möchte, aber ich bin so müde und erschöpft."

In der Klinik in Kiel, in die er letztendlich von seinem Hausarzt eingewiesen wird, stellt man nach vielen Untersuchungen Bauchspeicheldrüsen- und Leberkrebs im Endstadium fest.

Im Sprechzimmer begegnen Jochen und Karo einem mitfühlenden Menschen, der ihnen die schonungslose Wahrheit offenbaren muss. Der Facharzt druckst herum und sucht nach Worten, aber in der Gewissheit diese Krankheit nicht heilen zu können, nützt das ganze drum herum reden nichts. Es fällt ihm dennoch sehr schwer das Richtige zu sagen.

„Herr Bender, Frau Bender, was ich ihnen jetzt zumute, tut mir unendlich leid, aber ich muss bei der Wahrheit bleiben. Der Bauchspeicheldrüsenkrebs, der meistens in Verbindung mit Leberkrebs einhergeht, ist leider nicht heilbar. Das Heimtückische an dieser Krankheit ist, dass sie sich jahrelang langsam und schmerzlos entwickeln kann. Die Medizin ist in diesem Fall leider machtlos. Wir können ihnen nur für die letzte Zeit eine Schmerzbehandlung anbieten. Wenn sie Fragen haben oder einen Rat brauchen, stehe ich ihnen auch weiterhin gerne jederzeit zur Verfügung."

Jochen, der die Diagnose geahnt hat, ist erstaunlich gefasst, doch Karo schluchzt auf. „Können sie denn gar nichts mehr machen, Herr Doktor?"

Er schüttelt bedauernd den Kopf. „Versuchen sie die ihnen verbleibende Zeit zu nutzen. Vielleicht haben sie noch einen Wunsch, den sie sich erfüllen möchten." „Herr Doktor, wie viel Zeit bleibt mir noch?" „Das ist schwer zu sagen Herr Bender, ein paar Monate, oder ein halbes Jahr."

Mein Gott, Karo ist am Boden zerstört. Wie soll sie es nur ihren Kindern beibringen? Sie muss jetzt stark sein, unter ihr scheint sich der Boden zu öffnen.

„Marie, meine Kleine, kannst du bitte sofort nach Hause kommen?" Karo weint am Telefon und Marie bekommt einen Schreck. „Mama was ist los bei euch? Was ist denn nur passiert?" „Es geht um Papa. Er ist sehr krank, er hat Krebs im Endstadium." Jetzt weinen sie beide.

Max, Marie und Jan sitzen reglos auf dem Sofa, als sie die Einzelheiten über die Krankheit ihres geliebten Vaters erfahren. Ihre Mutter ist bemüht sachlich zu bleiben, was ihr jedoch nicht immer gelingt. Zu schmerzlich sind ihre Gedanken an Jochen.

„Ich bin ja so froh euch zu haben." Sie wendet sich an jeden einzelnen. „Max, du arbeitest ja schon lange mit deinem Vater in der Werkstatt. Von nun an musst du sie auch leiten. Traust du dir das zu?" Er nickt zustimmend, wobei seine schwarzen Locken in die blasse Stirn fallen. „Marie, meine Kleine, du wirst weiter dein Studium betreiben. Das Geld werden wir dank Max' Tüchtigkeit weiter aufbringen." „Und nun zu dir Jan. Du bist der jüngste und bist bei Onkel Gustav gut aufgehoben. Ich freue mich, dass dein Wunsch Bauer zu werden in Erfüllung geht." Karo kämpft mit den Tränen. „ Ihr seid alle so gut geraten, dass ich mir um euch keine Sorgen machen muss. Nun wollen wir Papa seine letzten Tage so leicht wie möglich machen." Sie geht auf ihre erwachsenen Kinder zu, um sie zu umarmen.

Selbst wenn Jochen noch Wünsche gehabt hätte, so wäre er schon viel zu schwach, um sie noch verwirklichen zu können. Er liegt im Bett und kann nicht mehr aufstehen. Die starken Medikamente sorgen dafür, dass er keine Schmerzen hat, aber sie vernebeln seine Gedanken. Nur in kurzen hellen Momenten kann er über sein Leben nachdenken.

Er hat so ein Dusel gehabt, hat den Krieg heil überstanden und seine große Liebe gefunden. Der Betrieb, den er mühsam nach dem Krieg wieder aufgebaut und der Beruf haben ihn zu einem zufriedenen Menschen gemacht. Das höchste Glück ist jedoch die Ehe, mit seiner geliebten Karo und die Kinder, die so gut geraten sind. Nun wird er sie bald allein lassen müssen. Er weiß sie wird es schaffen ohne ihn. Es ist in Ordnung, er hat mit seinem Leben abgeschlossen. Alle Kraft hat ihn verlassen.

Karo umsorgt ihn Tag und Nacht, wobei sie von Thea der guten Seele, aber auch von Emmi, die sich so viel Zeit nimmt wie es möglich ist, unterstützt wird. Tagsüber sitzen Max, Marie oder Jan oft am Bett ihres Vaters. Manchmal ist es ihm möglich sich mit ihnen zu unterhalten, aber immer öfter schläft er erschöpft ein. Sie sind erschüttert über seine Hinfälligkeit. Die Krankheit hat ihren starken Vater, der immer Rat wusste, wenn sie mit ihren Schwierigkeiten zu ihm gekommen sind, zu einem mageren, blassen Bündel Elend werden lassen. Seine erwachsenen Kinder nehmen traurig Abschied, sie hoffen dass das Leiden bald ein Ende hat.

Es ist Anfang Oktober1979, alle Familienmitglieder befinden sich im Krankenzimmer. Sie können es gar nicht glauben, aber Jochen sitzt an stützende Kissen gelehnt, lacht und erzählt. Haben die Ärzte sich geirrt? Leider nein. Schon am nächsten Tag schließt er seine Augen für immer.

Jochen ist dreiundsechzig Jahre alt geworden.

Die Beerdigung einige Tage später sprengt jeden Rahmen. Die Beliebtheit und Wertschätzung Jochen Benders drängt so viele Leute zur Trauerfeier in die Kirche zu Blekendorf, dass einige sogar nur stehend an der Trauerfeier teilnehmen können. Die Angehörigen und Freunde sitzen in der ersten Reihe. Karo und ihre Kinder sind gefasst. Kränze über Kränze sind vor dem geschmückten Sarg verteilt. Die Blumen verströmen ihren schweren Duft. Der Pastor findet die richtigen Worte und spricht der Familie Trost zu. Nach der Predigt und den gemeinsamen Liedern begleiten sie den Toten zu seiner Grabstelle. Nachdem der Sarg hinuntergleitet und Erde und Blumen ihn bedecken und viele Leute ihr Beileid ausgesprochen haben, geht es für die Familie und die Freunde nach Döhnsdorf, wo Thea und Hanna sie schon mit Kaffee und Kuchen erwarten.

Zwei Jahre später.

Karo steht am Fenster und schaut in den Himmel. Der Herbstwind jagt die Wolken vor sich her, immer wieder blitzt sekundenlang die Sonne hervor. Auch wenn die größte Trauer vergangen ist, hängt sie oft ihren trüben Gedanken nach. Nie wieder wird Jochen dieses Schauspiel der Natur erleben können. Nie wieder wird er sich an seinen Kinder erfreuen können. Nie wieder wird er sie in den Arm nehmen und sie mit seinen hellen Augen so herausfordernd ansehen, dass ihr die Knie weich werden. Nie wieder wird sie mit ihm reden können. Karo fühlt sich auf einmal so einsam und verlassen, dass es schmerzt.

Linderung kann nur ein Spaziergang am Strand bringen. Sie zieht einen Anorak an und stülpt sich eine warme Mütze über ihr üppiges rotes, inzwischen mit weißen Fäden durchzogenes, Haar. Ein paar wilde Locken lassen sich nicht bändigen, Karo beachtet sie gar nicht. Sie sagt kurz Bescheid; „Thea, ich mache einen Spaziergang am Wasser." Thea nickt, denn sie weiß, so kommt Karo am besten mit sich ins Reine.

Der Wind bläst vom Meer direkt in ihr Gesicht. Sie fühlt und riecht das aufgewühlte Wasser. Ja, aufgewühlt, das passt auch zu ihr. Sie marschiert am Ufer in Richtung Steilküste. Ihre Gedanken sausen wie ein Karussell in ihrem Kopf herum. Sie muss sich etwas suchen, das sie ausfüllt und ablenkt, denn Thea kann und will sie nicht entlassen, sie gehört zur Familie und der Haushalt liegt schon seit etlichen Jahren in ihren fleißigen Händen. Die Kinder sind erwachsen und brauchen sie auch nicht mehr. Also, was soll sie tun? Ihr kommt auf einmal so ein abwegiger Gedanke, den sie sofort wieder verwirft. Oder doch nicht? Holz! War das nicht schon immer ihr Wunsch? Edles Holz riechen, anfassen, bearbeiten. -Ich glaube ich muss mal mit Emmi reden, mal sehen was sie dazu meint. –

Nach dem Strandspaziergang fährt Karo nach Blekendorf zum Friedhof. Sie hält Zwiesprache mit Jochen. Natürlich ist ihr klar, dass sie nicht wirklich mit ihm reden kann, doch es hilft ihr, wie damals als ihre Oma starb, Klarheit zu schaffen. -Ich überlege ob ich noch etwas machen sollte. Ich habe ja immer von Holz geträumt. Ob es das Richtige ist weiß ich nicht, vielleicht mach ich auch etwas ganz anderes. Wahrscheinlich bin sowieso schon zu alt dafür, und ob ich so viel Kraft habe weiß ich auch nicht. -

Natürlich bekommt sie keine Antwort, aber sie hat das Gefühl, das Jochen es gutheißen würde, wenn sie sich mit etwas beschäftigen würde. Hier am Grab ist sie ihrem geliebten Mann besonders nahe. Gestärkt legt sie ein paar Blüten von den Heckenrosen, die sie eben auf den Dünen am Strand gepflückt hat, nieder.

- Bis bald Liebster. -

30

Laufen lernen

Emmi ist in dieser schweren Zeit oft in Gedanken bei ihrer Freundin. Meistens schaut sie nach Feierabend noch mal bei Karo ein. „Na, kleine Schwester, wie geht es dir heute?" Sie nimmt sie in den Arm, wenn die Tränen gar zu locker sitzen.

Doch heute merkt sie, dass sich etwas verändert hat. Karo sieht nicht mehr ganz so verzweifelt aus, und Emmi spürt einen Hauch von Energie. Sie ist sehr froh darüber.

„Weißt du was, Emmi, ich habe mir heute den ganzen Tag Gedanken über meine Zukunft gemacht. Vielleicht hört es sich ein bisschen komisch an, dass ich in meinem Alter noch so rede, aber es ist doch eine Tatsache, dass ich hier keine Aufgabe mehr habe. Du weißt ja, meine Kinder sind gut geraten und erwachsen, sie brauchen mich nicht mehr. Der Handwerkerhaushalt und alles was dazu gehört, sogar der Garten wird bestens von Thea bestellt. Also, die Frage ist doch, was soll ich mit meinen einundfünfzig Jahren noch machen? Trübsal blasen oder mein Leben in die Hand nehmen und noch mal etwas ganz Neues beginnen?"

Emmi ist baff, damit hat sie nun gar nicht gerechnet, doch sie fängt sich schnell.

„Nun mal langsam Karo. Wie ich heraushöre bist du nicht mehr ausgefüllt mit deinem jetzigen Leben, um das dich sicher einige beneiden. Ich kann dich trotzdem gut verstehen, denn schließlich möchte man sich fordern." Sie überlegt einen Augenblick und hat dann eine, wie sie meint, grandiose Idee. „Ja, das ist es Karo! Nun sag bloß nicht gleich nein! Du weißt doch, dass ich schon lange nach einem Mannequin Ausschau halte, das zu meiner jetzigen Modekollektion passt, und im mittleren Alter so um die fünfzig ist. Ich kann gar nicht begreifen wieso ich nicht schon lange darauf gekommen bin. Du siehst blendend aus, hast eine super Figur und bist nun auch noch unabhängig. Über die Bezahlung werden wir uns schon einig. Was sagst du dazu?"

Nun ist es an Karo verblüfft zu sein. „Meinst du wirklich, dass ich so etwas könnte?"

„Oh ja! Du wärst das aparteste Model, das ich kenne. Wir würden groß heraus kommen. Allerdings würden die Leute sich wieder das Maul zerreißen. Du weißt schon, das sind doch bloß Flüchtlinge, die sind ja gar nicht von hier. Da müssten wir natürlich drüberstehen. Du weißt ja wie sie sind. Auch in hundert Jahren sind wir noch die Fremden."

„Emmi, soll ich dir mal was sagen? Du bist eine tolle Person, mit dir kann man Pferde stehlen und du hast die besten Ideen. Ich verspüre schreckliche Lust gegen jeden klaren Verstand, ja zu sagen." Emmi lacht erfreut auf und nimmt ihre Freundin in den Arm. „Hast du etwas da mit dem wir anstoßen können?" Karo schenkt Likör in zwei kleine Gläser. Sie prosten sich zu und müssen lachen. „Damit ist der Vertrag besiegelt!"

„Ich bin ja mal gespannt was meine Leute dazu sagen werden. Ich bin nämlich nicht auf Widerstand aus und ich möchte natürlich auch nichts überstürzen. Ich will es noch eine Weile für mich behalten."
„Das versteh ich auch Karo. Aus Erfahrung weiß ich, man kann immer und überall trauern und an den geliebten Menschen denken. Manchmal kann es sogar helfen beschäftigt und abgelenkt zu sein. Jochen wäre bestimmt stolz auf dich."

Sie sitzen im gemütlichen Wohnzimmer, eine auf dem Sofa und die andere auf dem Sessel. Man sieht Emmi an, wie sie angestrengt überlegt. Sie ist Feuer und Flamme von ihrer Idee.

„Erst mal muss ich sämtliche Entwürfe entwickeln, dann fangen wir mit den Anproben an, da braucht noch niemand zu wissen, dass wir zusammen arbeiten. Bis die Kampagne läuft ist schon eine ziemliche Zeit vergangen. Inzwischen kannst du in der Tanzschule gehen lernen."

Karo schaut sie fragend an. „Gehen lernen? Du meinst so über den Laufsteg wackeln?" „Hm, stell dir das nicht zu leicht vor. Man braucht eine gewisse Technik dafür, und deshalb musst du es lernen, Punkt."

Karo verspürt so ein Kribbeln, so eine Lust etwas zu unternehmen, dass sie am liebsten sofort mit allem anfangen möchte.

Emmi verabschiedet sich und gibt ihr einen Kuss auf die Wange. „Also kleine Schwester, schlaf noch mal drüber."

Doch an Schlaf ist diese Nacht nicht zu denken. Zu viel Aufruhr ist in Karos Kopf. Das Karussell dreht sich wieder. Unausgeschlafen wendet sie sich am nächsten Morgen an Thea, die im Laufe der Jahre eine Freundin geworden ist. Sie nehmen die morgendliche Mahlzeit immer zusammen ein. Max und Jan sind schon längst bei ihrer Arbeit, so können sie in Ruhe reden. Thea merkt sofort, dass sich etwas geändert hat. „Was ist los Karoline, du bist so anders als sonst."

„Ich habe zwar eine schlaflose Nacht hinter mir, aber ich fühle mich lebendig wie lange nicht mehr. Ich weiß gar nicht ob ich schon mal mit dir über meine Gedanken, noch etwas Sinnvolles zu machen, geredet habe. Gestern am Strand ist mir klar geworden, dass ich hier keine Aufgabe mehr habe. Du machst den Haushalt besser als ich es je könnte, die Kinder sind erwachsen und kommen bestens allein klar. Thea, Emmi und ich haben gestern was ausgeheckt, das mein Leben wahrscheinlich total ändern wird. Du bist die Erste die davon erfährt, ansonsten möchte ich es noch für mich behalten." Jetzt horcht Thea neugierig auf. „Nun erzähl doch endlich."

„Halte dich fest. Ich werde Emmis neues Mannequin. Sie entwirft eine neue Kollektion für Frauen um die fünfzig. Was hältst du davon? Deine Meinung ist mir wichtig."

Sie grient; „Tja, ob du es nun glaubst oder nicht, ich hab schon oft gedacht, du siehst so apart aus, da müsste man was draus machen. Ich find es toll, dass ihr meine Idee verwirklichen wollt." Sie fängt an herzlich zu lachen und Karo stimmt erleichtert mit ein.

Emmi und Gustav führen allen Unkenrufen zum Trotz eine glückliche Ehe, seit inzwischen sechzehn Jahren. Es klappt hervorragend, weil jeder die Freiheit hat seine eigenen Wege zu gehen. Sie sind verliebt wie am ersten Tag und jede freie Stunde genießen sie zusammen. Gustav ist irre stolz auf den Erfolg seiner Frau. Ab und zu zieht Emmi ihre Gummistiefel und die alten Arbeitsklamotten an und arbeitet mit ihm im Stall. Dieses sind immer noch ganz besondere Momente in ihrem gemeinsamen Leben.

Heinrich und Anna sind im wohlverdienten Ruhestand. Mit achtzig und sechsundsiebzig sind sie auch nicht mehr die Jüngsten. Gustav hat nie bereut Jan zu seinem Erben zu machen. Mit ihm zusammen ist es ein Leichtes den Hof auf Vordermann zu bringen. Der Viehbestand wird immer noch beim Melken mit klassischer Musik berieselt. Die Spötter glauben nicht an eine höhere Milchproduktion. Doch darauf kommt es Gustav und Jan auch nicht an. Es geht ihnen um das Wohlfühlen von Mensch und Tier.

Emmi hat Gustav noch nicht in ihren neusten Plan eingeweiht, denn sie will noch die letzte Zusage von Karo abwarten. Sie steckt bis über beide Ohren in Arbeit. Die letzten Entwürfe sind noch nicht fertig, die will sie ganz auf ihr neues Model abstimmen.

Nachdem Karo mit Thea über ihre Zukunftspläne gesprochen hat, ist sie sich sicher diesen Job zu machen. Sie hätte sich nie träumen lassen mit ihrer Freundin, nein, ihrer großen Schwester, zusammen zu arbeiten. Nun muss sie nur noch ihre Kinder einweihen. Davor hat sie ein wenig Respekt, doch haben Jochen und sie sie nicht zur Toleranz erzogen?

Am Wochenende, Marie ist aus Hamburg gekommen, sitzen sie alle im Wohnzimmer. Als Karo so in die Runde schaut erblickt sie die neugierigen Augen ihrer erwachsenen Kinder. Also nimmt sie ihren ganzen Mut zusammen und erklärt Max, Marie und Jan lächelnd was sie nun zu tun gedenkt.

„Emmi und ich haben etwas ausgeheckt, was mein Leben ein wenig verändern wird. Ihr habt sicher schon bemerkt, dass ich keine richtige Aufgabe mehr habe. Das bisschen Arbeit hier füllt mich natürlich nicht aus, denn ich fühle mich noch zu jung fürs Altenteil. Darum werde ich ab jetzt Emmis Mannequin sein. Sie entwirt gerade eine Kollektion für Frauen um die fünfzig." Bevor sie weiter reden kann, wirft Marie ein; „Super Mama, so wie du aussiehst, wirst du eine Berühmtheit. Ich freue mich so für dich." Sie springt auf und umarmt heftig ihre Mutter. Max dagegen ist skeptisch. „Mama ich weiß nicht ob das gut ist, du könntest doch zufrieden sein, so wie es ist. Ich muss auch an unsere Kunden denken. Die Leute werden reden."

„Na und?" Jan guckt ihn herausfordernd an. „Die Leute reden immer. Ich finde unsere Mutter sollte das machen können wozu sie Lust hat. Uns hat doch auch keiner gesagt, was wir tun oder lassen sollen. Warum sollten ausgerechnet wir etwas dagegen haben?"

„Max, ich habe nicht um eure Einwilligung bebeten. Ich habe mich längst entschieden.

Um euch nicht zu kompromittieren, werde ich unter dem Namen meiner Mutter, nämlich Sophia Ulldahl, auftreten. Was haltet ihr davon?" „Das ist eine gute Idee, " gibt Max zu. „Wir sind unglaublich stolz auf dich, Mama!"

Obwohl Karo nicht gedacht hat, dass eines der Kinder mit ihrer Entscheidung nicht einverstanden sein könnte, ist sie nun doch erleichtert. Es ist natürlich etwas ungewöhnlich, so einen neuen Lebensabschnitt in ihrem Alter zu beginnen. Doch sie fühlt sich endlich wieder lebendig.

31

Durchbruch

Nun wo alles geklärt ist, fährt Karo ein wenig aufgeregt zu ihrer Freundin nach Lütjenburg. Sie findet sie in ihrer Werkstatt, wo sie sehr engagiert ihren Angestellten beschreibt, wie sie sich ihre nächste Kollektion vorstellt.

„Guten Morgen, ich hoffe ich störe nicht." Emmi schaut erfreut hoch; „Du störst doch nie, Karo. Komm, wir gehen in mein Büro." Arm in Arm gehen sie in den kleinen Raum. „Und nun, hast du mir was zu sagen?" Karo spannt sie noch ein wenig auf die Folter. „Ja, was soll ich sagen. Meine Kinder waren sehr skeptisch und da habe ich noch mal nachgedacht. Vielleicht sollte ich mir das Ganze aus dem Kopf schlagen." Sie sieht die grenzenlose Enttäuschung auf Emmis Gesicht und kann nicht mehr an sich halten. Sie springt auf, „Keine Panik große Schwester, das ist alles Quatsch. Meine Kinder sind begeistert, nur Max hatte anfangs einige Einwände, die ich aber zerstreuen konnte.

Nun kann ich es kaum erwarten endlich loszulegen." Sie umarmen sich freudig. „Nur eins, ich möchte unter dem Namen meiner Mutter auftreten. Es könnte sein, das die Leute sonst unsere Werkstatt meiden, und das möchte ich Max auf keinen Fall zumuten." „Das ist eine sehr gute Idee, so gerät der Name Sophia Ulldahl nicht in Vergessenheit. Bei Mannequins nennt man manchmal auch nur den Vornamen."

„So, jetzt werden wir erst mal Sabine und die anderen einweihen und uns auf die Freude einen kleinen Sekt gestatten."

Wie erwartet sind ihre Leute auch begeistert von der Idee Karoline die neue Mode vorführen zu lassen. „Du musst natürlich noch ein bisschen aufgepeppt werden. Vor allem musst du gehen lernen, wir sprachen ja schon davon. In der Tanzschule werden sie uns bestimmt helfen." Emmi ist jetzt in ihrem Element. „Wir werden gleich mal hingehen. Zwischendurch wirst du immer zur Anprobe erscheinen. Meinst du, du bekommst das hin?" Karo lacht; „Wenn es weiter nichts ist."

Die Freundinnen arbeiten prächtig zusammen. Anprobieren, gehen lernen, anprobieren, gehen lernen. Die Wege sind kurz in der Kleinstadt und Karo hat Spaß an der Arbeit. Jetzt in den letzten Vorbereitungen zu der großen Modenschau wird es abends immer spät. Das gehört zum Job dazu.

Die Modelle sind teilweise ausgefallen, von sportlich bequem über städtisch elegant bis zur Abendgarderobe. Emmi ist ein kreativer Mensch, selbst beim Anpassen fällt ihr immer noch etwas ein. Hier lässt sie eine Falte weg, dort muss noch unbedingt eine Schleife hin, der Rock muss länger oder kürzer, der Ausschnitt größer oder kleiner, eckiger oder ovaler sein. Sie ist in ihrem Element. Karo fühlt sich endlich wieder gefordert und es kann ihr gar nicht zu viel werden.

Der Haltungskursus hat bei ihr bewirkt, dass sie sich ganz bewusst bewegt. Der Gang ist weich und fließend, nicht so extrem wie bei den jungen Kolleginnen. Sie trägt jetzt fast immer hochhackige Schuhe, weil man damit graziöser geht.

Eine junge Stilistin arbeitet an ihr. Es muss ein Schminkstil gefunden werden, der ihre grünen Augen betont und ihren zarten Teint nicht übertüncht. Ein paar Sommersprossen sollten noch durch die Grundierung blitzen. Einige Frisuren, die ihrer üppigen Haarpracht Rechnung tragen, werden ausprobiert. Egal was aus ihrem Typ gemacht wird, sie sieht immer zauberhaft aus. Trotz der weißen Strähnchen, die sich zart durch ihr Haar ziehen, muss man schon ganz genau hinsehen um ihr Alter zu erkennen.

Noch eine hübsche Frau mittleren Alters erscheint regelmäßig zur Anprobe. Es ist Gunda, sie ist naturblond, blauäugig und nicht gerade gertenschlank. Emmi hat sie absichtlich gewählt. Ein kluger Schritt, denn schließlich will sie ihre Mode ja vermarkten, auch an Frauen, die in dem Alter etwas voller sind und nicht unbedingt der Idealfigur der Modezeitschriften entsprechen.

Gustav schneit ab und zu mal herein, um seiner geliebten Frau wenigstens für ein paar Minuten nahe zu sein. Er schaut ihnen bei der Anprobe zu und ist fasziniert von den beiden Frauen. „Emmi, das war ja wohl dein bester Einfall mit Karo. Die Sachen sehen einfach toll aus an ihr. Überhaupt, ihr seid die schönsten Frauen, die ich kenne." Er wiederholt seine Worte, die er vor Jahren, als er noch nicht mal daran gedacht hat, Emmi einen Antrag zu machen, verlegen ausgesprochen hat. Karo dreht sich vergnügt um sich selbst.

„Ich glaube die Modenschau wird diesmal ein Riesenerfolg, Emmi."
„Hm, das glaube ich auch, Liebling." Einen liebevollen Kuss für Emmi und ein kleines Küsschen auf die Wange für Karo und Gustav lässt die Damen weiter arbeiten.

Der große Tag rückt näher und noch mehr Hektik und Nervosität halten Einzug in die große Nähstube. Die letzten Sachen müssen noch fertig genäht, in Kleidersäcke gesteckt und für den Transport zur Schau auf Ständer gehängt werden. Die Reihenfolge der Kleider muss noch abgestimmt werden, dafür nehmen sich alle Zeit, denn auch davon hängt der Erfolg ab.

Die Werbung für Emmi Kollers Modenschau ist schon in den Zeitungen, diesmal findet sie im Saal eines Lokals in Hamburg Winterhude statt.

Endlich geht es los. Tage vorher haben Emmi und Sabine mit ihren Mannequins alles in Augenschein genommen und die letzten Feinheiten abgestimmt. Die Musik zur Untermalung kommt vom Band. Jan, der manchmal im Dorf Disc-Jockey spielt, hat sie für die Schau aufgenommen. Sie sind alle in heller Aufregung, so groß wurde Emmis Modenschau noch nie aufgezogen.

Da Emmi nur zwei Models hat, die im Wechsel die Kleidung vorführen, muss es mit dem An- und Ausziehen wie am Schnürchen gehen. Ihre Näherinnen helfen dabei, dass alles klappt.

Zu jedem Kleid hat Emmi die passenden Schuhe ausgewählt. Hüte oder ins Haar geschlungene Tücher verleihen ihren Werken Eleganz und Klasse.

Karo ist extrem aufgeregt, denn sie soll gleich auf den Laufsteg. Sie nimmt jeden Windzug von den hin und her laufenden Helferinnen, das Stimmengewirr aus dem Saal, und den unangenehmen Geruch von Zigarettenrauch wahr. Mein Gott, auf was habe ich mich nur eingelassen. Ich werde es keine drei Schritte schaffen. Nun erklingt die Musik zu ihrem Modell und Emmi gibt ihr einen kleinen Schubs. „Toi, toi, toi!" Und schon wird sie vom Scheinwerferlicht angestrahlt. Die ersten zögernden Schritte vor Publikum. Der Beifall rauscht in ihren Ohren, sie lächelt und das Lampenfieber ist wie weggeblasen.

Der Sprecher, ein Freund von Gustav, macht seine Sache ganz passabel. Nachdem er die Modeschöpferin vorgestellt hat, beschreibt er jedes Modell das gerade von Sophia oder Gunda über den Laufsteg geführt wird, in allen Einzelheiten. „Gunda trägt ein sportliches Kostüm aus Jersey, in wunderschönen Blautönen, das durch den langen Schlitz im Rock sehr bequem ist. Die taillierte Jacke und die wadenumspielende Länge machen eine gute Figur." Beifall ertönt.

Der Saal mit den kleinen Tischgruppen ist gut gefüllt. Jan hat mit der ruhigen Popmusik eine schöne Untermalung geschaffen. Nach und nach werden alle Kreationen vorgestellt. Nach anfänglichem Lampenfieber schreitet „Sophia" wie ein Profi über den Laufsteg. Die tragbare Mode wird begeistert von den Gästen gefeiert, und hier und da sieht man Leute die etwas zu Papier bringen. Zum Schluss stellen die beiden Mannequins die zauberhafte Abendgarderobe vor. Arm in Arm schlendern sie über den Laufsteg, und nehmen die strahlende Emmi in ihre Mitte. Die Designerin bekommt rauschenden Beifall.

Mehrere Zeitungen berichten positiv und Gunda und Sophia bekommen eine ganze Fotoserie in einem bekannten Modemagazin. Sie sind auf einen Schlag bekannt.

Die Modenschau wandert von Ort zu Ort. Die große Abschlussschau findet in Lütjenburgs größter Lokalität statt.

Ein langer Artikel über die bekannteste Flüchtlingsfrau in der Gegend erscheint in der lokalen Presse. Fotos von Emmi und ihren Mannequins und den fleißigen Näherinnen aus dem Atelier nehmen einen großen Platz ein. Sabine, die von Anfang an dabei ist, wird besonders erwähnt, weil sie vor kurzem mit Bravour Meisterin geworden ist.

„Sag mal Karo, wie gefällt dir nun der ganze Rummel? Bereust du mit mir zusammen gearbeitet zu haben?" Emmi und Karo sitzen in einer ruhigen Minute in Emmis Büro. Karo lacht. „Ich habe mich selten so lebendig gefühlt wie in der letzten Zeit. Warum sollte mir das nicht gefallen? Und dann die Komplimente, die lassen doch keine Frau kalt." „Na, dann können wir ja weitermachen." Arm in Arm gehen die beiden Freundinnen wieder an die Arbeit.

32

Der Tote im Rinnstein

Keiner denkt mehr an jene Person, die schon einmal auf grausame Weise in Emmis Leben eingegriffen hat. Es erinnert sich kaum noch jemand an ein dreckiges, rache- und hasserfülltes Subjekt und ein schreckliches Verbrechen, das 1951 geschehen ist.

Es wird eine junge Frau vergewaltigt und fast totgeschlagen und eine andere, fast noch ein Kind, brutal ermordet. Der Vergewaltiger und Mörder wird überführt und zu vielen Jahren Zuchthaus verurteilt.

Der Hass hat ihn schon immer am Leben gehalten, erst im Krieg, später auch die ganzen langen Jahre im Zuchthaus. Die Mitgefangenen sind nicht weniger gefährlich als er und ihm, dem Einzelgänger, völlig egal. Er ist zu Freundschaft nicht fähig. Die Arbeit in der Wäscherei hält ihn bei Kräften und sorgt für einen guten Schlaf auf seiner harten Pritsche.

Einsicht etwas Schreckliches begangen zu haben, stört seine Nachtruhe nicht. Selbst der Priester gibt es nach mehreren Versuchen auf, ihn zu bekehren und ihn dazu zu bewegen seine Taten zu bereuen.

– Die Weiber haben doch selbst schuld. Und Emmi wird sich noch wundern. Schließlich ist es ihre Schuld, dass ich hier bin. Diese Hure! – Solche Gedanken begleiten ihn all die Jahre. Er malt sich immer wieder aus, wie er sich rächen wird.

Die Entbehrungen erträgt er gut, er hat ja noch nie viel besessen. Was ihm fehlt ist die frische Luft und die Freiheit zu wandern.

Als sich nach unendlicher Zeit die Tore der Hamburger Anstalt hinter ihm schließen, ist er wieder auf freiem Fuß. Er schaut in den dunklen verregneten Himmel über ihm und schreitet wie betäubt die Straße hinunter, mit einer Tasche in der Hand, in der seine kümmerlichen Habseligkeiten untergebracht sind.

Die Zeit ist nicht stehen geblieben in den vergangenen Jahren und er muss sich an die Rastlosigkeit der Menschen, den starken Verkehr auf den Straßen und die vielen Geschäfte gewöhnen. Im Männerwohnheim ist er erst mal gut untergebracht. Auch hier sucht er keinen Anschluss.

Einige Jahre vergehen, bis Egon Meier zufällig in der Zeitung die Anzeige zur Modenschau in Lütjenburg entdeckt. Sofort sind seine Lebensgeister geweckt. Er wird dort hingehen und sich inspirieren lassen.

- Ich werde mir ansehen wie die aufgetakelten Weiber über den Laufsteg wackeln. Die eine ist doch wieder diese rothaarige Hexe, die Emmi nicht von der Seite weicht. Mann, die haben es nötig. -

Er ist ihnen bis nach Lütjenburg gefolgt. Mit seinem Bündel auf dem Rücken, lebt er wie früher er auf der Straße.

Seine Pläne bringen ihn dazu in der Obdachlosenunterkunft zu baden, sich zu rasieren und saubere Sachen anzuziehen, um nicht zu sehr aufzufallen, wenn er am Abend in die Modenschau geht.

Es drängen viele interessierte Menschen in den Saal an die kleinen Tische. Keiner beachtet den großen, hageren Mann, der sich an einen Tisch vor dem Laufsteg schiebt und schwerfällig Platz nimmt.

Pünktlich beginnt die Präsentation. August moderiert nach mehreren Auftritten fast professionell den Ablauf. Die Models sehen wie immer zauberhaft aus, was Egon Meier anregt, seinen düsteren Phantasien freien Lauf zu lassen.

Nach der Modenschau hält er es nicht mehr aus. Er kann nicht mehr länger auf eine gute Gelegenheit warten, um Emmi oder Karoline zu überfallen, sondern hält nach einem leichteren Opfer Ausschau. Er begibt sich in eine wenig beleuchtete, enge Straße und spricht dort eine Prostituierte an, die lässig an einem Laternenmast lehnt. Sie werden sich schnell einig.

Kaum in ihrem, sparsam eingerichteten separatem Zimmer, reißt er ihr auch schon die spärlichen Sachen vom Körper. Damit sie nicht schreien kann, hält er ihr mit einer Pranke den Mund zu, mit der anderen schlägt er brutal auf sie ein. Sie ist ihm zu Willen, denn sie denkt, dass er dann von ihr ablässt. Doch er dringt plötzlich so hart in sie ein, dass sie vor Schmerzen aufschreit. Else kommt es vor wie Stunden, bis er endlich befriedigt aufstöhnt. Er steht auf, schaut grinsend auf die Frau unter ihm, die kaum noch atmet und sagt zynisch; „Das hat dir doch auch Spaß gemacht, oder?" Mit diesen Worten verlässt er schnell die Szene.

Ihrem Beschützer kommt es seltsam vor, sie längere Zeit nicht gesehen zu haben, darum sucht er nach ihr und findet sie schließlich zerschlagen in ihrem Zimmer. Das Gesicht zugeschwollen, der Körper blutig geschlagen, ein Arm gebrochen, so liegt sie gekrümmt vor Schmerzen, wimmernd auf dem Boden. „Else, um Gottes Willen, wer war diese Bestie!?" Leise flüstert sie, unter Schluchzen, so dass er sich anstrengen muss, um sie zu verstehen. „Er ist ein großer, alter Kerl, hager und sehr kräftig, er hat graue Haare und eine Narbe in der Hand. Ich glaube er wollte mich totschlagen." Sie weint und der Zuhälter streicht ihr über das Haar. „Else, du musst dringend ins Krankenhaus. Deine Wunden müssen behandelt werden." Er ruft den Krankenwagen, der in wenigen Minuten vor Ort ist.

Wenn Karlheinz auch streng ist mit seinen Mädchen, er würde sie nie schlagen. Darum ist er auch entsprechend sauer, zumal für längere Zeit eine Geldquelle ausfällt. Der Zuhälter ist groß und durchtrainiert. Unter seinem engen, dunklen Pullover spielen die Muskeln. Auf seinem, etwas einfältigem Gesicht hat sich Wut breit gemacht.

Egon Meier ist überzeugt, dass die Nutte ihn nicht beschreiben kann. Trotzdem will er den Ort zügig verlassen und weiter wandern. An die verletzte Frau verschwendet er keinen Gedanken.

Die Kleinstadt ist um diese Zeit wie ausgestorben. So ist es leicht einen großen, gebeugten, hageren Mann auszumachen. Karlheinz hat seinen Schlagring dabei. Für ihn gibt es keinen Zweifel, wer dieser Kerl ist.

„Du, wart mal, du warst doch grade bei einer Nutte, nicht?" Egon ist erschrocken, wie hat der das denn rausbekommen? „Nein, ich war das nicht!" Dabei hebt er abwehrend die Hände und der Zuhälter sieht die Narbe.

„Das ist Beweis genug!" Karlheinz schlägt zu, immer wieder, bis dieser Mensch sich nicht mehr rührt.

Kein Zeuge beobachtet die Tat, zumindest meldet sich niemand. Der Zuhälter hat ganze Arbeit geleistet.

Der Körper wird am frühen Morgen von einem Mitarbeiter der Stadtverwaltung auf dem Weg zur Arbeit gefunden. Ein blutiges Bündel Mensch im Rinnstein. Nach dem ersten großen Schreck erkennt der Angestellte, dass der Mann nicht mehr lebt und benachrichtigt schnell die Polizei. Durch die auffällige Narbe in der Hand ist bald die Identität festgestellt.

Die Polizei hat einen Tipp bekommen und die zusammengeschlagene Prostituierte im Krankenhaus befragt. Sie hat den Vergewaltiger sehr gut beschrieben. So wird ziemlich schnell klar, dass der Erschlagene vorher bei ihr war.

Karlheinz hat ein hieb- und stichfestes Alibi. Er wird in der Nachtbar gesehen, in die er schnell nach der Tat geeilt ist, weil er dort gut bekannt ist, und seine Rechnung geht auf. Ein paar hiesige Schlägertypen werden überprüft, die sich aber zur angegebenen Zeit in Kiel aufgehalten haben. So bleiben die Nachforschungen fürs Erste ergebnislos.

Die Presse lässt nicht lange auf sich warten, und die Zeitungen berichten ausführlich über den Fall. Ein schlauer Mitarbeiter forstet die alten Berichte durch und wird fündig. Der Überfall vor dreißig Jahren auf Emmi Koller und der Mord an der blutjungen Polin Wanda Kowalski werden in aller Ausführlichkeit breitgetreten.

Egon Meier hat seine Strafe abgesessen, aber hatte er nur vor eine Prostituierte zu verletzen, oder hat er jemanden ganz anderen gemeint.

Was hat er in Wirklichkeit vorgehabt? Die Recherchen ergeben, dass er bei mehreren Modenschauen dabei war. Doch ist er dort niemandem zu nahe getreten. Der Fall gibt Rätsel auf.

Die Berichte in der Zeitung sind für Emmi sehr unangenehm, denn sie lassen die schrecklichen Erlebnisse noch einmal lebendig werden. Doch langsam begreift sie, dass sie dem Mörder von Egon Meier ihr Leben zu verdanken hat.

Nach ein paar Tagen beschäftigen sich die Schlagzeilen wieder mit anderen Themen.

33

Gute Zusammenarbeit

Die achtziger Jahre sind die lukrativsten für Emmi und Karo. Ihre Freundschaft verbindet sie schon ein ganzes Leben lang und nun arbeiten sie auch noch eng zusammen.

Geschickt wie Karo ist, wird sie auch in der Nähstube gebraucht. In ihrer Ausbildung zur Hauswirtschafterin gehörten neben Kochen und Haushalten, auch Nähen und Handarbeiten zum Standart. Und hier bei Emmi die tolle Mode mit zu gestalten und zu nähen, bringt ihr unheimlich viel Spaß.

So sind ihre Tage restlos ausgefüllt, was aber nicht heißt, dass sie in ihrer knapp bemessenen Freizeit nicht immer wieder gerne an den Strand geht. In dem Wissen eine erfüllende Aufgabe gefunden zu haben, genießt sie es um so mehr, sich den Wind aus erster Hand um die Nase wehen zu lassen, das Meer zu riechen, und den Sand unter den nackten Füssen knirschen zu hören.

In Döhnsdorf im Wohnhaus der Tischlerei ist für sie eine Altenteils- wohnung eingerichtet worden, in der sie sich sehr wohl fühlt. Für den Rest des Hauses ist sie nicht mehr verantwortlich, denn ihr ältester Sohn

Max hat seine Jugendliebe Ellen geheiratet. Die jungen Leute sind so verliebt, das Karo unwillkürlich an den Verlust ihrer eigenen großen Liebe denken muss. Doch sie gönnt ihren Kindern das Glück von Herzen.

Wenn Jan und Marie auch ihre Lebenspartner finden würden, wäre sie sehr froh, doch bei den beiden tut sich scheinbar nichts. Ihre Tochter studiert immer noch in Hamburg, und sie spricht nur über allgemeine Freunde, wenn dieses Thema angesprochen wird. Karo ist deswegen auch ein wenig misstrauisch. Doch Jochen und sie haben ihre Kinder früh zu selbständigen Menschen erzogen, weshalb sie sich auch nicht in ihre Angelegenheiten mischen würde.

Karo ist trotzdem nicht total überrascht, als Marie eines Tages am Boden zerstört bei ihr auftaucht.

„Marie, Marie, was um Himmels Willen ist mit dir passiert? Hast du Liebeskummer?"

Sie nimmt ihre Tochter in den Arm und versucht sie zu beruhigen. „Mama, ich weiß nicht was ich machen soll. Ich bin schwanger!" Sie weint; „Ich wollte doch so viel erreichen, und nun bekomme ich ein Baby, doch das Schlimmste ist, dieses arme Kind wird keinen Vater haben." „Und wieso nicht?" „Weil der Mann mit dem ich mich eingelassen habe mein Professor ist." „Ach du meine Güte, und verheiratet ist er natürlich auch?!" Sie nickt unter Tränen. „Ach Marie, ich kann das alles nicht begreifen, was hat dich nur geritten. Hast du noch nie was von Verhütung gehört? Ihr seid doch heute alle so verdammt aufgeklärt. Ich bin enttäuscht und wütend." Marie weint so herzzerreißend, dass Karo schon wieder Mitleid bekommt. Sie schluchzt; „Mama, ich habe ihn doch so geliebt, aber er hat mich abgewiesen, wie ein Stück Dreck." „Liebes, es tut mir Leid für dich. Aber ein Kind bedeutet so viel, es sollte in einer intakten Familie aufwachsen. Du hast deine Zukunft verbaut und deinem Professor müsste man mal ordentlich die Leviten lesen. Er hat seine Aufsichtspflicht verletzt und dich schamlos ausgenutzt. Ich bin im Moment sehr aufgebracht."

„Ich kann unmöglich wieder nach Hamburg zurück, ich schäme mich, dass ich so naiv war." Karo beruhigt sich langsam wieder. Sie streichelt ihre in Tränen aufgelöste Tochter. „Nun hör schon auf zu weinen, das schadet nur deinem Baby. Wir werden für alles eine Lösung finden."

„Ach Mama, ich bin so froh, dass es dich gibt. Ich hätte dich viel eher ins Vertrauen ziehen sollen."

Karo und Marie sitzen bei Gustav und Emmi im Wohnzimmer. Emmi gibt Gustav ein Zeichen, und er steht auf. „Na, dann werde ich mal die Damen allein lassen. Ihr habt euch sicher noch viel zu erzählen." Damit verlässt er grienend die Stube.

Marie hat schon wieder am Wasser gebaut und die Tränen laufen unaufhaltsam. Sie schluchzt herzerweichend. Ihre Patentante, bekannt für ihren Pragmatismus, bleibt erst mal distanziert. „Marie, nun sag mir doch nur mal eines. Wie kann einem intelligenten Menschen wie dir so etwas passieren? Du bist doch aufgeklärt, oder? Und dann noch mit deinem verheirateten Professor. Ich hätte dir ehrlich was Besseres gewünscht."

„Wenn ich bloß nicht so gutgläubig gewesen wäre. Aber ich habe ihn doch so geliebt, Tante Emmi. Ihr habt ja beide recht, du und Mama. Ich war wirklich zu blöd, aber nun bin schwanger und ich glaube dass ich nicht die einzige bin, der so etwas passiert.

Ich hatte gehofft mehr Verständnis zu finden." Jetzt erhebt sie sich und geht zur Tür, wobei sie sich laut schneuzt und die Tränen wegwischt. Nein sie wird sich nicht weiter demütigen lassen.

„Nun warte doch mal. Ich bin noch nicht fertig mit dir. Ich habe noch einen Vorschlag zu machen. Wie ich herausgehört habe, willst du nicht mehr zurück nach Hamburg. Du könntest also ohne weiteres hier arbeiten." „Aber ich bin schon im vierten Monat. Man sieht schon den Bauch! Was soll ich denn machen, Tante Emmi?" „Erst mal wirst du nicht mehr Tante Emmi sagen, das macht mich bloß alt." Sie lächelt das traurige Mädchen an.

„Ich habe eine Idee, Marie. Du bist doch eine junge Frau, die sich anders kleidet als die älteren, und du kannst zeichnen. Ich möchte, dass du mir eine junge Kollektion entwirfst, die frech, aber tragbar ist. Meinst du das du das hin bekommst?"

Ganz neue Perspektiven tun sich auf. Die traurigen Augen werden klar und Marie wird auf einmal lebhaft. „Meinst du wirklich, dass ich das kann? Ich habe bis jetzt doch ganz andere Dinge gestaltet." „Du bist künstlerisch begabt und du hast sicher Ideen, junge Mode zu entwerfen. Für mich steht fest, ab sofort gehörst du zu meinem Team. Was ist, sagst du ja?" Marie kann nur zustimmend nicken. Emmi springt auf und holt etwas zum Anstoßen. Für Marie natürlich ohne Alkohol. Karo ist unendlich erleichtert.

Wie Emmi das wieder gedeichselt hat, unvergleichlich.

„Wo wirst du wohnen, Marie?" „Ich weiß nicht. Bei Mama geht es ja nicht mehr in ihrer kleinen Wohnung. Ich hab mir noch keine Gedanken darüber gemacht."

„Was hältst du davon in meiner Wohnung in Lütjenburg zu wohnen? Du kennst sie ja. Dort kannst du wohnen und an deinen Skizzen arbeiten. Nur in Spitzenzeiten, wenn es sich nicht mehr lohnt nachts nach Döhnsdorf zu fahren, werde ich da auch übernachten." Marie bekommt den Mund nicht mehr zu. „Tante, eh, Emmi, wie kann ich das alles annehmen? Ich bin einfach baff." „Das ist schon in Ordnung, schließlich bist du mein Patenkind." „Ich dachte immer, du bist Jans Patentante." Emmi lächelt; „Ihr seid alle meine Patenkinder. Nun ist eine Situation eingetreten in der du Hilfe benötigst, denn du wirst Mutter. Etwas das ich mir immer sehnlichst gewünscht habe, doch seit dem Überfall vor etlichen Jahren kann ich es nicht mehr werden."

Natürlich weiß Marie wovon ihre Patentante spricht, es stand ja vor kurzem erst wieder alles in der Zeitung.

Der Schmerz der verlorenen Liebe ist schon erträglicher geworden. Mit Hilfe ihrer Mutter und Emmi wird sie es schaffen, auch ohne Mann und Vater, für ihr noch ungeborenes Kind zu sorgen. Je länger sie über ihre Beziehung zu Georg nachdenkt, je mehr erkennt sie, dass er sie nur ausgenutzt hat. Sie hat ihren Professor bewundert, und als er sie zu sich eingeladen hat, ist sie ohne zu zögern mit ihm gegangen. Heute weiß sie, es war ein Fehler. Sie hat Bewunderung mit Liebe verwechselt.

Sie wird ihre Tante nicht enttäuschen. Sobald Marie sich in ihrer neuen Wohnung mit ein paar Möbeln aus ihrem Zimmer in Hamburg, einigen Sachen von ihrer Mutter und Emmi häuslich eingerichtet hat, stürzt sie sich in die Arbeit.

Skizzenblöcke, Stifte, ein Platz am Fenster zum begrünten Hinterhof, und schon fließen die Ideen. Emmi hat Marie einiges zugetraut, aber so eine frische Mode für junge Leute hat sie noch nicht gesehen. Es geht bunt zu, und zu allen Modellen gibt es schräge Mützen, Tücher oder Kappen. Nach erster Skepsis und einigen Verbesserungsvorschlägen ist sie begeistert.

„Mit der Mode kommen wir groß raus. Ich glaube mit dir habe ich das große Los gezogen. Marie, du hast so ein Talent. Jetzt müssen wir deine Entwürfe nur noch in Schnittmuster umsetzen. Auch dazu brauche ich deine Hilfe. Damit die Modelle nachher auch so aussehen wie du dir das vorgestellt hast." „Weißt du was Emmi? Beim Malen habe ich noch nie so ein gutes Gefühl gehabt. Es kommt einfach so aus mir heraus, als wenn ich noch nie was anderes getan hätte. Ohne dich wüsste ich immer noch nicht, was ich wirklich möchte. Vielleicht kannst du mich ja auch mit den Schnitten vertraut machen. Das hat ja im weitesten Sinne auch etwas mit Kunst zu tun." Nun muss sie lachen.

Emmi nimmt Marie in den Arm und spürt das kleine Bäuchlein. „Sag mal, hat sich das Kleine schon mal bewegt?" „Na, und wie." Sie nimmt Emmis Hand und hält sie an ihren Bauch. „Jetzt, gerade jetzt. Hast du es gespürt?" Tränen schimmern in Emmis Augen. „Oh, es ist wunderbar!" Marie empfindet auf einmal unbändige Freude über das ungeborene Baby in sich aufsteigen. Das Leben ist wieder lebenswert, auch wenn sie keinen brauchbaren Vater für das Kind aufweisen kann, und sie denkt daran, wie unendlich viele Mütter nach dem Krieg ihre Kinder allein durchbringen mussten. Ohne Hilfe, hungernd und frierend, da wird sie es ja wohl mit Hilfe ihrer Familie auch schaffen. Es ist ein Neuanfang, sie will lernen und nochmals lernen und wie ihre Tante Modedesignerin werden, oder Modemacherin, wie sie hier auf dem Land sagen. Sie spürt eine große Zuversicht, bei all dem auch noch eine gute Mutter zu werden.

34

Klassik im Kuhstall

Weißt du was, Gustav? Ich bin sehr froh Marie helfen zu können. Du glaubst ja gar nicht was für ein Talent dieses Mädchen hat." „Und weißt du was, mein Schatz? Ich bin unheimlich stolz auf dich und deine praktische Art die Dinge ins Lot zu bringen." Er zieht sie an sich und küsst sie liebevoll. „Ich kann es immer noch nicht glauben, die schönste und erfolgreichste Frau im Land erobert zu haben. Hm, du riechst so gut." Sie lacht leise. „Du auch, nach einem Hauch von Kuhstall." „Was?" Er tut empört. „Jan hat doch sein freies Wochen-ende. Ich möchte unbedingt mal wieder klassische Musik im Kuhstall hören!" Und sofort greift Emmi nach ihren alten Hosen und schlüpft in die Gummistiefel. „Nun komm schon, die Kühe wollen gemolken werden." Gustav ist selig, denn er geniest diese seltenen ganz privaten Stunden mit seiner Frau besonders. Sie misten aus, füttern, melken und hören Musik, begleitet vom zufriedenen Kauen, Schlürfen und Muhen der Viecher. Sie sind glücklich!

„Und was machen wir jetzt nach der vollbrachten Arbeit? Wollen wir mal wieder ins Kino gehen?" Emmi strahlt; „Oh ja, das haben wir schon lange nicht mehr getan. Ich glaube sie zeigen einen Film mit

Romy Schneider." „Was, Sissi!?" „Nein, nein, es ist so ein französischer Streifen, -Das Mädchen und der Kommissar- oder so."

„Hattest du schon mal Sex unter der Dusche?" Gustav zieht sie in die Nasszelle. Auch wenn Emmi bei der Haarfarbe nachhilft, ist sie mit achtundfünfzig immer noch eine attraktive Frau, die sich ihre schmale, jungenhafte Figur erhalten hat. Und er ist immer noch muskulös und drahtig. Die ehemals blonden Haare sind inzwischen grau, aber kraus wie eh und je. Sie sind ein schönes Paar und immer noch verrückt nach einander. Das warme Wasser rauscht auf sie hinunter, während sie sich ausgiebig ihrer Liebe hingeben.

Sie sind stolz darauf wie sie es gegen jede Vernunft geschafft haben so eine Ehe, die den Unkenrufen zufolge auf jeden Fall hätte schief gehen müssen, aufrecht erhalten konnten.

35

Hanna und Thea

Hanna, ihre Hauswirtschafterin, die schon seit 1965 bei ihnen den Haushalt führt, hält ihnen die Wege frei, so dass Emmi uneingeschränkt ihren Pflichten nachkommen und Gustav und Jan ungestört auf dem Feld und im Stall arbeiten können. Seit einiger Zeit versorgt sie auch Anna und Heinrich, die auf ihre alten Tage etwas Unterstützung brauchen. Hanna ist eine patente Person und es macht ihr Freude uneingeschränkt schalten und walten zu können. Sie freut sich darüber, dass sie unentbehrlich ist, denn als Kriegswaise hat sie hier eine neue Familie gefunden. Hier fühlt sie sich zu Hause.

„Was sollten wir bloß ohne dich machen, Hanna?" Auf diese Frage hat sie auch keine Antwort, aber sie strahlt über das indirekte Lob.

Mit Thea, die sie in der Hauswirtschaftsschule kennen gelernt hat, ist sie eng befreundet und an ihren freien Tagen unternehmen sie meistens etwas zusammen. Wenn der Himmel seine schönsten Farben angelegt hat, sind Fahrradtouren oder ausgiebige Strandspaziergänge angesagt. Manchmal ist es auch ein Theaterbesuch oder es gibt einen guten Film, dann sitzen sie in der letzten Reihe und halten Händchen, denn sie sind ein Paar. Es hat sich irgendwann so ergeben. Der Mangel an Männern, die altersmäßig zu ihnen gepasst hätten sind ein Grund, die Sehnsucht nach Wärme und Zärtlichkeit ein anderer. Die beiden Frauen sind erwachsen und in der Öffentlichkeit halten sie sich diskret zurück. Auch ihre Arbeitgeber wissen nicht, dass sie lesbisch sind. Zumindest haben sie es immer vermieden in Gegenwart anderer einen zu vertrauten Eindruck zu machen. Doch Karo hat schon früh die verliebten Blicke mitbekommen, mit denen Thea und Hanna sich heimlich angesehen haben. Sie toleriert es, denn jeder hat es verdient auf seine Weise froh und zufrieden zu sein.

Wenn Hanna und Thea sich treffen haben sie sich immer eine Menge zu erzählen. Manchmal sind es Rezepte, die sie austauschen, oder Bücher, die unbedingt gelesen werden müssen. Sie reden über einen neuen Film oder den letzten Theaterbesuch. Sie sind an allem interessiert, sogar an der Tagespolitik. Durch Funk und natürlich Fernsehen sind sie bestens informiert. Die „Neue Deutsche Welle" sorgt für einen besonderen Klang in der Rockmusik, die sich deutlich von angloamerikanischen Vorbildern löst. Die Gruppe „Trio" begeistert besonders mit dem Song „Da, da, da." Auch Hubert Kah mit seinem „Sternenhimmel" und Markus „Ich will Spaß" haben großen Erfolg. Über den Kommissar Horst Schimanski, ein neuer Typ im -Tatort-, tauschen sie sich ausgiebig aus.

Jetzt geht es hauptsächlich um die schwangere Marie, aber auch um Karo und Emmi, die sie sehr bewundern. Alles starke Frauen, die wie sie selbst ihren Mann stehen. Natürlich verpassen sie keine Modenschau, besonders seit Sophia, alias Karo, das neue Mannequin ist.

Hanna meint; „Sie sieht aber auch phantastisch aus. Man kann gar nicht glauben, dass sie schon über fünfzig ist." „Ja, und nun guck dir mal Marie an. Das ist doch eine glatte Kopie. Genau die gleichen Haare, die grünen Augen und die Sommersprossen. Ich bin mal gespannt wie das Enkelkind nachher aussieht." „Weißt du was Thea? Ich kann es gar nicht mehr abwarten. Ob wir uns wohl auch mal um das Kleine kümmern dürfen?" „Ganz bestimmt, ich durfte doch auch immer die Bender Kinder versorgen."

36

Familienzuwachs

Im Frühjahr 1982 ist es so weit. Karo schläft seit einigen Tagen bei ihrer hochschwangeren Tochter. Auf keinen Fall will sie sie jetzt allein lassen. Marie ist inzwischen durch die Körperfülle etwas unbeweglich geworden. Die Nächte werden auch zur Qual, denn das Kind drückt auf alle möglichen Organe. Die Wehen setzen um Mitternacht ein.

„Mama, ich glaube es geht los." „Gut dass es nicht weit bis zum Krankenhaus ist. Komm, ich fahre dich schnell hin." Sie schnappt die Tasche mit den nötigsten Sachen, die schon Wochen vorher gepackt im Schlafzimmer griffbereit dasteht, und schon geht es los. Karo ist ein wenig aufgeregt, ohne sich das groß anmerken zu lassen. Schließlich wird sie das erste Mal Großmutter, aber sie möchte ihre Tochter nicht beunruhigen. „Mama ich hab Angst!"

„Marie, du wirst es schaffen."

Sie wartet im Gang. Die Minuten werden zu Stunden und sie betet, lieber Gott lass alles gut gehen. Lass das Kind gesund sein. Endlich gegen Morgen nach zwei unendlich langen Stunden kommt eine Schwester und fragt; „Sind sie Frau Bender? Die Mutter von Marie Bender?" Karo nickt. „Herzlichen Glückwunsch, sie sind Großmutter geworden, es ist ein kleiner Junge. Er ist gesund und munter." Karos

Augen füllen sich vor Freude und Dankbarkeit mit Tränen. „Kann ich zu meiner Tochter?" „Kommen sie mit, ich zeige ihnen ihr Zimmer."

Marie wartet schon mit dem Kleinen im Arm auf ihre Mutter. Sie sieht noch ein wenig erschöpft aus, aber sie strahlt vor Glück. „Mein kleines tapferes Mädchen, nun bist du selber Mutter. Ich bin so stolz auf dich." Der Regen, der vor ein paar Minuten eingesetzt hat, trommelt laut ans Fenster. Den Kleinen stört das nicht. Er hält die Fäustchen und die Augen fest geschlossen. Die Welt kann warten.

Ende

Nachwort

Karo und Emmi gehen zielstrebig am Wasser entlang. Gegen die winterliche Kälte sind sie warm eingepackt. Sie unterhalten sich wie immer angeregt über alles und nichts. Über die letzte Kollektion, die wie eine Bombe eingeschlagen ist. Wozu vor allem Maries frische Mode für junge Frauen beigetragen hat, die auch noch von ihr vorgeführt worden ist.

„Mit euch beiden habe ich das große Los gezogen, Karo. Du glaubst gar nicht wie toll ihr ausgesehen habt. Es stimmt wirklich was am nächsten Tag in der Zeitung stand. Weißt du noch?" Karo nickt zustimmend.

- Mit diesen schönen rothaarigen Frauen konnte die Modenschau nur ein großer Erfolg werden- „Ich finde das ein wenig übertrieben, denn es ist auf jeden Fall dein Erfolg, Emmi. Du bist die Modemacherin!" Karo streicht sich energisch eine rote Locke aus der Stirn, die sich trotz Mütze selbständig gemacht hat.

„Es ist einfach unglaublich was du erreicht hast. Überleg doch mal wie wir hier angekommen sind. Mit nichts, aber auch gar nichts!" Emmi schaut aufs Wasser, das heute sehr grau und ungemütlich aussieht. „Ja, in einem gebe ich dir recht, wir haben tatsächlich nichts mehr besessen. Aber wir hatten uns und waren jung genug, um neu anzufangen. Wir haben unsere Chance bekommen.

Natalie Karsten (Tochter der Autorin)

„Große Schwester" nennt Karo ihre Freundin Emmi. Sie sind fast noch Kinder, als die rote Armee sich nähert und sie ihr Heimatdorf in Pommern verlassen müssen. Nach ihrer Flucht wird das malerische Ostholstein mit seinen Salzwiesen und der nahen Ostsee zum Schauplatz ihrer Gehversuche in einer neuen Welt. Karo und Emmi verfolgen Lebensentwürfe, wie sie unterschiedlicher kaum sein könnten. Bei ihrer Großmutter lernt die schöne Karo Hauswirtschafterin. Für ihre große Liebe Jochen jedoch gibt sie ihren Beruf schließlich auf und gründet eine Familie. Emmi hingegen baut sich als Schneiderin eine eigene Existenz auf und wird eine erfolgreiche Geschäftsfrau. Die Freundschaft der „Schwestern" hält all diesen Veränderungen stand. Dabei wäre vieles anders gekommen, wäre Emmi nicht durch ein schweres Verbrechen eine Lebensentscheidung abgenommen worden.

Eindringlich schildert die Autorin die Lebensumstände der Flüchtlinge, die bei den wortkargen Bauern auf dem Land nicht unbedingt willkommen waren, und ihre
Wege in ein neues Leben.